W0372856

GÖKHAN GÖKSEN

QUITTENBÄUME

SIXTHKYU

Copyright © 2021
Sixthkyu Verlag, Oberlandstrasse 70, 8610 Uster, Schweiz

Vertrieb: SüdOst Service GmbH, Waldkirchen
Lektorat und Korrektorat: Maria Rumler
Umschlaggestaltung und Typografie: Arndt Watzlawik
Fotografie Titelseite: Margot Pandone
Illustration: Mynarack Ou
Druck und Bindung: DZA Druckerei zu Altenburg, Altenburg
ISBN 978-3-9525522-0-9

Für dich und für mich

Mark und der wunderbare Quittenbaum

Jeder Anfang hat ein Ende,
aber das Ende bestimmst nicht du.

Es ist ein sonnengetränkter, warmer Tag. Wir verabschieden uns, stehen vor der Sicherheitskontrolle am Hamburger Flughafen Fuhlsbüttel. Mark schaut in meine Augen:

»Und, hasst du mich noch?«

Meine Verteidigung bricht zusammen, ein tiefer Stich ins Herz, messerscharf. Warum jetzt, frage ich mich. Abschied vom Besten fällt mir schwer, ein Jahr mit Feuerwerk, Gänsehaut, Liebe und Mut. Und mit Furcht und Wut. Mit voller Wucht stürzen Erinnerungen und Träume von einem Jahr auf mich ein. Ich bin schutzlos, frage mich, was ich antworten soll. Erkenntnisse von reiner Zuneigung, am Ende von Liebe. Die Wahrheit ist grausam, ich liebe diesen Menschen und verliere ihn im nächsten Augenblick. Mein letzter Versuch von Männlichkeit, cool bleiben vor der eigenen Familie. Mark, mein Gefährte. Seine Heimreise wird zu meiner Qual. Ende eines Austauschjahres. Und gleichzeitig der Beginn meiner Liebe zu ihm!

Wir wissen nicht, wann es passiert, doch wenn die Liebe uns trifft, sind wir am Zug, die Wahrheit auszusprechen.

Die Planung dauert knapp ein Jahr.

In Norderstedt: Haus, Hund, Katze, Quittenbaum, meine nervige kleine Schwester, meine Eltern und ich. Im Familienrat einstimmig beschlossen und verabschiedet: Wir wollen einen Austauschschüler. Wir füllen das Anmeldeformular aus, Sara blökt dazwischen:

»Kann es nicht ein Mädchen sein?«

Wir Kinder sind total aufgeregt, gespannt, wer kommt. Junge, Mädchen, Alter, Aussehen, fantasievolle Beschreibungen beim Abendessen. Es gibt Falschen Hasen mit Kartoffeln und Brechbohnen, hm lecker, wie das duftet in der Küche, nach Mamas Spezialsoße.

»Eventuell so einen fetten Jungen, haha.«

»Oder 'ne dicke Kuh.«

»Bloß keinen Idioten.«

»Vielleicht einen Gehirnamputierten?«

Unsere Befürchtung, was, wenn es nicht passt, gemeinsame Hoffnung, bestimmt wird das klasse. Fast ein Jahr voller Planung vergeht, zuerst das Ausmisten, die ersten Probleme im Haus vorprogrammiert. So viele Dinge zu beachten, bevor uns überhaupt ein Austauschschüler besuchen darf.

»Kommt gar nicht in Frage«, protestiere ich. »Das sind meine Sachen!«

»Ich habe ja auch nur die Sachen gemeint, die dir nicht mehr passen«, meint meine Mutter und zeigt auf die Altkleidertüte.

»Und du, Sara, kannst mal genau schauen, was du nicht brauchst.« Sara schaut erschrocken auf, flitzt auf ihr Zimmer.

»Aber ich brauche alles, siehst du, Mama, mein Schrank ist leer.« Öffnet die Tür. Ich sehe aus den Augenwinkeln genau, der ist zum Bersten gefüllt. Ihr Kleiderschrank platzt gleich und es stinkt nach süßem Blumenduft, ihr neuestes Parfum aus der Deodose. Schon wieder so viel Haarspray und Make-up. Igitt, wie das stinkt, ich kriege das Kotzen.

Von Mama nur noch erschöpft: »Ihr seid sture Böcke, ihr müsst auch an die Austauschschüler denken.«

»Die können im Keller schlafen, da ist es kalt und feucht. Von mir aus können sie meine Bettdecke haben«, motzt Sara.

»Und was ist mit euren Sachen?«, werfe ich ein.

»Das ist was anderes.«

»Typisch. Wie immer, wenn es um unsre Dinge geht: gleich entsorgen. Und bei den Eltern ist das was anderes.«

Vier Monate später erhalten wir die Bestätigung, dass wir einen Austauschschüler aufnehmen dürfen. Wir stecken mitten in der Planung. Das Einrichten der Zimmer steht an, Besorgen neuer Möbel, Ideensammlung, wie es am besten aussieht. Wir vermessen die Räume, besprechen die Situation, immer wieder kommen wir nicht vorwärts.

»Meint ihr wirklich, dass es so aussehen soll? Ich meine ja nur«, kommt von Sara, Klugscheißerin, immer mit »ich meine ja nur«.

In den Möbelgeschäften sind wir schnell erschöpft.

»Och Menno, ich bin müde. Papa, lass uns bitte endlich gehen«, sagt Sara.

»Wir als Familie haben das gemeinsam beschlossen«, antwortet mein Vater. »Und du wolltest dabei helfen.«

»Naaa gut«, antwortet Sara.

»Ich wusste, dass du früher oder später nervst, Quengelliese.«

»Lass mich in Ruhe, Mattle.«

»So, es ist genug. Erspart mir eure Zankerei«, sagt Papa bestimmt. Kaufen einige Möbel und mein Vater denkt gleich praktisch: »Bitte liefern Sie die Möbel zu uns nach Hause.«

Der Aufbau ist im Gegensatz zur Auswahl ein Klacks.

Die Aufregung am Anfang groß, danach eher klein, es vergehen Tage, Wochen, Monate, bis es wieder spannend wird. Im letzten Monat herrscht im Haus nur noch positiver Stress, Vorfreude auf unseren Gast. Neues Auto, um genug Platz zu haben, neue Möbel, komplett eingerichtet, sauber und ordentlich zu Haus. Neben dem vielen Geld, das meine Eltern ausgegeben haben, hat es auch viel Zeit gekostet – was man eben so investiert. Meine Schwester und ich haben stundenlang diskutiert, bis auch uns der Gesprächsstoff ausging.

Und nun merkt man die Anspannung bei allen in der Familie, immer wieder schauen wir auf den Kalender und jeder darf mal einen roten Strich mit dem Stift ziehen. Wir haben vieles erledigt und sind zufrieden mit uns, der Gast kommt zum richtigen Zeitpunkt.

Es ist Sommer. In zwei Wochen ist Schulanfang, heute am frühen Abend kommt Mark. Wir, zu meinem Leidwesen als Bilderbuchfamilie gekleidet, Hemd und Krawatte die Herren, Rock und Bluse die Damen. Abscheulich mit fünfzehn, wollte lieber sportlich locker, nun lächerlicher Eindruck von Einigkeit. Aber Mutter hat letztes Wort, als ich meine Sneakers anziehen will: »Nein.«

Unzufrieden gebe ich nach: »Als wäre die Bestnote nötig!« Vater warnt mich mit strengem Blick.

Zum Glück keine Freunde zugegen, kann auf Scherze

auf meine Kosten verzichten. Sara kann Schmunzeln nicht verkneifen, pfeift noch extra, Kommentar: »Schick, schick.«

Könnte platzen, steige widerwillig in den Neuwagen. Also auf geht's in unserem Familienbus zum Hamburger Flughafen, knappe fünfzehn Minuten von Norderstedt. Auf dem Parkplatz prüft Barbara unser Aussehen, streicht mit den Fingern übers Haar.

»Ja, ist gut so.« Mamas Kommentar mit einem breiten Grinsen, kann mir ein Lächeln nicht verkneifen, so ein Mist, will cool sein.

Wir stehen gemeinsam im Foyer, ich sehe viele, die auch auf jemanden warten. Wir haben ein Schild mit der Aufschrift »Happy Welcome Mark van Horn«.

Und Luftballons, als würden Jungs darauf stehen. Frauen und Ideen, aber egal. Bestimmt erkennt er den Versuch, die beste Familie zu geben.

Der Informationsbrief vom Vermittlungsbüro, wer Austauschschüler wird, erreicht uns im Juni. Ein Junge, eigentlich mein Wunsch. Keine zusätzliche kleine Zicke wie meine Schwester, die plappert manchmal den ganzen Tag. Mark ist knapp einen Monat älter als ich laut dem Vermittlungsschreiben. Interessen: Sport und Musik, passt eigentlich zu meinen Hobbys. Ein komplettes Jahr, recht lang, wenn man's bedenkt, muss mein Zimmer mit ihm teilen. Aus purem Neid von Schwester nur so:

»Haha, ich kann mein Zimmer für mich behalten.«

Ein Bild wurde dem Schreiben beigefügt, ganz okay. Mama hat ihn gleich ins Herz geschlossen.

»Wie süß!«

Würg. Ehrlich, Mutter, dein Ernst? Typisch.

Sara verzückt: »Der ist aber schick.«

Papa dazu: »Der junge Mann wirkt freundlich.«

Na ja, Vater sieht als Philosoph sowieso alles erst mal positiv. Eine Frohnatur, warum auch immer, verstehe meinen Papa oft nicht. Er trägt einen Bart und hat eine freundliche Art, nur nicht in Ausnahmefällen, wenn er böse wird. Und den Grund dafür liefere meistens ich, wenn ich richtig Mist baue. Meine Mutter hat die Art meines Vaters wohl übernommen, dennoch hat sie ihre Disziplinmethoden, die mir auf den Keks gehen.

Wir schauen uns am Flughafen noch etwas um, und dann, tja, höre ich meine Schwester. Mark in echt, wirkt dünn, schlaksig, mit Rollkoffer, Rucksack und Tasche. Sara hüpft neben mir hin und her, zieht mit Fingerspitzen an mir herum.

»Da, da ist er!« Wippt auf und ab.

Sie, zwei Klassen unter mir, lange lockige Haare, ein Kopf kleiner, sehr schlau, bringt gute Noten. Nervt wie immer mit ihrem Gehopse.

Begrüßung, wer ist Erster? Na logo, ich. Bin ja auch der Megastar. Er wirkt müde, aber ein entschlossener, kräftiger Händedruck, mit starkem amerikanischen Akzent spricht er mich an:

»Eych bin Mark, hello.«

»Hallo Mark, ich bin Matthias. Hope you are good!«

»Yes, I'm fine.« Mit einem Lächeln.

Dunkelblonde Haare, fast so groß wie ich, seine blauen Augen stechen hervor. All-in-one-Scan von oben bis unten, was einem nicht alles gleich auffällt mit einem Blick. Seine Augen, Haare, Mund, Nase, Ohren, Schuhe, Klamotten – Hemd und Krawatte. Glaube, das wird eine gute Zeit, bin positiv gestimmt.

»Na, na, er muss Deutsch lernen. Hallo Mark, herzlich willkommen. Ich bin Thomas. Sozusagen der Familienvater.«

Wichtigtuer, diese Betonung: »Sozusagen der Familienvater.« Wer redet denn so einen Müll?

»Hallo Mark, auch von mir herzlichst willkommen. Ich bin Barbara, die Mutter, und das ist Sara, unsere Tochter. Matthias hast du ja schon kennengelernt.«

»Hallo Mark. Wir freuen uns schon sehr, dich kennenzulernen. Herzlich willkommen.« Sara lächelt Mark an, man spürt sofort, sie mag ihn auch.

Es war ein langer Flug nach Europa, der erste Flug überhaupt in meinem Leben. Es war schon am Flughafen sehr aufregend, der Abschied von meiner Mutter und meinem Vater fiel mir schwer, so viele Leute am Flughafen und so viele Menschen im Flugzeug. Die Düsen machen einen enormen Krach. Nervös höre ich den Flugbegleitern zu, die zeigen, wie man seinen Gurt schließt, wie man handelt, wenn der Druck abfällt, wie man die gelben Sauerstoffmasken aufsetzt. Wie man in einem Notfall reagiert.

Der Start drückt mich in meinen Sitz und wir heben ab, von meinem mittleren Sitz aus kann ich kaum auf die Stadt schauen. Ich hätte gerne gesehen, wie die Stadt kleiner wird. Nach der ersten Aufregung wird es recht langweilig im Flugzeug, ich kann ja wenig machen. Mit einem Stoß gegen meinen Sessel werde ich aufgeweckt, erschrocken schaue ich mich um. Wir sind schon gelandet, sagt die Crew im Flugzeug.

In Frankfurt nach der Passkontrolle werde ich von der Vermittlungsagentur begrüßt und auf den nächsten Flug nach Hamburg eingeteilt. Ich fühle mich trotz der langen Reise fit, ich bin total aufgekratzt, habe Herzrasen. Der Flug dauert nur dreißig Minuten. Ich warte an der Gepäckausgabe auf meinen Koffer und gehe dann dem Ausgang entgegen. Ich sehe das Schild mit meinem Namen drauf und Luftballons. Ich schaue auf das hüpfende Mädchen und stehe vor einem Jungen, ver-

suche, ein paar Worte zu sprechen. Im Kopf höre ich meinen Vater, der schon in Deutschland gelebt hat, sagen: »Immer einen festen Händedruck geben. Diese Deutschen erwarten das.« Jetzt habe ich total mein Deutsch vergessen, ich verstehe kein Wort davon, was die Familie wie Fische vor sich hin blubbert. Die vier machen auf mich aber einen freundlichen Eindruck. Ich hatte schon etwas Angst, als ich angekommen bin. Ich habe von den anderen Austauschschülern in meiner Highschool ja schon böse Sachen gehört. Ich hoffe, das sind keine Freaks. Sie nehmen mir meine Sachen ab und ich soll ihnen folgen. Wir gehen wohl ins Parkhaus zu ihrem Wagen. Und was zur Hölle bedeutet »Moin, Moin«?

Wir, ab jetzt eine fünfköpfige Familie, packen Marks Gepäck ins Auto, steigen ein und fahren nach Norderstedt zurück.

»Wie geht es dir, Mark? Alles gut?«, fragt Mama.

»Ähm, dangeschön, ja, mich geht es good.«

Sein Akzent klingt lustig, wie er versucht, die Worte auszusprechen.

»Bist du müde?«, von Sara.

»No, ik bin not, hm, müde.«

»Hast du Hunger?«, von Papa vorn im Wagen.

»What?« Mark schaut neugierig.

»Hast du Hunger?« Ich gestikuliere, schiebe mit Hand einen unsichtbaren Löffel in meinen Mund und kaue vor seiner Nase.

»Ah, thanks. Ja, ein wenig Hunger.«

Unser Versuch leichter Konversation, holprig, zum Teil mit Verständigungsproblemen, aber immer lächelnd – Mark. Ich mag seine Art, aber hey, cool bleiben, hab alles unter Kontrolle. Soll doch die Familie erst mal quatschen. Er muss eine Scheißangst haben. In einem fremden Land, mit Wildfremden in einem Auto und bald in einem Haus, für ein Jahr lang. Mein Gehabe hat nur ein Ziel: Ihn zu beeindrucken. Der Junge soll erst mal ankommen, warm werden mit der Familie. Bei Ankunft bei uns, nochmals herzliche Begrüßung in unserem Haus. Miau begrüßt Mark erfreut, wedelt mit dem Schwanz. Papa hat einen merkwürdigen Humor, er hat den Haustieren komische Namen gegeben.

»Ja, Miau, brav machst du das.« Sara krault dem Golden Retriever die Ohren. Im Haus sitzt unser Perser und schaut uns neugierig an.

»Das ist Wuff, unsre Katze. Die beiden Tiere hat Papa benannt.«

Wir zeigen Mark alle Zimmer. Küche, Bad, Toiletten, alle Schlafräume in unsrem geräumigen Haus. Stellen seine Taschen in meins, das nun unser gemeinsames Zimmer ist.

»Das ist dein Bett, Mark. Hier ist dein Kleiderschrank und wir teilen uns das Bad.« Grinse ihn an.

»Sorry, ich verstehe nicht«, antwortet er, wirkt etwas verloren.

Etwas Mitleid habe ich jetzt schon mit dem Ami.

»No problem, du wirst uns bald verstehen.« Lächle ihm zu.

»Komm mit, wir gehen runter.«

Fragen ihn in der Küche, ob er durstig ist, und er nimmt unser Angebot dankend an. Wir versuchen, es ihm so angenehm wie möglich zu machen, jetzt ist es auch sein neues Zuhause. Bald ist es neunzehn Uhr, haben eine Reservierung beim Italiener Antonio de Luca, das Essen ist dort einsame Spitze. Und zur Feier des Tages, weil Mark bei uns ist, haben wir Kinder freie Auswahl an Essen. Schon als wir die Eingangstür aufmachen, duftet es nach Pizzateig, der im Steinofen gebacken wird, dem leckeren Olivenöl aus Italien und leichtem Käse.

»Ah Professore! Schön, Sie wiederzusehen.« Der Besitzer Antonio begrüßt meinen Vater und meine Mutter gleich an der Tür.

»Signora, herzlich willkommen. Wir haben einen schönen Tisch für Sie. Und hallo, ihr Kinder, ihr habt einen neuen Gast. Hallo, ich bin Antonio.«

Er reicht uns mit einem breiten Grinsen die Hand.

»Folgen Sie mir bitte.«

Wir nehmen Platz an einem großen Tisch in einer Ecke. Damit Mark sich nicht ausgeschlossen fühlt, bitten wir ihn, sich zwischen Sara und mich zu setzen. Ich sitze heute mal an der Ecke des Tisches. Mein Vater lächelt Mark zu.

»Also, Mark, du darfst alles bestellen, was du möchtest. You can order anything you want.«

»Oh thanks, äh danke«, antwortet Mark schüchtern.

Wir Jugendliche bestellen Cola, meine Eltern bestellen Rotwein. Als Vorspeise Salat und Antipasti, zum Hauptgang Pizzen, als Nachtisch wie immer Eis. Während wir auf unser Essen warten, fragt meine Mutter:

»Mark, geht es dir gut?«

»Dange, ja, mik geht es good.«

»Die Pizzen schmecken hier immer sehr gut. Und das Eis, oh lecker, oder Tiramisu. Köstlich«, plappert Sara.

»Sara«, kommt sanft von meiner Mutter.

»Also, Mark, ich erzähl dir mal ein wenig über mich. Ich bin Philosophieprofessor an der Universität. Well, to make it easy I also say it in English. I am a Philosopher and working at the University.«

»Oh, that's interesting.«

»Also, ich bin Barbara, ich arbeite als Immobilienverwalterin, aber nur halbtags. Kannst du das bitte übersetzen, Thomas.«

»Nice to know you better.«

»Ich bin Sara, oh, ja, also ich gehe bald in die achte Klasse. Und ich liebe Pferde, ich mag Einhörner. Und ich höre gerne Musik, sehe Filme, lese viele Bücher. Ich male. Ähm …«

Das hört gar nicht mehr auf. Papa bringt sie ein wenig runter:

»Schon gut, Sara. I translate that as well.«

Mark lächelt freundlich zurück.

»I could not understand everything, Sara said.«

»If you have any question, you can always ask us.«

»Na ja, wir wollen aber auch, dass du bald gut Deutsch sprichst.« Meine Mutter zwinkert ihm zu.

Er braucht bestimmt noch Zeit zum Auftauen, noch ist er zurückhaltend. Recht schnell kommen die Getränke und Vorspeisen.

»Lasst es euch schmecken«, sagt Mama.

»Mark, bist du schon häufiger geflogen?«, frage ich.

»Well, das war my first Flug.«

»Oh, wow, dein erster Flug. Das muss ja spannend gewesen sein«, von Sara.

»Wow, that was your first flight, that was surely very exciting«, versucht Papa schnell zu übersetzen.

»Yes, it was. And I could not do anything in the plane except sitting and watching some movies.«

»Also, er konnte im Flugzeug nicht viel machen, außer sitzen und Filme anschauen.«

Von mir: »Das war bestimmt langweilig, na ja, boring.«

»Ja, boring. Ähm, lagweilig.«

Ich beobachte den Ami-Boy, seine blauen Augen, die fast ins Türkis übergehen. Sein Lächeln, die höfliche Art, fast ein wenig zu viel für mich. Ich bin irgendwie fasziniert, warum nur? Auch er ist bestimmt unter Klamottenzwang, mit seinem weißen Hemd, der bräunlichen Weste und der schwarz-blau gestreiften Krawatte. Und das bei einem Zwölfstundenflug, übel, da hätte ich ja protestiert.

Wir haben ab und zu eine peinliche Stille am Tisch, wissen ja gar nicht, was wir mit dem neuen Gast reden sollen. Aber Sara ist wie eine Kreissäge, immer wieder mit neuen Fragen dabei:

»Warum hast du dich für Deutschland entschieden?«

»I say it in English, I was able to choose between England, Norway and Germany. In the end I was more excited about Germany to learn a new language.«

Thomas übersetzt das für uns und Sara meint dabei zu Mark:

»Hamburg ist eine super Stadt und Norderstedt ist so nah dran. Und wir können dir so viel zeigen. Und ich glaube, dir wird es sowieso gefallen. Und ich glaube überhaupt, dass du viel Spaß haben wirst.« Sara hört gar nicht auf.

Mark hat Mühe, zu folgen, und Papa kann auch nicht immer übersetzen. Ich bin erleichtert, als der Hauptgang an unseren Tisch gebracht wird. Immerhin, mit voller Fresse kann Sara für einen Moment mal nichts sagen. Jetzt hört man nur noch das Schaben der Gabeln und Messer auf den Tellern.

Dann der Abschluss: Eis und dazu kleine Schalen mit Tiramisuhäppchen. Reichhaltig, voller Magen, fühlen uns pappsatt. Wir rollen sozusagen nach Hause. Ich hoffe, Mark hat coole Klamotten dabei, sonst wird es schwer, ihn Freunden vorzustellen, der muss sich anpassen.

Spät abends wieder im Haus, wie schnell einen da die Scham packt, wie schnell es von Übermütig auf Verkrampft wechseln kann. Sind müde, haben zum Glück ein eigenes Badezimmer für uns Jungs, machen unsre Betten, US-Boy zieht seinen Schlafanzug an, ich in Unterhose. Schaut mich mit großen Augen an, ich frage: »Okay?«

Er nickt. »Yes, okay.«

Bei der Sommerhitze für mich kein Pyjama, nur leichte Wäsche. Schon die Bettwäsche zu heiß über meinem Körper. Bevor der Besucher kommt, denkt man: Zimmeraufteilung, Einrichtung, Platz in Schränken, Essen, Schule, mal Ausflüge, hofft auf gute Zeit.

Konflikte: Nein.

Probleme: Nein.

Alles tipptopp, mit Spannung wegen neuem Gast. Schon kurz vor dem Zähneputzen, Schlafengehen, dämmert es einem: Panik.

Gedanken sprudeln:

Nackt?

Unterhose?

Masturbation?

Penis?

Sack?

Schamhaare?

Hilfe?

Einatmen, ausatmen. Ach komm, mach es wie bei Freunden, die du schon ewig kennst. Er bleibt eine lange Zeit bei uns, in meinem Zimmer. Befürchtungen verfliegen. Kaum im Bett, schläft Mark ein, der Jetlag hat ihn erwischt. Ich aufgekratzt, liege wach im Bett, verarbeite den Tag. Wie schön es verlaufen ist, irgendwann schlafe ich ein.

Nächster Tag. Frühmorgens wache ich auf, weil mein Schwanz pocht. Der tut das mal von Zeit zu Zeit, habe in einem Biologiebuch gelesen, dass es bei Jungs irgendwann passiert. Unglaublich hart, meine Unterhose steht wie ein Zelt, und ich ohne Bettdecke. Bemerke im Zimmer schweres Atmen, ach ja, der Austauschschüler ist ja da. Zum Glück schläft er tief, sieht nichts, muss ein wenig schmunzeln. Peinlich die Vorstellung:

– Hallo, bin der Penis von Matthias. –

Dem Amerikaner passiert das doch bestimmt auch? Meinen Freunden zumindest, wir haben mal aus reinem Interesse über unsre Körper geredet, in aller Freundschaft.

Wir werden nun mal geil, Jungs halt.

Bemerke Uhrzeit, sechs Uhr, zu früh, richte meinen Hammerpenis, drehe mich auf den Bauch und schlaf weiter.

Mutter klopft an die Tür.

»Aufstehen, Jungs, Frühstück ist bald fertig.«

Denke: Was? Hab mich doch eben erst umgedreht, nun ist es schon neun Uhr?

»Good Morgen, Matthias.« Mark schaut mich an, seine Haare sind zerzaust.

Schaue ihn an. »Guten Morgen, Mark. Also, wir sollten langsam aufstehen, Frühstück, ähm Breakfast, ist bald fertig.«

»Good.«

Stehe vom Bett auf, strecke mich, Amerikaner schaut mich kurz an und sofort weg. Mensch klar, ich in Unterhose, lache aus Scham. Schnappe Jogginghose, T-Shirt, Socken, ab ins Badezimmer. Pinkle ewig, wasche Hände, Gesicht, Ohren und frisiere meine Haare mit ein wenig Wasser, damit sie nicht fliegen. Meine Frisur sitzt, ich lege kleine gelbe Handtücher für Mark auf die Kommode. Nehme eines meiner Bücher, warte im Zimmer auf Mark. Kaum ein paar Seiten gelesen, er frisch und frank, fragt: »Ready?«

Ich so: »Na klar.«

Von unsrem Zimmer ab in die Küche. Aufschnitt, Brötchen, Marmelade, Tee, Kaffee, Kakao, super, alles da auf dem Frühstückstisch.

»Hau rein, Mark.«

Sein Blick zum Totlachen.

»Äh, what?«

»Matthias, benimm dich.« Getadelt von meinem Vater.

»Mark, greif bitte zu. Möchtest du heißen Kakao?«

Mutter Barbara lächelt ihn an. Er noch etwas unsicher.

»Okay.«

Glaube, er hat es nicht richtig verstanden, steht wie eine griechische Säule vorm Esstisch.

»Mark, kannst hier Platz nehmen.«

Ich deute auf den Stuhl neben mir. Als Sara ihm einen Teller gibt, taut er auf und lächelt zum ersten Mal an diesem Morgen, na geht doch. Zaghaft bedient er sich, als würde er Gold wiegen. Ich schaue ihn etwas zweifelnd an.

»Glaube, du kannst mehr nehmen.«

Familienfrühstück, lässige Runde, er soll sich wohlfühlen. Erklären dem Jungen, wie alles heißt.

»Ei.« – »Marmelade.« – »Tisch.« – »Stuhl.« – »Messer.« »Löffel.« – »Quittengelee, keine Marmelade, Gelee.«

Lachen, scherzen, Ami-Boy bemüht, uns zu folgen. Nach dem ersten Bissen merkt man, er hat auch Hunger; schön, der kann ordentlich zulangen. Meine Mutter macht warmen Kakao, immer mit halb Kakaopulver und halb gefüllt mit Schokoladensplittern. Ihre Art von purem Genuss für uns Kinder; Sara und ich lieben das. Und Mark hat auch einen ordentlichen Zug drauf beim Trinken.

»Möchtest du noch mehr Kakao?«, fragt Mama.

»Danke, ja.«

»Wie geht es dir? Hast du gut geschlafen?«

»Mir gehet gut, und ichk hab schlafen good können.«

»Schön, schmeckt dir das Frühstück?«

»Ja, schmeckt goog.«

Ich selbst esse ein gekochtes Ei, zwei Brötchen, Salamischeiben und Käse, dazu Schokocreme.

»Vielfraß.« Saras Kommentar in meine Richtung.

»Ja, es schmeckt mir und ich habe Hunger.«

»Typisch.«

Wir sind fast durch mit dem Frühstück.

Von Mama: »Habt ihr noch Hunger?«

»Oh nein, ich bin total satt.«

»Ich auch«, antworte ich.

Von Mark: »Ähm, danke.«

Thomas greift nach seiner Zeitung, Barbara nach einer ihrer Zeitschriften, Sara kramt ein Buch hervor und ich zeige Mark die Bravo. Interessiert schauen wir rein und ich erkläre ihm einige Sachen, versuche zu übersetzen, werden aber schnell rot beim Anblick der nackten Jugendlichen. Ich blättere schnell weiter:

»Ähm, ja, das ist normal in der Bravo.«

Nach dem Frühstück räumen wir gemeinsam den Tisch ab, jeder hat eine kleine Aufgabe. Aufschnitt und Aufstrich in den Kühlschrank, Geschirr abräumen und kurz abspülen, Gläser, Teller, Gabel, Messer in die Spülmaschine.

Mein Vater geht zu Mark: »Mark, wir machen heute einen Ausflug, an excursion, um dir Hamburg zu zeigen. So gegen elf Uhr gehen wir los.«

»Okay, danke.«

Wir beide gehen auf unser Zimmer, nehmen unsere frischen Klamotten heraus und bereiten uns vor. Seine weiteren Sachen hat seine Familie per Frachtpost verschickt, die sollte bald ankommen. Mark duscht zuerst, danach kann ich mich fertig machen. Bei mir kommt als Erstes das große Geschäft. Zähne putzen, duschen, abtrocknen, anziehen, Haare frisieren und – wie im Englischen – off we go.

Die ersten Tage wurden von meinen Eltern voll verplant. Elbe, Tierpark Hagenbeck, Planten un Blomen, Innenstadt von Hamburg, Mönckebergstraße, Hamburger Hafenrundfahrt, Alster, Stadtpark.

»Weil man ja nie wissen kann, ob es regnet oder nicht, Mark: Es gibt kein schlechtes Wetter, nur die falschen Klamotten. Eine Redensart in Hamburg. Und immer wieder: Moin, Moin.«

Barbara und Thomas geben sich Mühe, uns zu unterhalten, okay, manchmal nervt es, wenn sie mit altbackenem Zeug Mark Ratschläge erteilen. Aber muss ja. Sara ist ständig bemüht, Marks Aussprache zu korrigieren, ich selbst glaube, das geht von selbst. Hauptsache, er ist bei guter Laune, zeigt in kurzer Zeit auch erste Fortschritte in Deutsch, benimmt sich tadellos, ist aber noch zu freundlich.

Sara ist wie 'ne Klette ständig zwischen uns, verpisst die sich nie? Fragt Sachen und redet wie ein Wasserfall, unglaublich anstrengend.

»Was für Musik magst du?«

»Also ich mag ja Popmusik, aber manchmal höre ich auch klassische Musik. Ich spiele ja Flöte, weißt du.«

»Was ist deine Lieblingsfarbe?«

»Ich liebe Rosa und Lila.«

»Welche Sportart magst du?«

»Pferde sind meine Leidenschaft, weißt du.«

»Wie ist deine Heimat so?«

»Ich würde so gerne mal nach Amerika, wäre echt cool.«

»Echt? Dein Bundesstaat ist noch größer als Deutschland?«

»Deutschland ist ja so klein, dann im Vergleich zu USA.«

»Und wohnt ihr auch in einem Haus?«

»Unser Haus finde ich gut, weil ich habe mein eigenes Zimmer. Einige von meinen Klassenkameraden haben ja nur eine Wohnung.«

»Was für Haustiere habt ihr und wie heißen die?«

»Wir haben Miau und Wuff, weißt du.«

Quack, Quack, Entenschiss, sie hört nich auf.

»Nun ist aber mal gut.«

Kann es mir echt nicht verkneifen nach ein paar Tagen und am Ende jeden Satzes »weißt du«, bin genervt. Barbara beruhigt mein Temperament, indem sie mich manchmal zu einem Thema befragt, sich meine Meinung dazu anhört. Papa Thomas deutet im Nebensatz an, bei Wettkämpfen stießen unsere Hörner gegeneinander. Wer verliert schon gerne? Auch der US-Boy nicht.

Mein Vater, Uni-Professor für Philosophie, belehrt uns ständig, Bartträger, Brille, leichter Bauch, aber überraschend fit im Sport. Und unglaublich schnell für seine fette Plauze.

Sportarten, die uns Männern zusagen: Badminton, Fußball, Squash, Tennis. Mark ist recht sportlich, durchtrainiert, von wegen schlaksig, wie ich das am Anfang so angenommen hatte. Das habe ich erst bemerkt, als er in Unterwäsche vor mir stand, und sein Bizeps ist kräftig ausgebaut. Er hat Ehrgeiz, aber ich auch, haben unsre ersten Kabbeleien. Ich, besser in Badminton und Fußball, er besser in Squash und Tennis. Wir stoßen an unsre Grenzen, dabei kommen mahnende Worte:

»Matthias, nicht so stürmisch.« Immer ich, denke ich mir.

»Ihr sollt euch nicht verletzen.«

Unser erster Wettkampf im Zimmer: Wer schafft mehr Liegestütze? Mark besiegt mich mit dreißig zu zwanzig Stück. So ein Schwein.

Die Tage vergehen, größtenteils lustig, leider steht der Schulbeginn an.

Ich verspüre Heimweh nach San Francisco, die ersten Wochen sind super in Hamburg, die ganze Familie bemüht sich, die vielen Ausflüge, die vielen Orte lenken ab. Aber heute fühle ich mich allein, verstehe manchmal kein Wort, was die sagen. In solchen Momenten möchte ich einfach nach Hause. Ich hatte vorher so viel Deutsch gelernt. Jetzt stelle ich fest, dass man Schuldeutsch und richtiges Deutsch nicht miteinander vergleichen kann. Ich finde es schwierig, ohne eigene Familie in einem fremden Land zu sein und Spaß dabei zu haben oder richtige Freude zu empfinden.

Immerhin gibt es Matthias, der sich hier gut auskennt. Er zeigt mir viel, erklärt interessante Sachen, gibt sich Mühe, bringt mir viel Deutsch bei. Wir haben gute Zeiten. Aber das ist kein Ersatz für meine Familie und meine Freunde. Ich wünsche mir einen guten Start in der Schule, ich bin aufgeregt. Wie sind wohl die Schüler? Und wie die Lehrer? Ich kann gar nicht richtig einschlafen, ich bin viel zu nervös. Matthias schläft seelenruhig in seinem Bett. Ich hoffe, dass ich auch bald ins Land der Träume verschwinde.

Montag. Erster Schultag der zehnten Klasse, der übliche Wahnsinn im Haushalt beginnt. Wecker schrillt zu früh für meine Ohren, meine Augenlider sind zu schwer, verziehe mich in die Bettdecke, um weiterzuschlafen. Gleich marschiert Mama durchs Haus, kontrolliert, ob wir wach sind. Vom Ami kein Ton, bewegt sich nicht, vielleicht ist er auch noch todmüde.

»Los, Kinder, aufstehen.«

Das war Warnung Nummer eins. Mama hat da so ihre Methode, um uns aus dem Bett zu kriegen, sie ist da unberechenbar. Ihre Stimme verändert sich in einem bestimmten Muster. Die erste Warnung ist sanft, die zweite heftiger, bei der dritten muss man sich sputen. Die vierte ist übel. Ohne Vorwarnung – patsch – eiskalter Waschlappen ins Gesicht und die Bettdecke weggezogen. Eine peinliche Tortur, denn die Gefahr einer Morgenlatte ist immer möglich. Danach ist man wach und möchte am liebsten jemanden erwürgen. Vielleicht die eigene Mutter, röchelt in ihrem letzten Atemzug: »Ich wollte dich nur aufwecken, damit du in der Schule gute Leistungen bringst.«

Man tut es dann doch nicht.

Wir müssen nicht lange warten, Mama ist schon parat.

»Kinder! Frühstück ist fertig, Beeilung.«

Bevor die Mordgelüste kommen, öffne ich die Augen. Was höre ich neben mir? Mark schnarcht. Ich warte gefühlt eine Minute, stehe auf, schnappe mir meine Sachen und mache mich im Badezimmer frisch. Als ich wieder ins Zimmer komme, sitzt Mark immerhin schon mal aufrecht im Bett.

»Guten Morgen, Schlafmütze.«

»Äh, what?«

»Sleepy head. Komm schon, Mann, wir müssen uns beeilen, heute ist Schule.«

»Oh stimmt. Right.«

»Ich gehe schon mal frühstücken, warte unten auf dich.«

Mama wuselt in der Küche, kurz begrüßt sie Sara und mich. Ihre Arbeit beim Immobilienverwalter Wagner & Weser GmbH in Norderstedt beginnt um acht. Ich habe nicht ganz verstanden, was Mama dort tut, aber die Firma kontrolliert, ordnet und plant die Mehrfamilienhäuser mit den Hausmeistern, Reinigungen und so weiter.

Ihre letzten Worte an mich: »Matthias, bring Mark gut zur Schule, pass auf ihn auf. Er ist Gast in unserem Land und benötigt deine Hilfe. Besonders der erste Tag wird schwer für ihn, alle wollen was von ihm und er versteht unsere Sprache noch nicht so gut. Sara, mein Schatz, ich wünsche dir einen schönen Tag. Und dir, Matthias, auch.« Schnappt sich die Wagenschlüssel und ruft: »Und verliere Mark keine Sekunde aus den Augen.«

Als würde ich ein neues Haustier haben. Komm her, Mark, komm her, brav, ja, brav machst du das. Wuff ignoriert uns total und leckt sich im Flur die Pfoten, während Miau hin und her läuft, uns manchmal einfach doof anguckt. Der Hund fragt sich bestimmt: Was ist los? Die Familie ist so früh aufgestanden!

Als Mark endlich in der Küche erscheint, sage ich zu ihm:

»Mark, ich gehe mit dem Hund kurz Gassi, frühstücke erst mal gut, ich bin in zehn Minuten da.«

»Sorry, ich hab nix verstehen.«

»Keine Sorge.« Ich zeige auf den Hund.

»I take the dog to a walk and come back soon, du kannst essen.«

»Ah okay, ich verstehen.«

Miau bellt auf, als ich die Leine in die Hand nehme. Wir gehen eine kurze Runde, damit er sich erleichtern kann. Diese Woche habe ich Haustierdienst, nächste Woche ist Sara dran. Wieder zu Hause versorge ich die Haustiere mit Hunde- und Katzenfutter. Wuff wartet anständig, bevor sie auch nur in die Nähe ihres Napfes geht, Miau stürmt los, völlig verfressen. Der würde alles essen. Wuff hingegen ist eine edle schwarze Perserkatze mit braunen

Streifen. Sie kann mit Blicken töten. Wenn das Essen nicht ihren Ansprüchen genügt, geht sie in den Hungerstreik. Wenn wir es in dieser Phase wagen, sie zu streicheln, jault sie auf, und das klingt wie »Wehe, ich warne dich!«

Wir haben nicht mehr viel Zeit.

Von Sara nur: »Bis später in der Schule.«

Und sie fährt mit ihrem Fahrrad vor. Wir Jungs nehmen unsere Taschen, ich greife nach den Hausschlüsseln und wir düsen los mit den Fahrrädern. Mein Vater benutzt selten sein Fahrrad, daher kann Mark das nutzen, für Ausflüge oder halt für die Schule. Kaum durch die erste Gasse links an unserem Haus vorbei, fahren wir auf dem Waldweg Richtung Schule. Zehn Minuten später stehen wir mit den Rädern an den Fahrradständern und befestigen diese mit den Schlössern.

Mich packt die Panik. Ich verstehe kaum Deutsch und alle reden so schnell. Ich habe gerade erst angefangen, zu Hause etwas zu verstehen. Aber jetzt, wenn ich die kleinen Schüler reden höre, denke ich mir – Hä? Die Großen reden noch heftiger miteinander. Mark hat seine Kollegen begrüßt und sie haben sich abgeklatscht.

»Hey Junge.« What, what? Irgendwelche Kommentare.

»Das ist Mark, unser Austauschschüler.« Und wieder habe ich nichts verstanden.

»Hallo Mark, freut mich, dich kennenzulernen. Ich bin Sascha.«

»Ich bin Boris, auch nett, dich kennenzulernen. Woher kommst du aus den USA?«

»Kalifornien, San Francisco.« Immerhin das habe ich verstanden. Ein Junge stellt sich zu uns und jault los:

»Yeah, Leute! Schön, euch zu sehen…« Alles nur noch in einer Codesprache. Keine Ahnung, was der sagt. Er gibt mir

die Hand. Ich hoffe, es gibt keine Probleme, wenn ich die nicht verstehe.

Matthias schaut mich an. »Also, Mark, ich nehme dich jetzt mit zum Schuldirektor und stelle dich vor.«

Glücklicherweise begrüßt Herr Doktor Zimmermann, unser Schulleiter, Mark nur kurz und wünscht ihm eine schöne Zeit. Dann können wir gleich in unser Klassenzimmer. Der Amerikaner bekommt viel Aufmerksamkeit, alle Mitschüler in der Klasse sind interessiert, kommen zu uns und reden wild durcheinander mit ihm. Neben der allgemeinen Hektik des ersten Schultags stellen meine Klassenkameraden sich ihm vor, auch unser Klassenlehrer Herr Stahl stellt sich ihm direkt vor. Zugegeben, bin stolz, mein Ansehen und meine Popularität steigen in der Klasse. Mark passt gut in unsre Clique, wird akzeptiert, schon allein der amerikanische Akzent hilft. Alle sind freundlich zu ihm und lachen oft über seine falsche Aussprache. Er versteht nicht alles. Wir erhalten unseren Stundenplan, erfahren, welcher Lehrer welche Fächer übernimmt. Einige Schulinfos, worauf wir als Zehntklässler achten sollen, haben durch unser fortgeschrittenes Alter neue Rechte, dürfen auch mal kurz das Schulgelände verlassen. Die ersten Stunden nach den Sommerferien sind anstrengend. Mark ist müde und ich gähne auch ab und zu. Am Ende des Schultages fahren wir mit Sara nach Hause.

»Und wie hat es dir am ersten Tag gefallen?«, von Sara.

»Oh, ich war müde, Probleme, alles zu verstehen. Und wie war dich, I mean, dein Tag?«

»Oh, es war super! Ich habe zwei neue Mitschülerinnen! Und, Matthias, wie war es bei dir?«

Ich zucke mit den Schultern. »Ach, war eigentlich ganz

okay. Es waren die üblichen Verdächtigen in der Klasse. Und jetzt habe ich Hunger.«

Mark stimmt mir zu. »Ja, Hunger.«

»Ich habe auch langsam Hunger, aber nur was Kleines, sonst werde ich dick.«

»Bist du das nicht schon? Ich mache dir ein Salatblatt.«

»Du bist so fies, Mattle.«

»Was ist Salatblatt?«, fragt Ami-Boy.

»Hm... das zeigen wir dir in der Küche.«

»Mama kocht bestimmt gerade für uns.«

»Hoffe, was Leckeres.«

Und schon stellen wir unsere Fahrräder in der Garage ab und stehen vor der Haustür.

»Hallo Mark, Sara und Matthias. Hoffe, euch geht es gut. Ich habe Nudeln mit Bolognese gekocht.«

»Au ja, habe so einen Kohldampf.«

»Was Kohldampf?«

»Ähm, Kohldampf ist Hunger, gleiche Bedeutung.« Reibe über meinen Bauch.

»Echt? Kohldampf is Hunger? Okay.«

»Japp.«

»Und ja, Mama, uns geht es gut.«

»Na dann ab Hände waschen und in die Küche.«

Als wären wir noch kleine Kinder. Waschen uns brav die Hände und schlingen Nudeln am Esstisch. Sara nimmt nur einen Teller, aber Mark und ich nehmen uns zügig einen zweiten. Ich helfe Mark in unserem Zimmer bei den Hausaufgaben, haben am ersten Tag nur einfache Übungen. Ich bemühe mich, bestimmte Wörter zu übersetzen, was manchmal gar nicht so einfach ist. Später nehmen wir eine Decke und legen uns im Garten unter den Quittenbaum mit seinen ersten mit grauem Pelz belegten Früchten.

»Mark, dieser Quittenbaum wurde kurz vor meiner Geburt gepflanzt und er hat wieder Früchte, die wir dann ernten.«

»So? Ist ein junger Baum.«

»Ja, und meine Mutter macht im Herbst Quittengelee, das du beim Frühstück schon gegessen hast.«

»Lecker.«

Der seichte Wind weht und die Sonne scheint auf uns, wir haben die Freiheit, zu faulenzen. Frage mich, wie es Mark wohl geht.

»Und wie war der erste Tag in der Schule?«

»Ehrlich, Matthias, very difficult. Sehr schwierig. Konnte kaum verstehen.«

»Ja, glaube ich gerne.«

»Alle sind nett und sympathisch.«

»Ja, und alle wollten mit dir reden. Du hattest keine Atempause.«

»Atempause?«

»Time to breathe, so to have a time for you.«

»Yes, verstehe Atempause. No time für mich.«

»Ich hoffe, dir geht es trotzdem gut.«

»Ja, es geht mir gut.«

»Und wenn es dir nicht gut geht, dann kitzle ich dich durch.«

Ich bohre meine Finger in seinen Bauch und Mark zuckt zusammen und lacht kurz auf.

»Halt, stopp, nicht anfassen.«

Kitzelig, gut zu wissen, wenn er mal frech wird. Unsere Füße berühren sich kurz. Ich fühle mich wohl, kann richtig entspannen. Verbringen unsere Zeit im Garten, Sara kommt dazu und legt sich zu uns. Ruhe und Stille unterm Quittenbaum, mal ein Kommentar da, mal ein Lächeln hier. Nach dem Abendbrot spielen wir mit den Eltern, danach ab ins Bett. Unser Tagesrhythmus in den ersten Wochen besteht aus Aufstehen, Frühstücken, Schule, Hausaufgaben, Abendessen, Familienabend. Erster gemeinsamer Monat vergeht, Analyse bis jetzt mit Mark:

Zimmer in Ordnung: Japp

Aufteilung in Ordnung: Japp

Nacktheit: Japp, Mark zeigt sich ohne Scham

Ruhezeit: Japp

Ständer: Japp, er mit Morgenlatte, haha.

Ich auch, wir haben so gelacht im Zimmer.

»Dude, what's that a Ständer? By us it's a Boner.«

Er schwenkt zwar immer wieder ins Englische, aber er lernt dazu. Krümmen uns vor Lachen, ach, der Amerikaner ist klasse, ich bin glücklich. Warum auch immer.

Deutsche Aussprache und Grammatik werden besser, er versteht die Witze, bringt sich in Gespräche ein. Er zeigt mir interessante Musik aus den USA. Für mich total unlogisch: Er steht auf Grace Jones – Grace wer? – habe noch nie was von ihr gehört. Ich bin überrascht, Mark kann ziemlich gut Schlagzeug spielen, ich spiele Gitarre, in der Nebengarage wird gejamt. Probieren Rock und berühmte Songs von angesagten Bands, laut, sehr laut, und haben Spaß.

Meine Mutter, lockige Haare, Brille, liebt kitschige Romane. Fragt, was wir so tun. Mahnt mich.

»Passt du auf ihn auf?«

»Kann er selbst gut genug.«

»Und keine Dummheiten, er ist Gast.«

»Mama …«

»Du weißt, was ich meine.«

Wie ich das hasse. Ich ein Bösewicht? Nie! Dumm schon gar nicht.

Neu: Jeden Samstagmorgen tragen wir Zeitungen aus, um unser Taschengeld aufzubessern. Teile gerne mit US-Boy, er begleitet mich bei Zeitungstouren. Bin dann nicht allein während der Tour in der Nachbarschaft von Norderstedt. Nebenbei erhält Miau seinen Auslauf. Er erhält immer wieder Streicheleinheiten von Mark und mir.

Zweiter Monat fängt nicht so gut an. Erster Konflikt. Wir geraten heftig aneinander wegen einer Kleinigkeit. Stimmung im Keller. Keine Ahnung, warum das so aus dem Ruder gelaufen ist. Thomas nur so: »Pubertät.« Seine Sichtweise ist ja sooo erwachsen. Sara geht uns aus dem Weg, hat zum Glück keine Weisheiten parat. Beobachtet aber aus jeder Ecke interessiert die Szene. Ich bin wütend auf Mark, der könnte tot umfallen, würd mich nicht stören. Es fing doch so gut an.

Matthias ist so ein Arsch, Idiot. Ich habe auch meine Rechte, er mischt sich einfach in meine Musikwahl an der Stereoanlage ein. Ich liebe nun mal die Musik von Grace Jones. So ein Blödmann, er schubst mich einfach weg und sagt zu mir: »Verpiss dich.« Seine Wortwahl verletzt mich. Lasse mir das nicht gefallen, zerre ihn von der Anlage. Raufen miteinander, schlagen uns, zerren an uns herum, bis Barbara kommt und brüllt: »Was ist denn hier los? Sofort aufhören!«

Ich will nach Hause, halte es keine weitere Minute mehr mit Matthias aus. Mit so einem Typen ein ganzes Jahr, das kann ja die Hölle werden. Immerhin ist Barbara neutral, spricht uns direkt an und verlangt eine Aufklärung.

»So, was ist hier los? Worum geht es?«

Sie möchte einen Kompromiss finden und neue Regeln aufstellen. Ich bin viel zu aufgewühlt, ich verstehe nicht alles, was sie sagt.

»Mark, ich kann nicht so gut Englisch, aber sobald Thomas nach Hause kommt, kann er dir das übersetzen. Entschuldige.«

»Danke.«

Zu Hause herrscht Eiszeit, die ganze Familie angespannt, jeder Versuch einer Schlichtung scheitert an unserer Bockigkeit. Können ja schlecht gleich wieder auf Normalzustand schalten, habe ihm harte Worte gesagt, ihn auch übel auf den Kopf gehauen. Eigentlich ist Mark okay, hatten auch viel Spaß bis jetzt. Hab ich ihn übel verletzt? Schlechtes Gewissen nagt an mir. Thomas hatte noch mal ein separates Gespräch mit ihm, später dann mit mir, er bat mich, mich zu entschuldigen. Aber ich antworte meinem Vater, ich kann das jetzt gerade schwer über mich bringen. Irgendwie war ich schneller als Mark und habe ihn vielleicht doll verletzt.

Am späten Abend, atme tief ein, springe über meinen Schatten. Reiche meine Hand.

»Entschuldigung, Mark, war nicht so gemeint. Ich hoffe, wir sind weiterhin Freunde.«

Barbara schaut auf, lächelt mich an.

Handschlag zur Entschuldigung wird angenommen, bin erleichtert, lächeln wieder und die unschöne Situation ist abgehakt.

»Matthias, kann ich dich kurz sprechen?«

Mutter umarmt mich und meint: »Sehr gut gemacht mit der Entschuldigung.«

Tags darauf, kein Problem, wir scherzen wieder, gehen zur Schule. Bald sind Herbstferien. So schnell vergehen zwei Monate, meine Schulnoten besser als erwartet. Einige Einser mitgebracht – geil. Wetter kühler, schmuddelig, windig, im September.

Schlafanzug: Japp, wird kalt an den Beinen.

In der warmen Zeit mit Fahrrad zur Schule, nun bei starkem Regen mit dem Bus. Während wir sonst freies Schwimmen hatten, müssen wir nun in die Schwimmhalle. Mädels wirken anders, vorher blöde Ziegen, jetzt auch volles Risiko mit Blick auf die prallen Titten.

US-Boy hat mega Body aufgebaut. Muss härter trainieren, um mitzuhalten. Wir messen uns, immer scheitere ich knapp an Marks Bestmarken. Mädels beeindrucken, sollen mich bestaunen, nicht nur Mark. Konkurrenzkampf. Ein Problem gibt es: Sie bringen mir vieles bei, Deutsch, Physik, Mathematik, Geschichte, aber verraten mir nicht, wie ich Marta aus der Parallelklasse anspreche. Heiße Spanierin, diese langen Haare, schwarze Augen, rote Lippen, Titten, oh Mann. Ein geiler Körper mit einem Arsch zum Anfassen, werde zum winselnden Hund. Einfach himmlisch. Gleichungen bringen mich nicht weiter, Grammatik – pah, denkste. Geografie nicht die Bohne. Null Plan und wir lernen und lernen. American Boy weiß von meiner Zuneigung, aber ich bin zu nervös, um sie anzusprechen. Marta ist weiter weg als erwartet. Im Sportunterricht, Jungs mit viel Energie, zerren, schubsen, ziehen, wollen gewinnen, wir haben Spaß. Mädcheneinstellung dazu: Och, ich könnte mich eventuell etwas bewegen. Tun nur das Nötigste. Schule ist wie gehabt, einfach nur Schule.

Meine Eltern erlauben Ausflug mit Wochenendticket und Jugendherberge, nur wir zwei. Genial.

Wow, erhalten zusätzliches Taschengeld für unsren Kurztrip. Regenjacke, Kamera, Rucksack, Verpflegung, on the road again. Hannover, Bremen, Berlin. Wollen Spaß, dösen während der Fahrt, reden, lachen, fotografieren auf den Straßen. Sind hungrig, durstig, müde, genervt, unsere Füße tun weh. Fahrt mit Trödelbahn nervt noch mehr, wenn man erschöpft ist, dürfen mit Wochenendticket keine schnelleren Züge nehmen. Mark ist doch mehr als ein guter Freund, die Chemie stimmt. Fast Food, Cola, Schokolade, Chips, alles, was uns schmeckt. Mutprobe, zwei Idioten ein Gedanke. Schaffen es, ein Bier zu kaufen, ein älterer Junge hilft.

»Was kriege ich?«

»Kannst dir auch ein Bier kaufen.«

»Okay.«

Belohnung ein Bier, ist fair, teilen und herrschen. Öffne die Bierdose, probiere als Erster, bäh, Mark danach:

»Widerlich.« Sein neues Modewort.

Lachen uns kaputt. Mit Ach und Krach würgen wir das Zeug hinein. Sind beschwipst, fangen an zu kichern. Im Zug, sofort weggetreten, wachen kurz vor Hamburg auf, habe Kopfschmerzen, trockenen Mund, brauche Wasser, fühle mich groggy. Muss übel pissen, Mark auch, am Pissoir kommt die gelbe Brühe literweise. Fahren nun entspannt heim, Richtung Norderstedt. Es war ein geiles Wochenende, wie schön es ist, mit jemandem zu reden, der einen nicht auslacht, der einen ernstnimmt, einfach seine Zeit mit einem verbringt.

Zu Hause haben wir viel zu erzählen, behalten einiges lieber für uns, wie das Biertrinken. Ich finde unseren US-Boy so spannend, ich kann es nicht beschreiben. Seine Art, Aura, Aussehen, Benehmen, alles faszinierend. Er gefällt mir. Was ist los mit mir? Stehe auf Marta, aber Mark kommt häufig in meinen Gedanken vor. Beim Zubettgehen schaut Mark mich an.

»Alles okay?«, frage ich.

Er zu mir: »Du liebst mich.«

Ich bin empört. »Nein, ich hasse dich!«

Drehe mich genervt um. Dieses Arschloch, was denkt der sich. Schlafe, träume merkwürdig. Und – überraschend – ausgerechnet Mark in meinen Träumen, wie wir uns berühren, uns näherkommen. Wache mitten in der Nacht erschrocken auf, bin verwirrt, muss schnell ins Bad. Habe eine feuchte Unterhose und dicke Eier. Nach dem Pissen spritze ich kaltes Wasser in mein Gesicht, atme tief durch. Alles gut, nur ein schlechter Traum, leider war der auch sehr schön. Lege mich wieder schlafen. Familie und Ami-Boy bemerken nichts am nächsten Tag, bin froh drüber und entspanne innerlich. Die Herbstferien kommen wie gerufen.

Musikmachen ist unsere neue Leidenschaft, enorm spaßig, auf den Instrumenten zu spielen. Am Schlagzeug Ami, an der Gitarre ich, zwei Kumpels: Bass plus Cello sind nun dabei. Am Bass ist der Boris, am Cello der Sascha, meine zwei besten Kumpels aus der Schule. Jeder von uns kann Noten lesen, daher fallen uns die Akkorde, die Melodie, der Takt und das Tempo leicht. Der Bass spielt uns einen Grundton und das Schlagzeug gibt das Tempo vor, ich spiele mit der Gitarre den Akkord und das Cello transportiert die Melodie. Wir versuchen uns an Queens Bohemian Rhapsody, klingt abgefahren mit stellenweise vielen Fehlern. Üben oft. Wir werden besser, sprechen uns Mut zu:

»Das war echt gut.«

Marta müsste uns hören, denke ich mir. Jeden zweiten Tag in den Ferien üben wir in der Garage. Am Wochenende lässt uns Thomas zusätzlich arbeiten »wegen ungezügelter Energie«.

So ein Wichtsack.

Motze: »Mann, was ist mit Sara?«

»Sara hat kein Testosteron.«

Was für 'ne Logik, Mensch. Erledigen anscheinend alles tadellos.

Müde und hungrig erscheinen wir zum Abendessen, kann mir letzten Kommentar nicht verkneifen:

»Ist ja wie bei der Armee.«

Antwort von Papa: »Ist immer noch mein Haus.«

Mark überrascht uns alle mit Militärspruch, kerzengerade: »Jawohl, Sir.«

Aus Protest mit der Hand am Kopf, schaut wütend auf Thomas. Endlich ein Mitstreiter, Barbara schaut belustigt auf die Szene. Wir klatschen uns ab und verpissen uns aufs Zimmer, spielen Karten. Er verdient meinen Respekt, aufgeregt, mit einem Schmunzeln denke ich an sein »Jawohl, Sir«.

In den nächsten Tagen benehmen wir uns ordentlich, merke, Vater ist verstimmt wegen uns.

Was einem auffällt am eigenen Körper. Mensch, lustig. Bart-, Achsel-, Sackhaare, alles wächst stärker oder ist wahrnehmbarer, mit kleinem Wachstumsschub. Meine Körpergröße: Habe bald Gleichstand mit Papi, außer seiner fetten Wampe. Wegen dem vielen Training in letzter Zeit: besserer Bauch, mein Körper ist muskulöser.

Erstaunlich, drei Monate sind vergangen, Ende Oktober, Anfang November. Vieles versteht der Amerikaner, hat viele Wörter übernommen. Sogar die Witze unter uns Jungs der Klasse. Überrascht mich immer wieder, wenn er mal was versteht. Er liebt ja leider Grace Jones, muss es mir ständig im Zimmer anhören. Wir haben eine neue Regel: Wir wechseln uns ab, ein Tag Musik von mir, ein Tag Musik von ihm. Schlimm ist daran eigentlich, manchmal hab ich einen unerträglichen Ohrwurm von Liedern, die ich nicht ausstehen kann. Wieso bloß? Nicht nur die Qual zu Hause, auch draußen auf der Straße oder mitten in der Schulstunde.

November ist immer voll verplant, Schulausflüge, Projektwoche, Referate, in Deutsch Diktate – nicht nur eins, zwei, nein, gleich fünf. Vierundzwanzig Mitschüler und ein Austauschschüler. Welche Glanzleistung: eine glatte Eins in Englisch – Musterknabe Ami-Boy. Ich zwei minus, bei der nächsten Klassenarbeit läuft es bestimmt besser.

Meine Mutter: »Gut gemacht, Mark! Du kannst Matthias bei seinem Englisch helfen.«

Nicht wirklich, oder? Stirb, Mama, auf der Stelle! Kaum schaut sie mich mit ihrem schönen Lächeln an, schaue ich sie lieb an und denke gleichzeitig: Warum stellst du mich so bloß? Gehst mir gehörig auf den Keks.

Sport ist mit viel Ehrgeiz verbunden, zwischen Mark und mir werden die Ergebnisse immer enger, hin und wieder gewinne ich, dann er oder mein Vater, wenn er mitkommt. Papa hat kräftigere Schläge beim Badminton, Tennis und Squash, möchte nicht gegen die Youngsters verlieren. Aber ist nur eine Frage der Zeit, dann gewinne ich bestimmt mal gegen den alten Sack.

Wenn der Sport vorbei ist, sind wir Jungs verlegen unter der Dusche. Vater selbstbewusst, greift sich in den Schritt und verteilt das Duschgel. »Brrr!« Duscht sich ab mit kaltem Wasser.

Wir sind rot im Gesicht, drehen uns zur Wand. Vater trocknet sich sorgfältig ab. Wir: schnell Handtuch um die Lenden, abtrocknen, Boxershorts, Jeans, T-Shirt. Sport macht Spaß, dann kommt der Horror, Duschzeit. Das wird ständig ausgeblendet, tadaaa: Nacktheit im Umkleideraum. Vor Fremden habe ich keine Probleme, vor

Sportfreunden beim Fußball auch null Scham, vor Papi? Ja doch. Familie ist was anderes, Papa muss meine Nüsse nicht bestaunen. Schon gar nicht Mama, das würde mich umbringen, wenn die mich nackt erwischt.

Es ist Mitte November, Wochenende. Mark und ich spielen wie wild Squash, hart gekämpfte Matches, die engsten Spiele seit Langem. Unter der Dusche, spontane Entscheidung: Sauna. Schwerer Fehler – die Hitze macht so geil, je länger wir sitzen, desto pulsierender mein harter Schläger. Nach einer Ewigkeit, beim Aufstehen, Mark hastig mit Handtuch um seinen Vorderbereich, kein Wunder, seiner riesengroß, schaut mich verlegen an. Wie blöde versuchen wir, unter kleinen Handtüchern alles zu bedecken, dabei sind die wie Zelte aufgestellt. Wir wissen Bescheid, lachen verlegen, also kalte Dusche mit Latte. Zum Glück sind wir allein, bin geil und überwinde mich, habe keine Angst mehr vor Mark. Zeige meinen Lümmel, Amerikaner schaut mich und mein Ding im ersten Moment ungläubig an, lacht kurz auf, zuckt die Schultern, entspannt sich und tut es mir gleich. Wir beobachten uns sehr genau. Dumme Jungs, aber unsere stehen nun mal sehr senkrecht. Kein Lachen, keine Scherze, sehr zielgerichtet, ernst, konzentriert. Schauen uns an, beinahe gleich groß, gleich breit, gleich große Hoden.

Kein Freund hat das je mit mir gemacht. Sprechen kein Wort, ziehen uns nach dem Abtrocknen an, fahren langsam nach Hause. Bin geschmeichelt, erste sexuelle Erfahrung unter der Dusche. Wir haben nicht nur geduscht und uns bestaunt, sondern auch leichte, sanfte Bewegungen vollzogen, ich vor ihm und er vor mir. Mir sind quasi die Augen rausgefallen bei der Geilheit, die mich erfasste. Zu Hause auf Normalo geschaltet, großen Hunger, kräftig zugelangt.

»Nicht so hastig.« Der Kommentar von Mama.

Aber ich schlinge das Essen, bin schnell vollgefressen, Chillen ist angesagt im Wohnzimmer vor der Glotze. Wollte erst mal nicht so schnell ins Zimmer, es war mir ein wenig peinlich, alleine mit dem Ami-Boy. Haben den ganzen Abend wenig miteinander gesprochen, war nicht nötig, drüber zu reden, haben ja alles gesehen. Sind nun Schwanzbrüder statt Blutsbrüder. In den folgenden Tagen vermeiden wir tunlichst, darüber zu reden, obwohl ich manchmal auch total geil an die Duschszene denke.

Erster Advent. Die letzten Wochen im Dezember, bald haben wir Winterferien. Meine Mutter Barbara nimmt uns Kinder mit ins Kino, danach setzen wir uns in ein Café, haben eine gute Zeit.

»Mark, das wird dir gefallen. Hier gibt es Rhabarber-Sahne-Torte, eine Spezialität des Hauses.«

»Rhababer, ist ja Rhubarb? Und das ist eine Spezialität?«

Wie gut Mark schon sprechen kann, ich höre zwar noch seinen Akzent, aber er spricht die Wörter voll aus.

»Ja, und es heißt Rhabarrrberrr.«

»Rhabarber.«

Leider gehört lästiges Shoppen dazu, weil kalte Jahreszeit kommt. Nach dem letzten Schluck von meinem heißen Orange-Karamell-Rooibusch-Tee frage ich: »Müssen wir noch lange durch die Läden ziehen?«

»Ihr beide braucht warme Sachen zum Anziehen. Und für Mark müssen wir ein paar mehr Sachen für den Winter besorgen. Wir wollen ja nicht, dass du dich erkältest.«

Ich rolle mit den Augen. »Ja, wir wollen ja wirklich nicht, dass Mark krank wird. Nicht, Mark?« Ziehe eine Schnute.

Mark kickt mich unter dem Tisch.

»Autsch.« Fass mir theatralisch ans Bein.

»Das hast du verdient.«

»Ich habe schon neue coole Klamotten gesehen, Mama, die sind so toll.«

Sara liebt shoppen total, sucht stundenlang neue Klamotten, das tut sie auch gerne mit ihren Freundinnen. Ich selbst würde gerne coole Marken kaufen, zeige drauf und sage: »Das gefällt mir.«

Doch Mamas Antwort lautet: »Die halten nicht warm.«

Wohl oder übel greife ich zu Wolle, Kaschmir, Schal und gebe nach. Brauchen einen halben Tag, kommen völlig erschöpft zu Hause an.

In der Schule laufen die Vorbereitungen zum Jahresende auf Hochtouren. Selbst Sara lässt uns auf Bitten von Barbara ausnahmsweise mal in Ruhe. Die letzten Prüfungen stehen vor den Winterferien an, müssen kräftig büffeln, abfragen, wiederholen. Üben, üben, üben. Prüfung Nummer eins, zwei, drei, vier und so weiter. Die ganze Klasse ist angespannt, alle sind nervös. US-Boy hat sehr große Fortschritte gemacht, wenn man bedenkt, dass er kaum ein Wort Deutsch sprechen konnte. Aber jetzt drückt er sich super aus, versteht viel. Seine Noten, außer Englisch, wesentlich besser geworden. Kann zwar nicht sitzenbleiben, gibt sich aber trotzdem sehr viel Mühe.

Was mir gefällt, ist, dass wir tiefgehende Gespräche führen und dass ich mit ihm meine Geheimnisse teilen kann. Er ist verschwiegen und öffnet mir gegenüber seine Sichtweisen. Ein richtiger Freund, Seelenpartner. Manchmal packt mich die Angst, etwas zu sagen, unser Vertrauen baut wohl auf Risiko auf. Unsere Verwundbarkeit baut auf der Furcht vor Enttäuschung, ja, noch viel schlimmer, auf der Furcht davor, dass man verletzt wird. Man fürchtet den Verrat des anderen.

»Das bleibt unter uns.«

»Auf jeden Fall.«

Die Sicherheit, bevor weitere Geheimnisse erzählt werden, geht vor. Unsre Sorgen, die Furcht, bleibt das so? Wenn wir uns beide aufbauen, unsere Zukunft vorstellen, dann geht es mir gut. Letzter Schultag, wir verabschieden uns von der Klasse.

»Frohe Weihnachten und guten Rutsch ins neue Jahr!«

Genial – Mark und ich bringen super Noten nach Hause. Thomas gibt uns beiden ein paar Scheine zur Belohnung, zwinkert dabei.

Zwei Wochen Ferien, endlich, einfach entspannen, Weihnachten und Silvester stehen vor der Tür.

Für die Familienfeier bittet Mama jeden um Hilfe. Weil es mir egal ist, zucke ich meistens die Schultern.

»Ja, mach ich.«

Unsere ganze Familie schuftet im Haushalt, soll ja schön sein zu Hause. Sara schmückt den Baum, Thomas weist uns an, packt auch selbst mit an. »Wir Männer machen das schon.«

Seine Devise. Ich habe da meine Zweifel. Mutter kommt immer mit dem Staubwedel vorbei, obwohl wir alles schon geputzt haben.

Am nächsten Tag, der Weihnachtstag, ein Samstag, schlafen wir ordentlich aus. Keine Zeitungstouren zu fahren, erst wieder im neuen Jahr.

Um zehn Uhr klopft Sara an unsere Tür.

»Hey, ihr Schlafmützen, Frühstück. Mama wünscht, dass ihr endlich aufsteht. Wir haben noch viele Sachen zu erledigen.«

Könnt schwören, es gab ein Erdbeben in unsrem Zimmer, sieht aus wie auf einem Schlachtfeld. Rappeln uns langsam auf, frühstücken in der Küche, Zimmer aufräumen, und geschniegelt tauchen wir im Wohnzimmer auf. Erwarten um achtzehn Uhr die ersten Gäste, Mutter noch am Kochen, Sara hilft in der Küche.

Mein Vater liest seine Zeitung, schaut zu uns Jungs auf:

»Wir stören nur in der Küche.«

»Komm, Mark, wir fragen kurz, ob wir was tun können.«

»Mama, brauchst du noch Hilfe?«

»Was hast du gesagt?«

»Ob ihr noch Hilfe braucht?«

»Nein, nein, geht bloß raus. Sara und ich schaffen das.«

»Okay, wir gehen ins Zimmer.«

Kenne diese Phasen nur zu gut, zur Kür muss es stimmen, die Höchstwertung wird jedes Jahr angestrebt, die Gäste sind die Wertungsrichter. Die Eltern von Papa Thomas, dann die Eltern von Mutter Barbara, sie will das beste Fest. Schwierig für Mama, es allen rechtzumachen. Früher hatte ich das alles für selbstverständlich genommen, wartete aufgeregt auf die Geschenke. Aber jetzt finde ich Weihnachten übertrieben, alle bemühen sich, gute Laune zu verbreiten. Und doch stichelt die Mutter von Papi. Ihr Kommentar zum Essen:

»Hm… also der Koriander dominiert.«

»Ach Liebes, du hättest dir nicht so viel Mühe machen müssen.«

»Oh, das Haus ist aber sauber, nicht?«

Oder der Vater meiner Mutter bringt die Worte:

»Also ich kenne nur Kartoffelsalat mit Würstchen zu Weihnachten. Was ist das?«

»Gib mir mal Salz und Pfeffer, die Suppe ist fad.«

»Will fernsehen.«

Als Kind nahm ich die Familienbesuche recht positiv wahr, aber mit fünfzehn sieht man, welchen Stress sich meine Mutter für ein paar Stunden heile Welt macht.

»Mark, wir müssen so gegen achtzehn Uhr unten sein. Also locker bleiben.«

»Okay, wir können ja spielen?«

»Ja, gute Idee. Komm, nehmen wir Spiel des Lebens.«

Während wir die Zeit vertrödeln, wird es dunkel draußen. Die Gäste trudeln ins Haus. Beim ersten Klingeln gehen wir Jungs in den Hausflur und begrüßen meine Großeltern väterlicherseits. Ich nehme die Jacken ab und hänge sie in die Kommode, während meine Oma und mein Opa ins Wohnzimmer gehen. Im Wohnzimmer leuchten Kerzenlicht und die Kette am Weihnachtsbaum, schöne Wärme vom Kaminfeuer. Wenig später kommen auch die Eltern von meiner Mutter an. Das Weihnachtsfest kann beginnen. Während im Wohnzimmer Smalltalk geführt wird, helfen wir Kinder meiner Mutter beim Auftischen des Festmahls. Das gute Porzellan und die Kristallgläser dürfen aus der Vitrine und auf dem Tisch platziert werden, dazu Servietten und die Aufreihung der Gabeln und Messer.

»Von außen nach innen.« Die Devise von Mama.

Alles in allem läuft das Fest friedlich ab, der Hauptgang und der Nachtisch saulecker.

Ich bin aus dem Häuschen, als ich mein Paket öffne. Hey geil, ein tolles Geschenk von den Großeltern:

Reisegeld plus Gutschein, wohin ich will, dazu Konzertkarten zum Rockfestival mit den Megabands.

»Mensch, das ist ja ein Supergeschenk.«

»Mit Mark zusammen, könnt ihr zwei eine gute Zeit verbringen.«

Ich schaue ungläubig. »Was? Für uns beide?«

»Ja, für euch beide. Wir haben noch einen draufgelegt.«

»Wahnsinn. Mark, schau! Wir können uns aussuchen, wohin wir wollen.«

»Cool, oh vielen, vielen Dank!«, von Mark.

»Mark, das ist von uns.«

Meine Mutter übergibt Mark ein kleines Paket mit einem schönen Bildband über das Leben von Grace Jones und einer CD von ihr.

»Oh, superschön, danke für das Geschenk.«

»Und als Überraschung, hier ein Paket von deinen Eltern.«

»Wir hatten es versteckt und extra eingepackt.«

»Von meinen Eltern, oh wow.«

Ein wunderbares Lächeln taucht auf Marks Gesicht auf, er öffnet das Paket und hat Wollpullover, Süßigkeiten, eine schöne Karte und viel Krimskrams bekommen. Er freut sich über sein Geschenk, ich sehe es ihm an.

Ich fühle einen Stolz in mir aufkommen, etwas machen zu können, ohne Eltern oder Großeltern, dieses Gefühl – einfach der Hammer! Und ich darf aussuchen, wohin es geht. Was will ich mehr? Ich fühle mich großartig. Familienrunde im Wohnzimmer, nebenbei läuft ein Film von Loriot, viele Gespräche, viel Essen, viel Süßes. Fünf Monate ist der Amerikaner schon bei uns. Bin pappsatt und mir ist wohl ums Herz. Feiertage mit kompletter Family, zum Teil zwar stressig, aber gut.

Wir sind wieder nur zu fünft im Haus, Vorbereitung auf Silvester läuft. Als Erstes: Shoppen. Feuerwerkskörper mit Erlaubnis, aber nur von unsrem Taschengeld.

»Dafür kriegst du unser Geld nicht, nein, nein.«

Wir anfangs unschlüssig, welche Böller plus Raketen, Wunderkerzen, aber wir treffen schnell eine Auswahl. Greifen zu, Thomas nickt, bezahlen. Müssen noch warten, bis es knallt. Resteessen vor Silvester, Langeweile, nichts zu tun, keine Lust, Nullbockphase halt. Sara, Zombie-

Schwester, sonst quicklebendig, schleicht wie Leiche durch Haus, mit nix zufrieden. Geht in unser Zimmer und wieder raus, kommt rein und geht wieder, sagt hier und da etwas. Nach dem gefühlt hundertsten Mal sag ich ihr: »Verschwinde endlich!«

Eltern täuschen Aktivität vor, angeblich wichtig. Thomas nur: »Sonst werden die Jungs noch aggressiv.«

Der und seine Meinung, tröööt. Tun mal etwas, Sport, basteln, mal Kino (immerhin), sonst fällt uns die Decke auf den Kopf. Ich kann nicht mal die Nudel walzen, alle ständig da. Obwohl großes Haus, habe ich keine Privatsphäre. Neujahrsfeier, alle schick angezogen und Sissi zum Was-weiß-ich-wievielten-Mal in der Glotze, ohne mich. Mark macht auf Engel, aalglatt, zu glatt mit Hemd plus Krawatte. Füge mich, wir beide beim Bügeln, Mutter nur: »Seid vorsichtig, wird heiß.«

Silvester steht vor der Tür, verdreh die Augen, schon wieder Grace Jones, auf einmal mag ich es. Summe die Melodien mit, obwohl ich es früher nervig fand. Nur noch wenige Minuten bis achtzehn Uhr, endlich, wir dürfen knallen, was das Zeug hält. Lachen mit Freunden, unter Jungs, es platzt, knallt, ballert, die dicksten Böller donnern im Ohr. Älterer Kollege bringt fiese polnische Knaller, macht Eindruck. »Wahnsinn!«

Anwesenheitspflicht zu Haus um einundzwanzig Uhr, Abendessen, genial, Fleischfondue, habe Appetit, Gemüse, Nachtisch Eisbombe trotz Kälte, genau richtig. Thomas ist stolz auf die ersten Monate, schmeichelt dem Amerikaner, auch der Familie. Barbara stößt an, gibt uns Küsse, also hallo? Bin bald sechzehn, mache eher so stumme Zustimmung. Umarmung trotzdem schön, Mark wird auch geknuddelt, Hautfarbe glühend rot. Habe viel Spaß.

»Also, weil ihr bald sechzehn werdet.«

Augenzwinkern von Thomas, drückt uns zwei halbvolle Gläser in die Hände.

»Champagner.«

Sara erhält Kindersekt. Wir stoßen an, das prickelt das Zeug, aber, brr, so richtig schmeckt es nicht.

»Auf ein gutes neues Jahr!«

Das alte Jahr endet und ein neues fängt an.

Oh, oh, oh, Polizeieskorte zum Revier. Papi holt uns ab, nicht begeistert, überhaupt nicht begeistert. Zeigt im Auto auf die Sitze: »Pflanzt euch.« Bissige Ansage von Papa.

Totenstille, Atmen fällt mir schwer. Kaum zu Hause parkiert, vom Auto in die Küche gezerrt, Schwesternaugen groß wie der Mond.

»Auf dein Zimmer!« Vaters klare Ansage an Sara.

Ich weiß, sie ist auf dem Treppenabsatz, ihr Lauschangriff. Wir haben verkackt, Mutter lässt Thomas ordentlich brüllen, größte Standpauke seit Langem.

»Wie konntet ihr nur?«

»Was fällt euch ein?«

»Ihr seid nicht ganz dicht.«

Nach einer Viertelstunde Wut gegen uns erlöst uns Mamas Stimme.

»So, ab ins Zimmer, ohne Abendessen.« Mutter bestimmt.

Schaut Thomas mit deutlichem Ausdruck an, mit »So, ist genug jetzt.« im Blick. US-Boy, geschockt, verdaut das Gehörte. Gehen geduckt in unser Zimmer, werfe mich aufs Bett. Es sollte doch nur lustig sein, das ging komplett nach hinten los.

Ich hab die Schnauze voll, wir haben es nicht böse gemeint. Thomas hat uns angebrüllt, er wollte unsere Meinung nicht mal hören. Wir wollten nur etwas Spaß haben, wir hatten nicht die Absicht, etwas zu zerstören. Ich habe solches Heimweh, ich habe ein sehr schlechtes Gefühl, in mir ist nur reine Verzweiflung. Ich will nur noch gehen, gehen, gehen. Warum bin ich überhaupt hierhergekommen? Das ist alles großer Mist in Norderstedt. Matthias hat Glück. Er schläft einfach ein. Ich bin viel zu aufgewühlt. Warum haben wir uns von Karl auch zu dieser Mutprobe überreden lassen… Nur weil uns langweilig wurde und er eine angeblich coole Idee hatte. Ich bin enttäuscht, frustriert und wütend. Liege schon lange herum, wälze mich hin und her. Schließe die Augen und bin überrascht, als der Wecker am frühen Morgen klingelt.

Dumm. Am Neujahrstag haben wir unsere Böller mitgenommen, zufällig Klassenkamerad Karl getroffen. Er schlägt eine Mutprobe vor, zünden mit Pulver aus Böllern eine Streusandkiste an, während wir das Schießpulver schön verteilen und anzünden. Übersehen dabei, wie der Brand sich ausbreitet, auf nebenstehende Schrebergartenlauben übergeht. Die Feuerwehr gleich um die Ecke, kommt vorbei, Löschen geht schnell, dennoch entsteht ein hoher Sachschaden. Ordentliche Standpauke von der Polizei und noch heftigere von meinem Vater. Überraschend guter Schlaf, vom Alarm geweckt, halten am besten unsre Schnauze am nächsten Morgen, trotzdem bin ich irgendwie stolz drauf. Habe sogar Lachflash, einfach so. Endergebnis:

Sachschaden: Japp.

Verwarnung: Japp, nicht nur von Polizei, auch von Eltern.

Ausgleich des Schadens: Müssen Geld abgeben an den Staat.

Zu Hause: einen Monat Hausarrest, Haus und Hof in Schuss halten.

Keinen weiteren Mist bauen. Von uns kommt kein Protest, lieber so, als noch härtere Strafen zu kassieren. Kriegen viele kleine Aufgaben aufgebrummt, erledigen diese aber ordentlich. Sage mir einfach: Strafe muss wohl manchmal sein. Habe mich noch nie so auf Schule gefreut. Kommen immerhin mal aus dem Haus. Klassenkameraden, Lehrer, Gewusel im Schulgebäude. Kaum letzte Schulstunde vorbei, ab nach Hause und unsere Aufgaben erledigen. Bringen Müll raus, waschen ab, staubsaugen, putzen. Meine Mutter hofft, dass es ewig so weitergeht mit ihren Leibeigenen. Sara plus Eltern fahren am dritten Wochenende weg, Mark und ich dürfen nicht mit.

»Keine Partys, kein Außerhaus, keine Besuche. Sonst kriegt ihr richtig Ärger. Verstanden?«

»Ja, verstanden.«

Am ersten gemeinsamen Abend bin ich baff. Während Film im Fernsehen läuft, streichelt sich US-Boy zwischen Sack und Schwanz – Hardcore. Provoziert mit Ständer in seiner Hose und macht Geräusche wie ein Orang-Utan, ich werde geil. Traue mich nicht, mitzumachen oder richtig hinzuschauen, aber er weiß es, man sieht es an meiner Jogginghose. Sage nichts, bin sprachlos. Er dominiert die Situation. Mit Hand im Schritt stöhnt er: »Uh, uh, uuuh.«

Schaue wieder ungläubig zum Fernseher. Was läuft? Keine Ahnung. Kann mich nicht auf die Glotze konzentrieren. Was macht der Ami? Bin perplex. Und was ist? Ich mag das. Diesen Scheiß liebe ich, genau diesen Moment. Bin total aufgedreht. Als wir im Zimmer sind, fällt mir das Einschlafen schwer. Mark ruiniert das geile Gefühl, indem er sagt: »Du liebst mich.«

»Mann, nein, ich hasse dich.«

Werde richtig wütend, stehe auf, haue ihm mit meinem Kissen auf den Bauch. Er lacht laut auf. Schaue in die Dunkelheit, ich bin nicht mehr so sicher, ob ich ihn hasse. Meine Gefühlswelt dreht sich. Was ist los?

Nächster Morgen. Der US-Boy wirkt ruhiger. Ich decke den Tisch. Am Frühstückstisch stelle ich mich vor ihm auf.

»Uh, uh, grrr.« Greife mir in den Schritt, schlage auf Brust wie ein Gorilla. Demonstriere mein Geschlecht vor ihm, Mark reißt die Hände vors Gesicht, purpurrot.

»Nein, bitte nicht.«

»Du hast es verdient.«

»Ja, ich war doof gestern Abend.«

»Das kannst du laut sagen.«

Geklärt, gefrühstückt, geduscht, doch dann wieder Langeweile. Zum Glück ist es draußen kühl und trüb. Sonst wäre der Hausarrest noch viel schlimmer auszuhalten. Zum Mittag koche ich Nudeln mit Tomatensauce. Später am Nachmittag immer noch keine Idee, was wir tun können. Auf einmal fragt der Ami-Boy:

»Hast du ein Mädchen schon mal geküsst, Matthias?«

Leider nein, ich bin ein absoluter Beginner.

»Noch nicht. Du, Mark?«

»Nope. Möchtest du probieren?«

Was zur Hölle? Von mir: »Äh?«

»Wir können üben, ohne anfassen.«

Kommt näher, näher, ich zucke die Schultern, was soll's.

Wir atmen einmal durch, schließe die Augen, seine sanften Lippen mit Bartflaum drücken auf meine. Kurz. Passiert ist ja nix, werde neugierig, jetzt aber mal mit Vollgas. Ich wende ein: »Ich glaube, wir müssen mit Zunge.«

Unerfahren, strecken Zungen raus, bewegen unsere Köpfe zueinander. Glitschig, feucht treffen sich die spitzen Zungen, ich umfasse seinen Kopf, wenn dann richtig, denke ich mir. Zeitlupenkuss, gut oder schlecht? Keine Ahnung. Etwas stimmt nicht, erschrocken, meiner wird hart. Drücke den US-Boy weg.

»Okay, das reicht.«

Kriege zum ersten Mal wieder Luft. Er atmet schwer.

»Das bleibt unter uns.«

»Ja, natürlich.«

Habe nun schon einiges mit ihm erlebt. Gut ist, er behält Geheimnisse für sich, wem können wir das auch erzählen? Boris und Sascha? Finde ihn zu meinem Erschrecken total geil nach der Kussszene.

»Äh, ich muss mal.« Total gelogen.

Hauptsache weg, unwohl in der Magengegend, der ganze Körper kribbelt. Toilette, muss mich abkühlen, bin so spitz. Dreißig Sekunden, schon fertig. Puls fährt langsam runter. Entspanne, meine Atmung wird ruhiger, wasche ordentlich die Hände, werfe Toilettenpapier weg, Spülung. Wasche mein Gesicht mit kaltem Wasser, abtrocknen und raus. Jetzt kann wieder auf Normalgang geschaltet werden, Mark ist auch verschwunden. Kommt gerade aus zweitem Badezimmer, er weiß es, ich weiß es. Kein Ton zwischen uns, wir haben beide den Job erledigt. Verbrüdern geheimnisvoll, grinsen uns verstohlen an. Warum machen wir das alles?

Keine Kontrolle, alles in mir fühlt sich merkwürdig an. Gehen ins Wohnzimmer, liegen an entgegengesetzten Enden auf der Couch, penne, während der Film im Fernsehen läuft, einfach ein. Die Familie kommt zurück, der Film ist schon lange zu Ende. Ami-Boy hat auch gepennt. Habe die Szenerie des Kusses vor Augen, hab zum ersten Mal Angst. Was ist, wenn wir schwul sind? Oder nur ich?

Hey, er reizt mich, ich ihn anscheinend auch.

»Na wie geht es euch?«, von meiner Mutter.

»Alles gut, alles gut.«

Wir Jungs aufgedreht, tun total cool, als wäre nix.

Mama schaut komisch.

»Verdächtig ordentlich ist es hier. Wo ist das Chaos versteckt?«

»Kein Chaos, haben keines verursacht.«

»Na gut.« Noch nicht ganz überzeugt, lässt es aber dabei.

Die Tage bleiben länger hell, aber es ist immer noch recht kühl. Thomas scherzt wieder mit uns, erlaubt einiges. Gespräche und das Lachen kommen zurück. Sara wie immer Sonnenschein, liebste Tochter, bla, bla, bla. Mädchen, Mädchen, Mädchen. Ein halbes Jahr ist vergangen, erstaunlich, wie selbstverständlich gehört Mark zur Familie. Im Fünferpack, wie denn sonst? Er ist mehr geworden als nur ein Besucher, kein Fremdkörper, sondern einer von uns.

Sara zu ihm: »Habe nun zwei Brüder, die ich lieb hab.«

Barbara umarmt ihn auch mal fest und innig, Thomas streichelt mal seinen Rücken oder klopft ihm aufmunternd auf die Schulter.

Wir überschreiten als Bettgenossen übelst die Grenzen.

Wann ist genug? Wann gefährlich? Barrieren verschwimmen, begeben uns auf Treibsand, wann sinken wir? Niemand ruft »Gefahr« oder »Achtung«. Kein »zu viel«. Wir wollen mehr. Wie viel? Wohin? Mein Herz schreit rechts, mein Verstand sagt links. Will mehr, viel mehr. Süße Disharmonie. Okay, was haben wir:

Duschenständer: Japp.

Morgenlatte: Japp.
Zunge: Japp.
Bauchschmerzen: Japp, und wie.

Februar fängt kühler an, dafür mehr Sonne. US-Boys Geburtstag steht an, kleine Feier, geplant mit Kumpels plus uns als Familie. Er ist ein Wassermann, ich Widder, wilde Kombination laut Horoskop. Zu Haus alles tipptopp, Thomas ist entspannt, unsre Strafe komplett abgesessen.

»Raus mit euch.«

Erste Gelegenheit genutzt, im Haus ist jede Minute zu viel.

Aaah, frische Luft, Sonne zu stark, Augenschmerzen, Kumpelzeit außer Haus. Übelst kalt draußen, aber wir zu stolz, sind richtige Männer, pissen Eisklötze, nach Haus? Von wegen. Keine Chance.

Einkaufszentrum, bis es schließt, davor Imbiss, Pommes Rot-Weiß. Als wir zu Hause ankommen, bamm, wie 'ne Faust, erwischt uns die Grippe, Fieber, Schüttelfrost. Die nächsten Tage sind für uns gelaufen.

Mama kocht Hühnersuppe, so lecker, wir sterben glücklich in unsrem Zimmer. Fieberthermometer, 41 Grad, Husten, Kopfschmerzen – uns hat es hart erwischt. Eine Woche keine Schule, das fängt ja gut an. Mama liebevoll, macht viel für uns. Am vierten Tag, ab und zu dann mal ein Kommentar:

»Aber das Kopfkissen kannst du selbst aufheben.«

»Ich sterbe wirklich, guck: tot.«

Zeige meiner Mutter den sterbenden Sohn mit erhobener Hand.

»Röchel, Röchel, Hiiilfeee.«

»Wenn du Scherze machen kannst, dann geht es dir wieder besser.«

Ich rolle mit den Augen.

»Ich bin dein Sohn.«

»Daher ist es umso wichtiger, dass du dich mal bewegst.«

»Oh, nerv.«

»Mark, soweit alles gut?«

»Jawohl, danke. Schon sehr gut.«

Als meine Mutter aus dem Zimmer verschwunden ist, schaue ich ihn böse an.

»Was ist denn?«

»Du Schleimscheißer.«

»Ich? Warum.«

»Jawohl, danke. Schon sehr gut«, äffe ich ihn nach.

Er lacht sich ins Fäustchen.

Gesund, gehen wieder zur Schule, haben nicht viel verpasst, Klassenkameraden waren zum Teil auch krank. Chemie, Kunst, Geschichte, muss ja. Klassenlehrer Herr Stahl stinkig auf uns, weil wir im Unterricht stören:

»Ihr lernt fürs Leben, passt mal auf dahinten.«

Aber irgendwie ist es total langweilig, meine Augen fallen zu, zum Glück ist bald Schulschluss. Megaanstrengend der erste Schultag nach heftiger Grippe, zu Haus bin ich so müde, dass ich gleich wieder ins Bett gehe. Ohne Elan, ohne Energie, lethargisch halten wir die erste Schulwoche durch. Freuen uns aufs Wochenende mit Familie und ein paar Freunden.

Samstag. Mark hat Geburtstag, heute gelten seine Regeln. Gratulieren ihm. In der kleinen Familienrunde zu Hause machen wir Spiele wie Montagsmaler und Kartenspiele. Wir bauen die Musikanlage auf, bringen Chips, Schokoküsse, Popcorn ins Wohnzimmer. Und Peanutbutterballs??? Welch ein Schock, unser teures, gutes, selbstgemachtes Quittengelee, ein ganzes Glas? Hat der sie noch alle? Mamas bestes Quittengelee für Erdnussbutterkugeln, gebacken im Backofen. Welch ein Schreck, verursacht durch ihn. Hinzu kommt, na ja, sie schmecken – hm – interessant. Was für eine Verschwendung.

Wir bringen ein Ständchen fürs Geburtstagskind und die Geburtstagstorte wird von meiner Mutter reingebracht. Mark pustet die Kerzen aus. Es ist ein gelungener Abend, wir sind so in die Spiele vertieft, dass wir ausnahmsweise bis zwei Uhr nachts aufbleiben. Manchmal etwas chaotisch, aber trotzdem ein toller Abend. Um drei Uhr morgens schlafen wir ein. Ich bin, na ja, etwas eifersüchtig auf den Amerikaner, werde ja erst noch sechzehn, noch etwas Geduld, bis es so weit ist. Er darf schon Bier kaufen, ich leider nicht.

Die Tage kommen und gehen, der Schulalltag, die Familie, Hausaufgaben, das Lernen, Prüfungen, der Sport mal mit und mal ohne Papa. In der gleichen Zeit verplanen wir das Weihnachtsgeschenk, mit sechzehn darf ich endlich mal ohne Eltern verreisen und Ami-Boy kommt selbstverständlich mit. Sara noch zu jung, ein Glück, sonst müsste ich die Ziege mitschleppen. Fliegen ist schnell, Bahn recht langsam, Bus ist zwar flexibler, aber auch langsam. Wir überlegen wegen Kosten, Fahrtzeit, Hotel oder Herberge? Mögen wir das Essen? Was gibt es für Freizeitangebote?

Mutter meint als Kommentar: »Nur Europa, keine gefährlichen Touren.«

»Okay, Mama, aber wir wollen auch Spaß.«

»Ja, das verstehe ich, aber du darfst nicht vergessen, wir müssen auch für Marks Sicherheit sorgen.«

»Ich verliere ihn einfach und lasse ihn irgendwo zurück, einverstanden?«

»Einverstanden, dann kannst du eine schriftliche Aussage an die Eltern erledigen? Oder brauchst du dann meine Hilfe?«

»Nö, nö, ich werde einfach sagen: Mark hatte eine schöne Zeit bei uns. Aber er wollte lieber in einer anderen Stadt bleiben. Mark, stimmt doch, oder?«

»Auf jeden Fall, ich bleibe nicht eine Minute länger hier, wenn es woanders besser ist.«

»Siehst du, Mama, das Problem löst sich von selbst.«

Sie verdreht die Augen und meint nur noch: »Scherzkekse.«

Bin im Himmel, als alles feststeht, das wird extramegaobercool. Barbara und Thomas stimmen zu.

»Aber nur solange kein Scheiß gebaut wird.«

Ist jetzt Ende Februar, Amerikaner voller Wohlwollen und meint häufiger: »Meine tolle Familie.« Strahlt glücklich.

Ist nun der siebte Monat, habe ihn total in mein Herz geschlossen. Bin heute zum ersten Mal erschrocken, er wird uns bald verlassen, realisiere es. Das soll noch die beste Zeit unsres Lebens werden. Mark ist nun sechzehn, ich noch fünfzehn, zwei Idioten, ein Gedanke: Am nächsten Tag muss BIER her. Haha, jetzt aber wird gesoffen, mit unsrem Geld. Kassiererin, ihre erste Frage:

»Ausweis? Nur für Sechzehnjährige!«

Souverän präsentiert, Beweis erbracht, trinken eins genüsslich in versteckter Ecke, es muss ja nicht gleich jeder mitkriegen. Obwohl das Zeug echt nicht schmeckt und trotz kalter Tage. Auf leeren Magen haut Bier rein, ein paar Schluck, schon haben wir Dusel im Kopf. Wir lachen, sollte man jetzt so nach Hause? Hm, zu gefährlich, Mutter könnte uns erwischen. Warten noch etwas ab, müssen ultra schiffen, in die Büsche, nebeneinander, ewig gestrullert. Zu Hause, wenige Worte zur Begrüßung, ab auf unser Zimmer, liegen kurz im Bett, pennen beide sofort ein. Nach halber Stunde aufgeweckt vom Ruf meiner Schwester.

»Essen!«

Hunger, mmh... Appetit, kommt gut, brauche unbedingt eine Stärkung. Zum Glück geht es mir danach gleich besser. Familienrunde, Spaghetti Bolognese, als Nachtisch Tiramisu. Der Topf plus Blech, ratzekahl alles, das Beste, was es gibt. Pappsatt pflanzen wir uns vor die Glotze, schauen irgendeinen Film, drei Teller plus Süßspeise liegen wie Steine in meinem Magen.

Der März startet mild. Wetter sonniger, tut der Familie gut, bessere Laune kommt auf. Familienausflüge nehmen wieder zu, viele Spaziergänge, kleineren Touren mit dem Fahrrad, auch mal ins Café. Ganze Klasse taut auf, die Scherze nehmen zu, Gelächter, die komplette Truppe wird aktiver. Jungs raufen sich, Mädchen schminken sich. Alle sind größer geworden, mehr Bartwuchs, mehr Muskeln, Fitness, uff, einige Mädels haben Mördertitten, vorher gar nicht aufgefallen. Tobi schämt sich im Umkleideraum, Minipenis. Sascha prahlt mit Megarüssel, da schauen alle Jungs. Ich finde es ganz okay mit meiner Größe. Pickel zum Ausdrücken verschwinden wohl nie. Haha, Schwester bekommt ihre ersten Eiterbälle.

»Oh, nein, wie eklig.« Sie schaut in den Spiegel.

Muss lachen, bin fies, aber erging mir auch so. Sara schaut nun ständig in den Spiegel.

»Wie, da ist noch eins?« Wenn wir was andeuten.

Mama: »Seid nicht so gemein zu ihr!«

Manchmal habe ich zwar ein schlechtes Gewissen,

aber es ist so lustig. Ihr Gesicht im Schockzustand, gleich panisch. Kaum Pickelalarm, gleich Cremes, Gels und Tinkturen drauf. Saras Zimmer ist voll von Kosmetik. Sitzt Stunden vor ihrem Selbstbild, Mama ist langsam genervt.

»Entspann dich, Sara, davon gehen Pickel nicht gleich weg.«

»Hör auf, im Gesicht zu pulen, sonst entstehen noch Furchen im Gesicht und bleiben für immer.«

»Ja, Sara, pass auf, sonst bleibt das auf ewig. Ich habe da mal ein Mädchen gesehen, die sah danach aus wie eine Hexe.«

Sara verzweifelt: »Hört das denn nie auf?«

»Matthias, lass das.«

»Was denn?«

»Du weißt ganz genau, was ich meine.«

Ich verpisse mich lieber mit einem breiten Grinsen, sonst kriege ich noch Ärger von meiner Mutter.

Bald habe ich Geburtstag, sechzehn Lenze bei mir, bin erfreut.

Planung für die große Feier steht an, Ende März ist es so weit. Haben noch einigen Lernstoff in der Schule, viele Themen, Fakten sammeln, Priorisierung, was ist wichtig, was nicht. Debattieren steht neu an, Argumente einsetzen, Kompromisse eingehen, was ist die beste Lösung. Lehrer teilen uns in Gruppen auf.

»Ihr habt fünfzehn Minuten zum Vorbereiten.«

Hitzig bis witzig, alles dabei, manchmal ungewohnte Härte, leidenschaftlich.

»Wir müssen etwas tun für die Umwelt, nur ihr könnt die Welt retten.«

»Und wenn die Politik nicht einschreitet, geht Afrika einen schrecklichen Weg.«

»Atombomben sollte man verbieten, unser Leben hängt davon ab.«

»Was, wie kannst du so was sagen? Natürlich müssen wir den Tieren helfen.«

»Aber die Elbvertiefung bringt die Vogelpopulation durcheinander.«

»Wir brauchen Arbeitsplätze.«

Manchmal tierisch langweilig, dröge und kein Elan und natürlich hängt es davon ab, wer vorträgt.

»Also, na ja, wenn man irgendwie drüber nachdenkt. Dann wird sich das am besten nicht wiederholen.«

»Ich glaube, wir sehen am Ende, was dabei rauskommt.«

»Können wir nicht schöne Momente einfach genießen, am Strand …«

Wer soll daraus schlau werden? Geh doch töpfern, denke ich mir. Das Thema bestimmt, wie es läuft. Tiere, Umwelt, Politik, Mülltrennung, Soziales, Geschichte. Fragen über Fragen.

Was wäre wenn?

Wie sieht die Lösung aus?

Was ist richtig, was ist falsch?

Ich kann Marta immer noch nicht ansprechen, aber lerne, über viele Themen zu sprechen. Würde sie gerne zu meiner Geburtstagsfeier einladen, habe aber Angst vor einer Ablehnung. Lade am besten Lucia aus meiner Klasse ein, beste Freundin von Marta, sage vorweg:

»Du kannst noch jemanden mitbringen, deine beste Freundin Marta oder so.«

Versuche es bei Lucia unverbindlich. Hoffe, dass es klappt. Für die Feier reservieren wir einen Aufenthaltsraum, gestalten ihn festlich nach meinen Wünschen. Heute ist mein Geburtstag, nur noch Stunden bis zur Party, Thomas überrascht mich.

»Matthias, kommst du mal bitte?«

»Ja, gut.«

Wir stehen in der Küche, mein Papa schaut mich an.

»Als angehendem Mann spendiere ich dir Alkohol für deinen Geburtstag.«

»Oh, das ist ja cool. Dann darf ich entscheiden?«

»Ein wenig Bier, aber nicht zu viel.«

»In Ordnung.«

Vater nimmt mich im Auto mit zum Getränkemarkt. Wir kaufen ein paar Kisten Cola, Fanta, Orangensaft, Apfelsaft und drei Bierkisten. Wir fahren kurz zum Partyraum und tragen die Getränkekisten hinein. Kaum stehen wir in der Garage, sagt Papa: »Und, nun ja, du wirst ja ein Mann.« Er räuspert sich.

»Und das benötigst du für die Zukunft.« Grinst und schiebt mir aus der rechten Hand Riesenpackung Kondome zu.

Glaub es nicht, rolle mit Augen, Schamesröte bei mir.

»Falls du mal Fragen hast.« Zwinkert.

Ich und ihn fragen. Oh Hilfe, ich sterbe bei dem Gedanken. Verschwinde diskret, nehme die Gummis mit und kaum im Zimmer, sieht Mark, was ich in den Händen halte, lacht sich tot. Mir ist die Situation total peinlich.

»Von meinem Vater, Thomas meinte, ich könnte das brauchen.«

Wir bestellen Familienpizzen für die Party, stellen Süßes und Salziges auf die Tische, Getränke in die Kühlschränke. Die ersten Gäste trudeln am frühen Abend ein, Boris und Sascha kommen auch. Wir haben noch viel Musik geübt in der Garage. Ich bin aufgeregt und so froh, als Lucia und Marta endlich kommen. Tanz, Musik, Gelächter,

Scherze, Spiele, alle machen mit. Es ist noch besser als erwartet, die Feier ein voller Erfolg, macht mega Spaß. Einige Jungs übertreiben es mit den Späßen und Scheiße bauen, ausgerechnet heute können sie sich nicht benehmen. Habe sogar ein wenig mit Marta geredet, kann mich aber nicht an viel erinnern. Ein paar Bier hauen die meisten Kumpels um, übernachten daher bei uns zu Hause. Einige auf Zimmerboden, einige mit uns im Bett. Hatte auch recht viel Alkohol, schlafe schnell ein, mitten in der Nacht muss ich dringendst pinkeln. Realisiere: Zimmer voll mit Kollegen, alles Bierleichen, einige atmen schwer oder schnarchen. Nach dem Toilettengang sehe ich, Mark liegt im gleichen Bett, neben mir. Er atmet friedlich, ich nehme ein wenig von der Bettdecke und ziehe sie ihm und mir über den Bauch. Schlafe schnell wieder ein. Am frühen Morgen, bin halbwach, Horror, ein übler lauter Furz im Zimmer, wer es war – keine Ahnung. Leichtes Gelächter im Zimmer.

»Ach du Scheiße, willst du uns umbringen?! Es stinkt bestialisch, Boris.«

Boris antwortet: »Ihr Schweine, ich furze doch nicht wie eine Atombombe. Das war Sascha.«

»Der schnarcht doch. Das kannst nur du gewesen sein.«

»Ja, Andy, du hast doch den schlimmsten.«

»Ja, habe ich auch. Hier, willst riechen?«

Der Boden bebt im Zimmer. Ich öffne die Augen und decke meine Nase zu, der üble Gestank hängt wie eine Gewitterwolke über unseren Köpfen.

»Oh Gott, oh Gott, mach schnell das Fenster auf! Sofort! Es ist wirklich Andy!«

Überrascht bemerke ich eine Hand neben meinem Gesicht. Mark hat seinen Arm um meinen Kopf geschlungen. Ich hebe meinen Kopf, lächle ihm zu, er zieht seinen

Arm grinsend zurück. Nach wenigen Minuten stehen wir alle auf. Die ganze Jungstruppe macht sich parat fürs Frühstück. Vor meinen Eltern grölen wir: »Hunger, Hunger, Hunger, haben Durst.«

Meine Mutter lacht. »Ihr könnt den Tisch selbst decken und Essen gibt es genug im Kühlschrank.«

»Auf Andy, der den schlimmsten Furz hat.«

»Ja, auf Andy, er würde Tote wiedererwecken.«

»Eh, haltet die Schnauze, wir sind beim Frühstücken.«

»Ja, haha, als würdest du darauf Wert legen.«

Haben einfach supergute Laune. Nun bin ich auch sechzehn Jahre alt. Habe zwar nicht viel mit Marta geredet, trotzdem cool, dass sie zur Feier kam. Nach dem Frühstück, Tisch abräumen, Geschirrspülmaschine befüllen. Die Jungs packen ihre Sachen zusammen und verabschieden sich bei mir.

»Danke für die Einladung.«

»Ja, es war cool.«

»Total lustig.«

»Gern geschehen, hat mir echt gefallen mit euch allen.«

Nach dem Frühstücken hilft mir der Ami-Boy beim Aufräumen, Putzen, Staubsaugen im Aufenthaltsraum. Während der Putzzeit Musik angemacht, damit es nicht stupide wird. US-Boy singt mit, spontan fragt er mich: »Tanzt du?«

Ich so: »Äh, kann ich gar nicht.«

Rückt näher, seine linke Hand packt meine rechte Hand, er rückt noch näher, er umfasst meinen Rücken mit seiner Rechten und platziert meine linke Hand auf seinem Rücken.

»Ich zeige es dir.«

Sein rechtes Bein drückt er zwischen meine Beine, sehr eng, mein schlaffer Penis drückt auf seinen Oberschenkel. Er lächelt, gibt Takt vor.

»Folge mir einfach.«

Kurzer Moment, und im Rhythmus bewegen wir uns, sein Oberschenkel reibt meine Lenden. Konzentration, bloß keinen Ständer kriegen. Aber was kommt? Ich spüre seinen Paarungsstängel wachsen. Schau ihn verwirrt an, er strahlt.

»Noch mal, folge mir einfach.«

Nach wenigen Minuten, Körper an Körper, Banane an Banane.

Aufregend, bis zum Gehtnichtmehr. Als die Musik nicht weiterspielt, hören wir aufgegeilt auf. Als wäre nix, zack, zack Raum aufgeräumt, wieder kein Ton zwischen uns. Wir sind schon zwei, geil, aber doch verklemmt. Kaum ernst und real, werden wir schnell feige, stehen an der Grenze, ziehen uns zurück. Zug um Zug, ein Stelldichein. Im ersten Moment mutig, im zweiten Moment zweifelnd. Zum Verrücktwerden. Ich liebe diese Momente, doch fürchte mich sehr vor dem Was-wäre-wenn? Was, wenn wir einmal zu weit gehen?

Noch einmal gehen wir mit der Familie Abendessen. Meine Mutter steckt mir Geld zu:

»Bin richtig stolz auf dich.« Umarmt mich.

Von Papa: »Wirst ein richtiger Mann.«

Was soll das nun wieder heißen?

Acht Monate sind vergangen, noch vier bleiben übrig mit dem Amerikaner. T-Shirt und kurze Hose kannst du vergessen. April, der macht, was er will, muss sich noch zeigen. Aber jetzt ist es extrem stürmisch, es gewittert. Man kann gar nicht hinaus, ich werde nass bis auf die Knochen. Regenschirm – keine Chance, Hagelkörner tun trotz Regenjacke weh. Bus zur Schule ist megavoll. Und wenn es mal zu einer Vollbremsung kommt, fallen alle Fahrgäste wie Dominosteine aneinander. Wir können draußen wenig machen, also: Spiele, Spiele, Spiele. Jeder sucht sich ein Lieblingsspiel heraus. In der Nacht ist es laut draußen, monotones Tropfenprasseln, windig. Ich kann trotz Blitz und Donner sehr gut schlafen. Kaum, dass ich das Licht ausgeschaltet habe, höre ich von Mark nur:

»Du liebst mich.«

Ich könnte ihn erwürgen.

»Nein, ich hasse dich!«

Wutentbrannt schau ich in der Dunkelheit in seine Richtung, er lacht sich eins.

Unsere Klasse ist gespannt. Im Mai findet die große Klassenfahrt ans Ijsselmeer statt, genau eine Woche inklusive Wochenende.

»Wird bestimmt megageil.«

Mark und ich haben noch so viel vor:

Klassenreise.

Eigene Reise.

Musikfestival.

»Ihr solltet mal etwas lesen.«

Muss Vater die Stimmung kaputtmachen? Einmal Philosoph, immer Philosoph. Nerv.

»Wir wollen Spaß.«

Aggressiv treten wir jedem entgegen. Lernen aus Angst doch noch für die nächste Klassenarbeit. Trotz Rebellion, Kampfgeist, Aufbruch haben Noten einen hohen Stellenwert. Können dem nicht entfliehen, aber wozu jeden Tag Schule? Ein Irrsinn. Vielleicht nützt es am Ende irgendwas. Sorgen der Jugend:

Akne.

Aussehen.

Beliebtheit.

Cool sein.

Geld.

Gewicht.

Geile Klamotten.

Körper.

Marken.

Wollen Abenteuer, Spaß. Erfahren unsre Grenzen, manchmal total kindisch, manchmal richtig erwachsen. Warum? Keine Ahnung. Auf einmal brüllen wir wie Affen oder quietschen wie Fahrräder, rülpsen, als gäbe es kein Morgen. Wehe, einer macht nicht mit, nehmen extra Mutproben auf uns. Jungs halt.

In letzter Zeit habe ich so viel Spaß und bemühe mich enorm, mit Matthias mitzuhalten. Aber zum Teil komme ich bei seinem Tempo nicht mehr mit.

»Los, Mark, beeil dich.«

Manchmal bin ich einfach nur erschöpft. Dann zieht mich Matthias einfach mit. Manchmal möchte ich ihm sagen, dass ich mich ausruhen möchte, aber wer weiß, vielleicht nimmt er mir das übel. Wegen unserer Freundschaft und aus Angst ziehe ich dann doch mit, aber am Abend bin ich total fertig. Die Müdigkeit zieht mich richtig runter.

Am nächsten Tag geht es gleich weiter. Wenn wir uns dann doch kurz ausruhen können, vom Musikspielen mit Sascha und Boris oder vom Sport oder von der Schule, fühle ich mich erleichtert. Matthias drückt, sagt etwas, zieht und zerrt an mir herum. Ich habe noch ein paar Monate und möchte, dass wir beste Freunde werden. Ich werde mithalten und es zur besten Zeit meines Lebens machen.

Seit neun Monaten ist Mark bei uns. Der Mai beginnt mit einem Feiertag, wir chillen im Stadtpark von Hamburg, die Sonne scheint. Nicht mehr lange und wir sind mit 'nem coolen Segelschiff im offenen Gewässer. Eine Woche noch, alle in der Klasse sind aufgedreht, wer denkt da noch an Schule? Mark und ich haben uns seit seiner Ankunft letzten Sommer verändert, man sieht es auf Fotos. Gesichter markanter, Behaarung, Muskeln. Selber merken wir es nicht, eher Kommentare von anderen bringen uns drauf. Dann beobachtet man sich im Spiegel, leider bemerken wir Unangenehmes zuerst. Krater im Gesicht, die gibt es überall. Eiterbälle am Rücken, fiese zum Ausdrücken, an den Beinen, sehr schwer zu fassen und tun weh. Überraschend – Pickel am Sack, die sind fester, da kommt das Haar gleich mit einem festsitzenden Pfropf samt Haartasche raus, leinsamengroß.

Das macht einen stutzig, wie kann so was da unten sein? Bemerke, mein Sperma ist klebriger und weißer, meine Technik, zu verstecken, ausgefeilter. Möchte ja trotzdem geil sein. US-Boy muss ja nicht alles mitkriegen, auch wenn er es bestimmt genauso oft tut. Rituale unter Jungs, das ist schwierig zu erklären. Wir reden nicht so richtig über unser Handeln, aber dann, wenn der richtige Moment kommt, packen wir alles aus. Bis zum letzten Punkt. Aber wenn wir bemerken, es wird uns peinlich, zack, hören wir auf zu quatschen.

Endlich ist es so weit, die ganze Klasse wartet mit den Taschen vor der Schule. Verstauen unser Gepäck, als der Bus ankommt. Steigen ein, die Fahrt dauert nur ein paar Stunden, kaum sind wir über die Grenze von Deutschland in die Niederlande, sind wir auch schon wenige Minuten später am Hafen. Auf dem Schiff eine Riesenkajüte nur für uns Jungs. Betten gibt es auf dem Boden und darüber eine zusätzliche Reihe von Betten.

»Oh, ist ja ganz angenehm, ein Kuschelraum für uns Jungs.«

»Ich pupse euch so was von weg.«

»Andy, wir bleiben fern von dir, versprochen.«

Mädchen haben auf der anderen Seite des Schiffes einen Riesenraum. Zwei Lehrer, fünfundzwanzig Schüler und zwei Seeleute. Die Seeleute geben uns Anweisungen, bringen uns die Benimmregeln an Bord bei, instruieren uns, was wir tun sollen. Der Start der Reise ist so spannend, zuerst sind wir in Gruppen eingeteilt. Wer kocht, wer putzt, wer achtet auf die anderen, wer packt an Deck an. Jeder muss seinen Teil tun, keine Scheu und kein Drücken vor der Arbeit. Konserven, Nudeln, Reis, Gemüse, Obst sind in der Küche verstaut. Werden zwei Tage zusätzlich über Nacht auf Wasser verbringen. Die Segel sind zu setzen, zum Totlachen, sind zum Teil zu schwach, allein um die Kurbel für das Segel zu drehen. Brauchen enorme Kraft als Team. Die Fahrt startet, Schaukeln hält sich in Grenzen, finde es einfach herrlich. Haben Glück mit dem Wetter, viel Sonne, die Wärme angenehm. Lehrer warnen uns noch: »Nutzt genug Sonnencreme.«

Wir so, wozu das denn, aber die Sonne reflektiert vom Wasser stärker als gedacht. Das gemeinsame Abendessen, obwohl es nur Dosenfutter gibt, Ravioli mit Fleisch und Soße, ist so lecker. Bei so viel Segelwind plus Wasser rundherum wird man richtig hungrig. Wir spielen Karten oder reden an Bord, hören Musik und am späten Abend gehen wir schlafen. Bei so vielen Mitschülern dauert es, bis Ruhe einkehrt im Raum, viele schnacken einfach zu laut miteinander.

»Schnauze, Mann, will endlich schlafen.«

Mein Schlaf ist sehr unruhig, der Schlafposten total ungewohnt, der Lärm im Raum tut sein Übriges.

Der nächste Morgen. Aufstehen, Frühstück vorbereiten, bin in Gruppe A eingeteilt. Später, Sonne an Deck genießen oder, wie einige aus der Klasse, einfach auf den Horizont achten wegen Übelkeit. Gleichgewichtsorgan total aus dem Ruder, wir legen an der ersten Kleinstadt an. Unsre Beine geben komische Signale, können kaum normal gehen, lachen uns schlapp. Mark und ich sind in zwei verschiedenen Gruppen, daher sehen wir uns seltener. Komisch, vermisse unser ständiges Aufeinanderhocken in Norderstedt. Ganze Klasse scherzt und lacht. Museumsbesuche, kleine Einkäufe, Souvenirs. Wir erarbeiten uns in der Woche Rituale. Besuchen am Abend kleinere Pubs, tanzen, drehen auf kleinen Tanzflächen voll auf. Rauchen draußen, mir schmeckt die Kombination Bier plus Zigarette. Normalerweise bin ich Nichtraucher. Wir können alleine entscheiden, aber die Lehrer warnen: »Nicht übertreiben, bis spätestens dreiundzwanzig Uhr seid ihr zurück auf dem Boot.«

Alle Klassenkameraden immer mit Herzblut bei der Sache. Wo ist der Ernst, wenn Spaß des Lebens angebracht ist? Pauker vertrauen uns, geben Themen bei Langeweile vor, lassen uns aber auch Freiräume. Erste Nacht komplett auf See, das Schiff im gleichmäßigen Rhythmus auf und ab, man schläft sanft ein. Der nächste Tag, total durch den Wind, man hat ein komisches Körpergefühl. Wir sind am Schwanken, Aufgaben fallen schwerer, Tortur für Seekranke, haben gleich drei davon an Bord. Die Zigaretten an Bord gehen zur Neige, Aufsichtsperson rät:

»Na, dann raucht doch Tee.«

Jungs wie wild am Ziese drehen, ungewohnt, aber man vertreibt mit Kamillentee die Zeit und raucht das

Zeug. Zweite Nacht auf See, eigentlich stinklangweilig, können kaum etwas tun. Nicht mal rubbeln geht bei so vielen an Bord. Aggressivität steigt ein wenig, die Jungs brüllen mal, die Mädchen zicken rum. Alle wollen an Land, müssen uns gedulden. Sobald wir in der nächsten Stadt am Steg andocken, sind wir an Bord erleichtert und happy. Aber sind wie Gehirnamputierte, können gar nicht geradeaus am Steg laufen, schon gar nicht auf dem Gehsteig. Gehe in die öffentlichen Duschkabinen, wie gut das tut – warmes Wasser auf dem Körper. Habe so dicke Eier, kann nicht anders, spritze schnell ab in der Kabine.

Auf dem Schiff haben wir noch ein wenig Zeit bis zum Mittagessen, bevor wir losgehen. Die Lehrer voraus, wir besuchen Museen, Kunst und Geschichte aufsaugen, genießen abseits davon das schöne Wetter, unsre Haut ist braun, bei einigen rötlich.

Noch zwei Tage dann ist Wochenende, mit Megastimmung genießen wir die letzten Momente. Gehen an Land, besuchen ein bestimmtes Café, bestellen einen Schokokuchen mit Gras. Bemerken keine Wirkung, doch das ändert sich nach einer Stunde, da ist die Wirkung sehr heftig zu spüren. Bemerke etwas, aber kann es nicht definieren. Sehe immer wieder auf ein Bild und wenn ich an die Wand schaue, denke ich mir so: Komisch, irgendwie sehe ich was falsch.

»Ich sehe überall Hasen an der Wand.«

»Hasen?«, fragt Lucia.

Wieder schaue ich auf das Bild.

»Ja, wenn ich an die Wände gucke.«

»Du spinnst, hier sind doch keine Hasen«, von Sascha.

»Ich schwöre euch, ich sehe einen Hasen.«

Mark und Boris schauen mich an.

»Beschreibe doch mal den Hasen.«

»Also, er ist rosa. Und an der Wand hoppelt er herum.«

»Wow, er kann hoppeln und ist rosa.« Alle lachen.

Wieder schaue ich auf das Bild, Michaela kommt ins Café.

»Hey Jungs.«

Ich zeige auf das Bild und sage zu Michaela:

»Guck mal, was für ein tolles Holzbild. Was ist das wohl?«

Und Michaela antwortet: »Ja, klar, ist ein Hase.«

Ich schwöre, das war das Witzigste, was ich je gehört habe, und die ganze Gruppe lacht mit mir.

»Ach kein Wunder, er sah den Hasen vom Bild.«

Die letzte Nacht verbringen wir an unserem Startpunkt, schlafen aus, haben keine Energie, keine Lust, was zu machen. Am frühen Morgen Frühstück und schnell Taschen packen, putzen. Verabschieden uns von den zwei Seeleuten. Fahren gemütlich, chillend mit dem Bus nach Norderstedt.

Zu Hause kommen wir spät am Abend an, begrüßen die Familie und haben gemeinsam ein schönes Essen in der Küche. Reden über unsere Klassenreise und beantworten Fragen. Alles war super, doch im eigenen Bett schläft man doch noch besser.

Gehen die Woche drauf gerne zum Sport mit, führen Wettkämpfe mit Papa Thomas, gewinnen jetzt auch mal Sätze. Sein Kommentar: »Nur noch eine Frage der Zeit, bis ihr gewinnt.«

Unsre Einstellung hat sich gewandelt, unter der Dusche verstecken wir uns nicht mehr, sind abgeklärter mit der eigenen Nacktheit. Rein und raus, ohne Scham, abtrocknen, anziehen, fertig.

Noch sechs Wochen Schule, wichtige Prüfungen stehen

an. Themenbereiche werden klar eingegrenzt, Erörterungen finden statt. Wieder in der intensiven Lernphase, mit Mark wird das klappen. Viele machen sich Gedanken ums Endzeugnis, reden in der Klasse drüber, dabei ist noch viel Zeit. Wir sind nicht sicher, ob alles klappt, ob das Gelernte ausreicht, erst wenn die Note auf dem Tisch landet, Gewissheit, ganz gut oder verkackt.

Freibäder öffnen, Schwimmen steht wieder an. Spaß haben, sonnen, Mädels anschauen. Mark und ich genießen unsre Spaziergänge, alleine im Planten un Blomen, an der Elbe oder in Norderstedt. Liegen im Garten unter unserem Quittenbaum, der die ersten Blüten trägt. Während wir auf der Decke liegen, berühren sich manchmal unsere Füße oder unsere Arme liegen aufeinander. Unterhalten uns tiefsinnig, die körperliche Nähe stört uns nicht, besprechen viele Themen, gehen aufeinander ein, während wir uns berühren. Wir sind ein 24/7-Team, beste Freunde, er ist mehr als das. Hoffe, er merkt, dass er mir wichtig ist, freue mich jeden Tag, mit ihm was zu unternehmen. Seine Hand liegt manchmal auf meiner und es stört mich überhaupt nicht, seine Zehen kitzeln meine Fußspitze und ich drücke sie nicht weg. Gemeinsam lachen, dabei entspannt, locker, frei sein.

In letzter Zeit kitzeln wir uns öfter, haben mehr Körperkontakt, raufen und fordern uns heraus. Immer kumpeltechnisch, halb Ernst, halb Spaß. Aber an diesem Tag kann ich nicht mehr vor Lachen – als ich Mark kitzle, lässt er übel einen fahren.

»Hey, hast du den rausgeschissen?«

Kaum gerochen, muss ich weglaufen.

»Das stinkt ja bestialisch.«

»Sorry, aber du hast es verdient, Matthias.«

Der Amerikaner krümmt sich vor Lachen.

»Du Stinksack.« Fies, muss es ihm aber geben.

Phasen von albernem Getue, kindisch eben, vielleicht ein Versuch, auch Distanz zu wahren. Jawohl, Bohnen essen hilft, Töne zu geben, wir sind furzende Stinkbomben. Haben üble Blähungen die ganze Nacht, das Fenster wegen Atemnot geöffnet. Die Verdauung arbeitet auch über Nacht. Denke, ein Streichholz anzünden und eine Riesenexplosion im Zimmer.

Letzte Woche vom Mai, Monat Nummer zehn, US-Boy manchmal melancholisch, redet drüber, was er alles vermissen wird, auch uns:

»Dich besonders.«

Matthias ist mir sehr wichtig geworden. Wie schön, dass wir uns berühren können, ohne uns anzuekeln. Er neben mir, ich neben ihm. Heute habe ich sehr viel Mut gesammelt, um ihm zu sagen, dass ich ihn besonders vermissen werde. Ich hatte so eine Furcht, dass er mich auslacht.

Fühle mich geehrt bei den Worten vom besten Amerikaner. Planen wie Jugendliche halt unsere positive Zukunft, gegenseitige Besuche und was wir noch machen können. Regelmäßige Treffen, als wäre das das Einfachste auf der Welt. Man träumt als Jugendlicher.

Juni fängt regnerisch an, kälter als erwartet, mit Jacke zur Schule, im Juni? Schule ist entspannter, alle wissen: Bald Sommerferien und endlich frei für sechs Wochen, jetzt Klassenarbeiten und Zensuren. Die machen uns weniger nervös, unsre gesamte Klasse hat gute Noten, ausnahmsweise bis jetzt keine einzige Fünf oder Sechs im Schriftlichen, selbst die Lehrer sind überrascht. Wenn man bedenkt, wie sich der Amerikaner am Anfang gemacht hat, nun fast tadellos Deutsch parliert und mit der Klasse spricht, Insider hervorbringt und Kontra gibt bei Scherzen. Alle hatten ihn positiv aufgenommen, aber richtig angekommen ist er erst, als man ihn verarscht hat. Mittendrin und einer von uns, als er selbst zurückkeilt und die Kollegen verarscht.

Erste Woche im Juni verläuft ganz gut, Familie ruhig, Schule angenehm, im Fernsehen nichts Spannendes. Eigentlich stinklangweilig, die Hausarbeiten erledigen wir, ohne zu murren. Zeit muss ja irgendwie verplempert werden. Und immer Regen, Regen, Regen. Hoffe, bleibt nicht so, brauchen mal Sonne, Wärme und gute Laune. Bei so schlechtem Wetter bleibt nur Kino plus Popcorn. Actionfilm, Explosion, viel Hektik. Kommen gut gelaunt zum Abendessen, wie immer danach Familienspieleabend. Wie von Zauberhand schon Wochenende, blöde, wieder Nässe.

Gehen zum Hallensport. Badminton, Papa Thomas begleitet uns, welch Überraschung – im dritten Satz ganz eng. Gleichstand im letzten Moment, noch zwei Punkte für jemanden und der gewinnt. Jetzt oder nie, denke ich, gebe alles, Vater leider auch. Die Ballwechsel dauern ewig, kämpfe wie ein Krieger, Schmetterball, Punkt, Führung für mich, erster Matchball, Papi, hier kommt es. Aber zu früh gefreut, Ausgleich, Verlängerung. Vater schlägt auf, Punkt, ich wieder Vorsprung. Nun mein zweiter Matchball, gebe alles, schon zwanzigmal übers Netz, er hechtet, laufen beide verzweifelt. Ich springe hoch, schmettere den Ball, genau auf die Netzkante und ganz knapp drüber, keine Chance, ihn zurückzuspielen. Erster Sieg für mich: »JAAA!« Gröle herum, strecke die Arme nach oben. Vater, fairer Verlierer, gratuliert seinem Sohn.

»Hast super gespielt.«

Klopft auf meine Schultern. Mark hatte knapp davor

verloren, aber er ist auch wesentlich besser geworden. Mit erhobenem Haupt nach Haus, ich stolzer Gockel, jawohl. Natürlich gleich rumposaunt, Mutter Barbara sieht den Sohnemann strahlen bis über beide Ohren, lächelt.

»Toll gemacht.«

Habe Bärenhunger, esse nicht, fresse. Habe Gefühl, einen Meilenstein erreicht zu haben. Ob das allen Vätern so ergeht? Geschlagen vom eigenen Sohn, überraschend locker geht Thomas mit der Niederlage um. Der Abend vergeht super, meine Laune kann nicht sinken. König-der-Welt-Gefühl. Schlafe sehr gut ein. Am nächsten Morgen spüre ich meine Beine, habe enormen Muskelkater.

Frühstück mit Familie, wir scherzen am Sonntag früh und haben wieder mal Sonne, es ist wärmer heute. Wir gehen ins Eiscafé und bestellen Spaghettieis. Wir wandern in den Hügeln, essen Hausmannskost, vorzüglich, genau das Richtige. Letzten Stunden des Tages, wir reden über wichtige Themen. Noch drei Wochen Schule, noch einmal Aufsätze, Vorträge, Prüfungen, Referate, die letzten Noten werden vergeben. US-Boy hat mit mir gemeinsam richtig geschuftet, die Fragen fallen leicht, wenig Mühe beim Beantworten. Schreiben wie Weltmeister. Klatschen uns ab, nachdem es vorbei ist. Spüren beide, es geht voran.

Ich habe noch wenige Wochen, habe es richtig gut getroffen mit der Familie, mit meinem besten Freund Matthias. Ich freue mich auf meine Heimat, doch ich werde das alles hier vermissen. Die Schokolade, die Leute, dieses Land, Europa. Ich träume sogar auf Deutsch. Barbara und Thomas sind immer für mich da. Sara ist wie meine eigene Schwester, Matthias der wichtigste Mensch. Wir sind jeden Tag im gleichen Zimmer, ich kenne ihn so gut. Mit ihm fühle ich mich sehr wohl und ich habe starke Gefühle für ihn.

Das kann ich ihm nicht so leicht sagen, ich möchte die Freundschaft nicht verlieren. Was ist, wenn er auf mich böse wird? Wir lernen gemeinsam für die Schularbeiten, erledigen unsere Hausaufgaben, helfen zu Hause. Am Nachmittag genießen wir die Sonnenstrahlen. Ich habe so ein Gefühl von Liebe für ihn. Aber bin ich schwul? Nein, nicht wirklich. Eigentlich ist der Mensch Matthias das, was ich möchte, mir ist egal, ob das ein Junge ist. Wenn die Sexualität das Einzige ist, was uns trennt, dann ist es mir egal, ob ein Dödel zwischen den Beinen hängt. Die Gespräche, das Vertrauen, die guten Momente, das ist es, was ich liebe, und wenn er das Wichtigste ist, dann bin ich schuldig, als junger Mann einen anderen jungen Kerl zu lieben. Der Kuss war so schön, er hat mitgemacht. Ich möchte mehr.

Meine Noten haben sich sehr verbessert, zum Glück konnte ich Saras Bücher zum Lesen nutzen. Ihre Jugendbücher wiederholen oft die gleichen Wörter, sodass ich sie irgendwann verstehe. Nun kommt am Freitag eine Prüfung in Deutsch, ein Referat in Biologie und dann ist die Woche durch. Ich bin müde und habe manchmal Kopfschmerzen, aber Matthias lenkt mich ab und dann bin ich schon wieder auf Hochtouren. Am Abend liege ich erschöpft und aus der Puste im Bett.

Am letzten Schultag verabschieden wir uns von den Mitschülern und den ganzen Paukern.

»Schade, dass du gehst, Mark.«

»Du warst super, Mark.«

»Wir werden dich vermissen.«

Ja, er verlässt uns, aber das Beste muss er noch erleben: eine Reise ohne Eltern und das hammer Musikfestival.

»Schöne Sommerferien!«

Erhalten noch unsere Zeugnisse. Essen mit einigen Kumpels beim Imbiss zum Abschied. Mark und ich schlendern auf dem Waldweg nach Hause, freue mich wie verrückt auf die erste Ferienwoche. Mark begleitet mich auf meine erste Reise ohne Eltern, nach Italien – Florenz. Wir fliegen, wie geil, bleiben in einer Jugendherberge.

Wir genießen den Nachmittag im Garten und meine Mutter kommt mit einer Fotokamera vorbei:

»Guckt, wie wunderschön der Quittenbaum blüht, diesen Moment muss ich aufnehmen. Kommt, Matthias und Mark, ab vor den Baum. Ich mache ein schönes Bild von euch.«

Denke mir auf der einen Seite, wozu der Stress, aber ein Erinnerungsfoto ist eigentlich doch cool. Wir stehen beide nebeneinander, ich lege meinen Arm lässig um seine Schultern. Und er tut es mir gleich, sein Arm liegt auf meinen Schultern.

»Also, bitte schön lächeln. Eins, zwei, drei und ab.«

Der Auslöser der Kamera wird ein paar Mal gedrückt.

Und ich bemerke jetzt erst, wie wunderbar die leicht gelb-rosa Blüten mit unseren T-Shirts harmonieren. Ich werde mich bestimmt immer an diesen Moment erinnern, Mark und der wunderbare Quittenbaum an einem sommerlichen Nachmittag.

Packen unsre Taschen, Papi ist pragmatisch.

»Jungs, nehmt nicht zu viel mit.«

Recht hat er ja, sonst schleppt man das Zeug mit sich herum und nutzt eigentlich nur einen Bruchteil der Sachen. Werden von der Familie zum Flughafen gebracht, wir steigen im Parkhaus aus und sind bereit, zum Terminal zu gehen.

»Habt eine schöne Reise.«

»Viel Spaß, passt auf euch auf«, von Mami. »Lasst euch mal drücken.«

Thomas nur: »Jungs, baut keinen Scheiß. Ihr seid alt genug.«

Nach der Umarmung ab in den Flughafen, checken unsre Taschen für den Flug ein. Sicherheitscheck, Taschen leeren, als die Frage kommt:

»Irgendwelche Flüssigkeiten in den Taschen?«

Bemerke jetzt erst, ich hatte meine Flasche im Rucksack vergessen, muss diese entsorgen. Auf zum Gate A26, um von dort ins Flugzeug zu steigen. Haben Glück, sitzen in einer der vorderen Reihen, Sitzplätze 3 A und B, lese gleich das Bordmagazin, das ausliegt. Es ist aufregend im Flugzeug. Ich beobachte das Sicherheitsvideo, das Flugzeug wackelt und drückt mich während des Starts in den Sitz. Es ruckelt ab und zu, als wir durch die Wolken fliegen. Der weitere Flug ist angenehm, wir kriegen Sandwiches und Getränke. In Florenz ist die Landung superb, aber am Flughafen herrscht Chaos am Förderband. Warten ewig auf unser Gepäck. Die ganzen Ankommenden greifen wie Wilde ihre Koffer. Danach ist das Chaos nicht gelöst, also nicht wesentlich besser.

Wie zur Hölle kommen wir zur Jugendherberge in der Stadt? Eines dieser Hostels finden, Nadel im Heuhaufen, hatten vorab gebucht, am Ende konnten wir mit Englisch einen Bus Richtung Innenstadt finden, eine halbe Stunde Fahrt. Die Angestellten im Hostel können nicht so gut Englisch, aber irgendwie schaffen wir es dann doch. Im Hostel haben sie unsre Buchung verschlampt, aber zum Glück noch Zimmer frei, wir können bleiben. Haben Platz in einem Viererzimmer, teilen dieses mit zwei erwachsenen Männern, beide Touristen aus England, die auch reisen in und um Florenz, sie haben ihre letzte Nacht in der Stadt. Wertvolles verstauen wir in den Schließfächern.

Am ersten Tag besorgen wir uns Infomaterial. Was können wir in der Hauptstadt der Toskana unternehmen? Kirchen, Museen, Michelangelo bestaunen. Das Touristenbüro hat gute Prospekte auf Deutsch, mit einer super Karte von der Stadt. Also erst mal was essen, dann Espresso, Kuchen, Pannacotta, jede Menge Eis und Eis, ohne Ende in der Stadt. Wir machen Fotos, Marks Lächeln, kurz bevor ich abdrücke, immer übertrieben, irgendwie doof und doch sympathisch. Manchmal drücke ich meine Beine gegen seine oder er legt seine Hand auf meine. Die Uffizien sind unsere erste Anlaufstelle, warten zum Glück nur dreißig Minuten in der Schlange, bis wir reingelassen werden. Ein Museum der Superlative, man wird quasi erschlagen von so viel Kunst. Erschöpft nach den vielen Bildern, Statuen, noch ein letzter Blick auf die Geburt der Venus. Ein sehr schönes Bild gemalt von Sandro Botticelli. Habe dutzende Fotos davon gemacht, zum Teil sind Touristen mitten im Bild.

Nach unserem reichhaltigen Abendessen gehen wir zu unserem Hostel. Die beiden Männer schnarchen übel laut, irgendwann bin ich dann doch vor Erschöpfung eingeschlafen. Dennoch ist alles hammer aufregend, die eigenen Entscheidungen treffen, wohin wir gehen. Manchmal sind es uns zu viele Touristen und diese Straßenverkäufer, die einem ständig was verkaufen möchten, nerven. Am zweiten Tag mit viel Sonne über dem Gang des Palazzo Vecchio und die Ponte Vecchio, so viel zu bestaunen. Westfassade der Kathedrale und Santa Maria Novella. Überraschend hält US-Boy meine Hand und fragt:

»Bist du glücklich?«

Und ich so: »Natürlich, wir haben doch ’ne geile Zeit.«

Ich ziehe ihn mit meiner Hand kurz mit und lasse dann los.

Am Abend haben wir das Zimmer für uns alleine. Bevor ich etwas sagen kann, springt der Amerikaner auf mich und kitzelt mich, lache und krümme mich. Er greift mir aus Versehen in meine Eier beim Herumhampeln. Kann mich nicht mehr halten vor Lachen, dieses Mal greift er absichtlich in meine Bälle. Ich spüre seine Hand voll, krümme mich.

»Hey Dude, das sind meine Eier!«

Dann greift er noch mal, nun denke ich mir – okay, das reicht.

»Jetzt bist du dran.«

Kitzel ihn von der Seite, gleichzeitig seinen Schritt. Mark lacht laut auf, umfasst meine Hand, ich drücke und drücke in seine Eier. Dann packe ich ihn, drehe ihn zur Seite und greife noch mal zu, mit der Faust reibe ich zwischen seinen Beinen, er nur noch:

»Hör auf, hör auf.«

Ich: »Jaja, bei mir ist es okay, aber bei dir nicht, oder was?«

Und bamm, patsch, hau ich auf seine Hoden, er hat einen Ständer.

Er greift von der Seite in meinen Sack, behält seine Hand lange da. Streichelt meine Kronjuwelen, kann mich kaum wehren, im gleichen Moment ist meiner steif wie nichts Gutes.

»Finger weg.«

Nehme seine Hand weg, er lacht total, ich auch. Bin völlig aus der Puste, er ist puterrot, völlig zufrieden, und es ist geil.

»Du liebst mich.«

Anstatt nein zu sagen, antworte ich mit:

»Ja, und was ist, wenn ich es tue?«

Die Situation gerät etwas außer Kontrolle.

»Du bist mein bester Freund, du darfst das. Und du kannst mich jederzeit anfassen.«

»Mark, ich würde dich immer anfassen, vor dir habe ich keine Angst, Gefühle zu zeigen. Du bist auch mein bester Freund!«

Nach einer kurzen Atempause und der gewissen Ruhe im Zimmer.

»Komm, lass uns schlafen gehen, pack mal an.«

Wir rücken die Betten aneinander, ich umgreife seinen Kopf und wir pennen Arm in Arm, finde das total lässig. Allein, unbeobachtet, kein Problem, wenn wir uns einfach eine besondere Nähe gönnen.

Am frühen Morgen können wir die Intensität nicht mehr ab, ist uns unwohl dabei, bin etwas peinlich berührt. Was ist bloß los mit uns? Ich mag ihn wirklich sehr, aber ich brauche etwas Abstand am dritten Tag, gehen frühstücken beim Bäcker, kaufen belegte Brötchen, Salami-Käse, dazu Kakao.

Im Zug sitze ich neben meinem besten Freund und ich lächle ihm zu. Einer Eingebung folgend lege ich wieder meinen Arm um seinen Hals, während wir zum Schiefen Turm von Pisa fahren. Der ist kleiner als ich gedacht hatte, trotzdem lustig anzuschauen. So schief und krumm, aber gar nicht so hoch, viele versuchen, das perfekte Foto zu machen, mit den Händen bewahren sie den Turm vor dem Sturz. Zum Mittag sind wir wieder in der Innenstadt von Florenz, warten ewig vorm Eingang der Kathedrale Santa Maria del Fiore, um auf den Turm Campanile di Giotto zu gelangen. Zwei Stunden, zum Glück gab es ab und zu Schatten. Überrascht von Mark, er nimmt meine Hand und sagt:

»I was looking for you, my dear.«

»Ähm, was machst du da?«

»Ich halte deine Hand.«

»Und die Leute? Schauen uns an.«

»Scheiß auf die Leute, Matthias, du bist mir wichtig.«

Mir gefällt das wieder, ich muss total grinsen. Ab und zu lassen wir los und dann greifen wir wieder unsere Hände.

Das Warten hat endlich ein Ende, wir dürfen mit den anderen Besuchern rauf. Oben ist die Aussicht der Hammer, man sieht die ganze Stadt, meinem inneren Wunsch folgend ergreife ich in einer der Ecken Marks Kopf und küsse ihn einfach auf den Mund. Er lächelt, als ich wieder loslasse, harmlos, passiert ist nichts Schlimmes. Doch im Bauch habe ich ein schönes Gefühl. Mark lächelt und strahlt dabei, ich strahle zurück.

Meine Umgebung ist mir egal, wie er offen gesagt hat: Scheiß auf die Leute. Jetzt ist alles in Ordnung, will seine Nähe spüren und er meine. Weil wir hier niemanden kennen, müssen wir uns nicht verstecken. Kein Zögern, keine Angst, keine Probleme, keine Falschheit, nur wir, jetzt in luftiger Höhe über Florenz, dazu Gänsehautfeeling auf der Haut und Kribbeln in der Bauchgegend. Wie kann man das beschreiben, ich kann es nicht, weiß es nicht. Kenne das nicht, was ich verspüre, auch Mark atmet schwer nach dem Kuss. Danach die gewaltige Kuppel von Brunelleschi und das Gemälde auf der Innenseite, einfach umwerfend. In der Hitze des Abends erleben wir einen Rausch der Gefühle.

Was bin ich gerade glücklich – mit ihm. Genießen unsere Intimität, den Abend, gehen mit Vorfreude ins Hostel, wo wir leider das Zimmer mit zwei jüngeren Männern teilen müssen. Ein abruptes Ende, das schöne Gefühl des Tages bleibt zwar bestehen, aber jetzt können wir nicht mehr daraus machen. Der intensive kurze Kuss war wunderschön. Habe Sehnsucht nach ihm bis in den Schlaf hinein.

Der nächste Morgen startet perfekt, habe gleich früh eine Superlaune. Wir lächeln viel, während sich ab und zu unsere Finger berühren. Frühstücken in einem kleinen Café und nehmen uns Zeit, wie wir wollen. Genießen die leichten Sonnenstrahlen auf unserer Haut, nichts stört uns. Ist etwas nicht gut, die Gäste neben uns, die lauthals reden, gefällt uns der Moment trotzdem.

Noch zwei Tage, dann reisen wir zurück nach Hamburg, nach Norderstedt. Diese Woche soll nie aufhören. Manchmal umarmen wir uns, halten Händchen, fast wie ein verliebtes Paar. Oder sind wir das schon? Heute schauen wir uns die Geschichte der Medici an, die Familiensaga der berühmten Geschäftsleute begleitet uns die ganzen Ferien über. Schlecken unser Bio-Eis vom besten Eisverkäufer in Florenz neben der Santa Maria del Fiore, gönnen uns Espresso, bevor wir wieder ins Hostel gehen.

Bemerke, das Zimmer wieder nur für uns, ergreife ihn, kitzle ihn, küsse seinen Hals. Ich bin eigentlich unerfahren und er auch, wir zerren chaotisch unsre Hosen runter, haben nur Boxershorts an, küssen vorsichtig den Hals, küssen die Wange, küssen die Ohrläppchen, unsre Körper sind eng aneinandergedrückt. Spüren den Harten des anderen, trauen uns aber nicht anzufassen, reiben uns intensiv aneinander, stöhnen mit verschlungenen Körpern und Zungen. Die Atmosphäre ist so heiß, so intensiv, ich komme gleich, reibe mich stärker an seinem Körper. Verschmelze mit ihm, spanne meine Lenden an, stöhne:

»Ich komme, ich komme.«

Mark greift sich hastig in den Schritt und sagt:

»Oh… ich… auch…«

Wir lösen uns voneinander, liegen schwer atmend in den Betten. Verarbeite gerade, was passiert ist.

Küssen: Japp.

In Ordnung: Japp.

Körper auf Körper: Japp.

In Ordnung: Japp.

Meiner reibt seinen: Japp.

In Ordnung: Japp.

Wir kommen: Japp.

Vor dem anderen: Japp.

Im gleichen Zimmer: Japp.

Ist das geil: Japp, sehr sogar.

Fühlt sich unglaublich an, irgendwie etwas Besonderes.

Mark noch mal zu mir: »Du liebst mich.«

Wir lachen, ich streichle seinen Kopf:

»Nein, ich hasse dich.«

Schlafen seelenruhig nebeneinander, Körper an Körper. Der nächste Tag ist komisch, fühlt sich nicht echt an. Gestern Abend, so intensiv, jetzt schauen wir uns peinlich berührt an. War es geil? Ja natürlich, aber jetzt ist es total ungeil, so unwirklich, was wir gestern getrieben haben. Niemand sagt einem, wie es ist, wenn Körper miteinander verschmelzen, wie der nächste Tag beginnen soll. Fühle mich entblößt, so offen, so verletzlich. Gestern alles spielerisch leicht. Jetzt so unfassbar schwer, selbst ein kleines Lächeln.

Wir beide sind wohl verwirrt, der Morgen ist eine Qual. Mein Herz blockiert. Alles von gestern läuft wie ein Film in Gedanken ab. Jede Szene in Zeitlupe, analysierend. Wir hatten keinen richtigen Sex, aber erste Vorstufe davon, heftiges Petting, nicht mehr ganz so unschuldig wie vorher. Und was jetzt? Irgendwann bin ich so voller Wut auf mich selbst und sage:

»Mark, egal, was jetzt ist und wie wir in Zukunft gegenüber sein werden, du bist mein bester Freund. Danke für gestern Abend.«

Habe wohl den richtigen Nerv getroffen, ihm stehen Tränen in den Augen.

Matthias bricht das Eis, ich bin sehr berührt. Für mich war der Abend einer der schönsten meines Lebens. Und heute früh hätte ich einfach im Erdboden versinken können. Bis zu diesem Moment haben wir den Tag mit regelrechtem Ausweichen verbracht. Keine Nähe zugelassen, noch nicht einmal ein Lächeln. Jetzt hat mein Freund endlich ausgesprochen, was ich die ganze Zeit denke, aber nicht gewagt habe, auch nur ansatzweise ihm zu zeigen. Ich kämpfe mit meinen Tränen.

»Danke, Matthias, du bist auch mein bester Freund. Es ist alles supergut zwischen uns.«

Ein großer Stein fällt mir vom Herzen, ich kann nicht anders und umarme ihn einfach. Wir scherzen wieder, das Lachen kehrt zurück in die Stadt Florenz, die uns beide so fasziniert hat. Der letzte freie Tag wird doch noch zu etwas Wunderschönem. Abends holt uns der Schlaf schnell, auch weil wir wieder zwei Fremde im Zimmer haben. Am nächsten Morgen essen wir noch etwas vom Bäcker und fahren direkt zum Flughafen. Gepäckabgabe, einchecken, Sicherheitskontrolle, kurzer Flug und Happy Landing am Flughafen Fuhlsbüttel in Hamburg. Mein Vater plus Sara holt uns mit dem Wagen ab, sie fragt gleich los:

»Wie war es?«

»Hat es euch gefallen?«

»Wie war das Essen?«

Ich fühle mich so gut, dass Sara mich nicht stört. Geduldig antworten wir auf alle Fragen, es ist eine gute

Ablenkung. Papi fragt auch mal dazwischen:

»Und das Geld habt ihr verprasst?«

»Wir haben sogar noch etwas mitgebracht.«

»Und war es schön in Florenz?«

»Sehr schön, die ganze Gegend ist interessant anzuschauen. Nur die Straßenverkäufer haben gestört.«

Im Haus überbringen wir kleine Souvenirs, für Sara ein T-Shirt, für Mama eine Porzellanfigur, Vater erhält eine Krawatte von Camica. Für uns selbst haben wir T-Shirts, Hosen und zwei coole rot-gelbe Jacken im gleichen Stil gekauft. Noch drei Wochen, dämmert es mir, dann müssen wir Abschied nehmen, warum tut es jetzt schon so weh? Verstauen unsre dreckige Wäsche in der Waschmaschine, räumen die Taschen weg, und schon wieder Grace Jones aus der Musikanlage. Was tue ich? Summe sogar leidenschaftlich mit, mir gefallen der Beat und die Melodie, bin ich jetzt auch noch Fan von ihr? Hilfe, erschreckend, wenn ich das nun auch mag. Hat nur ganze elf Monate gedauert, bis es mir gefällt, überlasse dem Amerikaner die Musikwahl, er verlässt uns bald, wozu noch streiten oder die Musik ablehnen. Jeder im Haus bemüht, das Beste zu machen, gute Stimmung zu verbreiten gegen den Abschied. Oh ja toll, wieder mein eigenes Zimmer.

Die Woche vergeht schnell, ich freue mich schon auf die geile Musik am Wochenende. Unsere Abfahrt gen Süden ist so gegen elf Uhr vormittags. Leider regnet es während der Bahnfahrt, aber wir hegen die Hoffnung, dass es nicht die ganze Zeit schlechtes Wetter gibt. Beim Eintritt zeigen wir unsere Karten vor und erhalten unsere Festivalbänder, eine Geländekarte wird uns ausgehändigt mit dem Hinweis, wo unser Schlafplatz ist. Sind irgendwo im Nirgendwo auf dem Feld neben Hunderten von Leuten, bauen geschickt unser Zelt auf, trotz der Feuchtigkeit auf dem Feld. Hören nebenbei erste Bands spielen, noch sind das weniger bekannte, tummeln uns in die Menge hinein. Gönnen uns beim ersten Stand ein Bier und stoßen an. Es sind viele, sehr viele Gäste, ein Riesengewimmel, bin das erste Mal auf so einem Festival. Ich steige nicht so durch, wie das Ganze funktioniert bei so vielen Betrunkenen, Frauen, Mädels, Jungs, Männern. Ist mir gerade echt zu viel, leider ist das Wetter noch recht feucht, dauernd Regen.

Der Tag geht langsam in den Abend über, die Riesenbands kommen auf die Bühne. Wir haben einfach mega Spaß, grölen bei den Liedern mit, sind hammermäßig dabei. Nach dem letzten Ton, nach der letzten Zugabe trotten wir erschöpft zum Zelt. Die wildgewordene Meute, vorher mitgesungen, mitgehangen mit den Bands, auf einmal alle ganz ruhig.

Mein Ohr pocht noch von den Bässen, Gitarren und Schlagzeugen, als wir endlich bei unserem Zelt ankommen. Die Menge ist wieder viel zu aufgekratzt, Ghettoblaster-Lautsprecher bis zum Gehtnichtmehr aufgedreht. Die Leute sind am Chillen, aber es ist gleichzeitig ein Widerspruch bei so einer Lautstärke. Mark und ich bleiben noch etwas draußen sitzen, können nicht gleich schlafen, als hätten wir Drogen genommen. Fange an zu kichern, glaube, ich bin so müde und gleichzeitig so wach. Verstehe mich selbst nicht. Nach einer Ewigkeit werden endlich die Lautsprecher ausgestellt, leider werden die blutsaugenden Mücken aktiver. Im Zelt ist es kalt, überwinden uns, kuscheln gegen das Frieren, halten unsere Körper damit warm.

Am nächsten frühen Morgen, Sonne scheint, kein Regen, aber das Gelände sieht aus wie ein Schlachtfeld, so viele Teilnehmer, so viele schlafwandelnde Zombies.

Wie anstrengend, müssen ewig warten für einen Toilettengang, um uns frischzumachen, ach egal, wer will schön sein? Dauert viel zu lange, es ist aber überall das Gleiche mit Anstehen und Warten. So viele stehen Schlange, zum Beispiel für belegte Brötchen, beim Bäcker, der hat zwar schon vieles vorbereitet, aber auch recht teuer. Haben Hunger, kaufen einfach die erstbesten Brötchen mit Salami und trinken Kakao und Wasser dazu. Im Zelt erholen wir uns, bevor das Treiben am Nachmittag losgeht, Mark und ich dösen noch so vor uns hin, bis wir die ersten Konzerte hören. Erheben uns, erste Devise: Teilen und Herrschen, viel Spaß haben. Gehen dubiosen Angeboten lieber aus dem Weg. Erhalten von 'nem schrägen Typen die Frage:

»Wollt ihr Pillen?«

Verstehe nicht so richtig, was der will.

»Um euch besser zu fühlen.«

»Nein, habe keine Kopfschmerzen.« Und schüttel entschieden den Kopf.

Frage Mark: »Denkst du Drogen?«

Der nickt. »Ja, glaube schon.«

Stehen bei einer japanischen Band, verstehen kein Wort, aber trotzdem geiles Gekreische von 'nem kleinen, abgefahrenen Sänger. Wir wissen nicht, ob wir was verpassen und welche weiteren Konzerte wir besuchen sollen. Immer wieder neue Interpreten, nebenbei essen wir Pizzen, trinken ein Bier. Kaufen T-Shirts, alles, wozu wir Lust und Geld haben. Am Abend finden zwei Riesenkonzerte statt. Für welche sollen wir uns entscheiden? Schwierig. Wir werfen eine Münze und hoffen, dass es super wird.

Auf dem Konzertgelände wippen wir mit den anderen Gästen mit, es macht einfach total Spaß. Wir bleiben wieder bis zum bitteren Ende, erschöpft vom ganzen Tag und dem vielen Stehen gehen wir wieder zu unserem Zelt, mit all den anderen Besuchern. In der ersten Nacht war es übel kalt, aber jetzt, mitten in der Nacht, ist es so heiß im Zelt, muss mich frei machen, Mark tut es mir gleich, wir beide splitterfasernackt. Von null auf hundert ist die Stimmung knisternd im Zelt, von Lachen vor Scham in ein tiefes Atmen, seine Hand auf meiner Brust, Fingerspitzen tippen auf meiner Haut. Mein Amerikaner ist so sanft zu mir, spüre seine Haut unter meinen Fingerspitzen. Zwischen Furcht und totaler Aufregung, Zentimeter um Zentimeter um Zentimeter.

Mein Körper bebt, seine Finger gehen Stück um Stück tiefer, bin wie Wachs in seinen Händen. Total geil, genieße den Moment, schauen uns tief in die Augen in der leichten Dunkelheit, nur eine kleine Taschenlampe leuchtet. Meine Erwartungshaltung, seine Bewegungen, meine Vorstellung, seine Achtsamkeit. Sind wir bereit für so viel Intimität? Hält unsre Freundschaft das aus? Seine Handfläche nur wenige Punkte von meinen Lenden entfernt, an meiner Reaktion sieht er, dass es mir gefällt. Sein Harter streichelt über meinen Unterarm, seine Nüsse berühren sanft meine Hand. Er küsst meinen Mund, im langsamen Gleichschritt umfasst er mein Universum, mein Körper spannt sich an, er streichelt und bewegt, sein Rhythmus in weichen Zügen, es vergehen unendliche Sekunden. Er bestimmt, gibt den Ton an, fordert, es gibt keinen Mark oder Matthias mehr, sondern nur uns beide. Mein Atmen wird unregelmäßiger, habe keine Kontrolle, aber meine Lenden, die ziehen sich automatisch zusammen, Anspannung in jeder Faser meines Körpers.

Marks Hand macht in unregelmäßigen Momenten Pause, er wartet ein paar Sekunden, dann geht er im Takt weiter. Ich bin am Verrücktwerden, diese kurzen Stopps der Reibung. Meine Kanonenkugeln tun weh, möchte, dass es endet im großen Finale, aber er lässt mich nicht, Mark quält mich. Ich stöhne leise, umgeben von Hunderten Leuten auf dem Gelände, will nicht, dass wir auffallen. Atmet selbst sehr schwer, er wird immer schneller, spürt es, ich spüre es. In größter Qual spannen meine Beine wie von selbst an und er reibt immer schneller und schneller, bis ein weißes Meer aus mir rausquillt, er greift in den Ozean und verreibt meinen warmen Saft auf Meinem.

Dieses Gefühl, so einen Moment habe ich noch nie zuvor erlebt, es ist unbeschreiblich. Mark zieht kurz an seiner Lunte und ergießt sich über meinen Bauch, er drückt zu meiner Überraschung seine Zunge tief in meinen Rachen und wir beide sind ein gemeinsamer Kosmos. Unglaublich, ich traue mich nicht, etwas zu sagen. Möchte diesen Moment nicht ruinieren, schließe meine Augen, er macht die Taschenlampe schnell aus. Ohne es zu bemerken, schlafe ich neben ihm ein. Am frühen Sonntag wachen wir eng umschlungen auf, haben beide eine Morgenlatte. Ich umfasse seinen Harten, wir grinsen uns an.

»Meine Güte, ist der hart.«

Als wäre das ganz natürlich, nicht beschämend oder peinlich wie in Florenz. Sind im Einklang mit uns selbst und miteinander. Wie wunderbar, wir haben keine Scheu voreinander. Unsre Lippen berühren sich sanft, ich sage zu ihm: »Guten Morgen.«

Und leider nicht so romantisch sag ich in sein Gesicht:

»Ich muss übel pissen.«

Mark lacht auf. »Ich auch.«

Zwei Idioten in einem Zelt ruinieren den Moment. Stehen auf, ziehen uns an, das getrocknete Sperma auf meiner Haut ist mir egal. In der Dixi-Toilette pisse ich ordentlich, machen uns für den letzten Tag fertig. Bauen das Zelt ab, ein Tipp von meinem Vater. Verstauen unsere Sachen am Bahnhof in einem Schließfach. Nun ist es sehr praktisch mit freien Händen, können rumschlendern und weitere Musik anhören. Bin auf Wolke sieben, ein Mann hat mich befriedigt, nicht irgendeiner, sondern der US-Boy. Sehr gutes Gefühl fährt durch mich durch. Abrakadabra, Sesam öffne dich, nun habe ich eine Stufe erklommen.

Nach dem ganzen Festivaltrubel fahren wir im überfüllten Zug Richtung Hamburg. Was für ein verrücktes Wochenende. Wir liebten die Atmosphäre, liebten die Musik, liebten uns. Manchmal schauen wir uns während der Fahrt in die Augen, müssen umso mehr lachen. Erfassen die Situation, was wir gemacht haben. Kann das niemandem sagen, wie denn auch, kein anderer Freund würde das verstehen, und Familie – nein, danke.

Je länger wir fahren, desto leerer wird es im Zug, ab Hannover schlafe ich ein, kurz vor Hamburg wache ich wieder auf, Mark schläft noch. Nehmen unser Zeug aus dem Zug und steigen in die Bahn nach Norderstedt. Wir sind so erschöpft, zum Glück holt uns Thomas vom Bahnhof ab, zu Hause erzählen wir von dem tollen Erlebnis mit der vielen Musik.

»Habt ihr noch Hunger?«

»Erst mal nicht, ich brauch 'ne Dusche.«

Barbara lächelt bei der Antwort. Warmes Wasser über meinen Körper, meine Haut, meine Hand, wie gut das tut. Manchmal muss man wohl verrückte Sachen im Leben machen, bin ja erst sechzehn Lenze. Was wird noch kommen? Was werde ich noch erleben? Egal, was es ist, sich nicht scheuen vor dem Leben. Das ist nun ein Teil meines Lebens:

Geil: Japp.
Schlecht: Nope.
Speziell: Japp.
Wirklich: Japp, es ist passiert.
Mit einem Jungen: Japp.
Mit Mark: Japp.
Noch mal?: Warum nicht? War sehr schön.

Trockne mich ab, ziehe neue Klamotten an und fühle mich auf einmal mit Blick in den Spiegel total traurig. Erfasst von meinen Emotionen. Was haben wir eigentlich getan? Warum haben wir miteinander gekuschelt, uns gestreichelt und uns bis zum letzten Moment hochgeschaukelt? Was ist los mit mir? Und schlagartig wird mir klar: In zwölf Tagen verlässt uns US-Sonnyboy, ich möchte, dass er bleibt.

Meine Tränen treten wie ein Meer hervor. Verstehe mich selbst nicht, verstehe die Welt nicht mehr, bin unsicher, verloren und schaffe es nicht, mich zusammenzunehmen. Atme tief, aber immer wieder kommen neue Tränen, neue Gefühle überrollen mich. Es dauert lange, bis ich meine Tränen trocknen kann, mich ein wenig beruhige, wasche mein Gesicht, trotte in mein Zimmer.

Mark strahlt mich an mit seinem schönen Lächeln. »Ich gehe jetzt auch duschen.«

Was für ein Typ, der nimmt das so locker, als hätten wir nichts miteinander gehabt. Hab ich mich geändert? Zum Positiven eventuell? Vielleicht bin ich auch einfach nur glücklich, weil ich Mark kennengelernt habe?

Nach Abendessen glühe ich nach, unter unserem Quittenbaum auf der Wiese, Gefühle überrennen mich in Wellen. Ein wolkenfreier Himmel und die Sterne zeigen sich so wunderschön. Mein ganzer Körper im Wahnsinn, vergesse meine Angst, höre auf mein Herz und berühre die Sterne am Himmel. Kein Grund, um zu zweifeln. Mein bester Freund liegt neben mir.

»Es war ein genialer Moment.«

US-Boy gleich:

»Ja, supermegatolle Musik, tolle Bands. Wir hatten eine tolle Zeit.«

Ich pflichte ihm gleich bei:

»Unbeschreiblich toll, diese vielen Leute, wir sind gesprungen und haben mitgefiebert, gesungen. Es war einfach nur geil.«

Während wir liegen, berührt Mark meine Hand auf dem Gras, ich bin überwältigt. Alles in mir zieht sich zusammen und ohne es zu zeigen, wird mir bewusst: Am verwundbarsten bin ich, wenn ich meine Liebe zeige. Habe Tränen der Rührung, die an meinen Wangen runterlaufen. Große Angst erfasst mich, mir wäre es peinlich, wenn er mich weinen sieht. Als wir so da liegen, kommt seine Frage: »Matthias?«

Ich atme tief durch. »Ja?«

»Danke für das schöne Wochenende.«

Nehme allerletzte Kraft, um eine starke Stimme zu haben.

»Nein, Mark, ich danke dir.«

Bin jetzt im Einklang mit mir und mit allem. Die nächsten Tage darf Mark alles entscheiden, alles, worauf er noch mal Lust hat, wird gemacht. Alster, Elbe, Innenstadt, noch mal Steak, Eis, Kuchen, Sport – unglaublich, am Ende schlägt er doch noch Papa. Und Vater gab alles, bin richtig stolz auf den Ami-Boy. Es war das Spiel des Lebens, er vergab keine Chancen, zu punkten.

Noch zwei Tage, Sascha und Boris kommen zum letzten Musikspielen vorbei, bin unschlüssig, darf ich traurig sein? Kann ich meine Gefühle zeigen? Nicht vor der Familie, nicht vor ihm, nicht jetzt. Er soll es noch gut haben, nicht mit der Trauer und Verzweiflung, die mich in Sekundenbruchteilen umwerfen können, konfrontiert werden. Noch ein letztes Mal, ich an der Gitarre, ich kann mich nicht so gut auf die Noten konzentrieren.

»Was machst du denn da, Matthias?«

»Wie? Ich spiele doch wie immer.«

»Nein, das tust du nicht. Anstatt G hast du ein Fis gespielt, da musst du in der zweiten Passage aufpassen.«

Leichter gesagt als getan, jedes Mal, wenn ich mich verspiele:

»Matthias, los, streng dich an.«

Von Mark nur: »Ach komm, wir fangen noch mal an und Matthias steigt ein, wenn es ihm passt.«

Er gibt mir eine zusätzliche Chance, obwohl ich genau weiß, dass ich schlechter denn je spiele.

Die Stunden vergehen wie im Fluge, wie blöde, die letzten Tage – kostbare Zeit – mit Packen zu verschwenden. Merken, wie viel man beim Zusammenleben anhäuft, nicht nur Erinnerungen. Barbara bittet Mark um Sachen, die wir ihm per Post nachsenden können:

»Geld für Porto spielt jetzt keine Rolle, Mark, du bist wie ein Sohn für mich.«

Beim Familienabend machen wir Scherze. Thomas, Barbara, Sara, ich, Mark im Spielemodus.

Am letzten Abend warte ich, bis es still und dunkel ist: »Mark.«

»Ja.«

Gehe zu seinem Bett, lege mich zu ihm, fühle mit meiner Hand seine Brust. Unsre Augen, unser Herzschlag, wie in Florenz. Wie im Zelt atmen wir uns zu, unsre

Lippen berühren sich, ein letzter Kuss ohne Störung. Es ist das Schönste, was es gibt, sehe Sterne vor meinen geschlossenen Augen. Dieses Mal geht die Initiative von mir aus, kontrolliere das Geschehen, es gefällt mir. Erwarte nichts, schon sein Gestöhne, heftiges Atmen von Mark gibt mir mehr. Der Druck meiner Hand, der gleichmäßige Rhythmus, seine Körperanspannung, er willenlos, gibt sich mir hin. Das Warme über meine Finger, auf seinen Körper, verteilt auf seinem Bauch. Ich erlöse mich und wir schlafen im gleichen Bett ein.

Wache mitten in der Nacht auf, ziehe meine Unterhose an, gehe ins Badezimmer. Gedanken überkommen mich, zwischen Müdigkeit und Abschied. Wieder in unserem Zimmer, bald nur noch meins, sehe ihn friedlich schlafen. Im Mondschein sehe ich seine außergewöhnliche Schönheit, betrachte seinen muskulösen Körper, der ruht, der langsam atmet. Um ihn nicht zu stören, lege ich mich in mein Bett, bin aufgewühlt, schlafe dann doch schnell ein. Ein letztes Mal.

»Guten Morgen, Jungs, es gibt bald Frühstück, macht euch parat.«

Thomas' Stimme, tief, dringt durch die Tür.

Mark liegt noch nackt im Bett, lächelt, zwinkert mir zu.

»Guten Morgen, Matthias.«

Zieht sich Schlafanzug an. Wir machen uns frisch, die gesamte Familie am Frühstückstisch. Wir lachen, Sara steht spontan auf und umarmt ihn.

»Dich werde ich vermissen.«

Umarmt ihn ganz fest und fängt zu unserer Überraschung an zu weinen.

»Hey, keine Sorge, wir halten Kontakt zueinander.«

Sara lächelt ihn an.

»Ja, dich werde ich nicht vergessen.«

Wir haben gute Laune, verstauen das Gepäck im Auto. Thomas und Barbara vorn im Auto, in der Mitte Sara, ganz hinten pflanze ich mich hin, Amerikaner steigt mit ein. Die rot-gelbe Sommerjacke aus Florenz legt Mark über meine Hand, setzt sich neben mich. Gerade als ich meine Hand zurücknehmen möchte, berühren seine Finger meine Fingerspitzen. Ich hole tief Luft, die Angst, erwischt zu werden, vermischt sich mit dem Gefühl der Dankbarkeit und Wertschätzung. Ist das nun Liebe? Die Fahrt zum Flughafen soll ewig dauern, doch sie vergeht in nur wenigen Momenten.

»Wir wollen uns ordentlich verabschieden.«

Parken im Parkhaus, Ansage von Papa. Mama schaut uns alle an:

»Lasst uns noch einen Kaffee und Kuchen nehmen.«

Komische Stimmung im Café, irgendwie schon lustig, der Kuchen schmeckt und die Getränke sind auch gut. Aber der Abschied rückt näher und näher. Nach der Gepäckabgabe stehen wir vor der Passage zum Sicherheitscheck. Mama ergreift ihn, küsst ihn und sagt:

»Ich habe dich lieb, Mark, ich wünsche dir alles Gute. Ruf uns an, wenn du da bist.«

Meine Mutter kann sich ein paar Tränen nicht verkneifen. Mein Vater klopft ihm auf die Schultern und drückt ihn fest.

»Pass auf dich auf, mein Junge. Ich wünsch dir einen guten Flug. Melde dich nach deiner Ankunft bei uns. Und viel Glück.«

Sara umfasst ihn ganz stark.

»Ich will nicht, dass du gehst. Werde dich sooo vermissen, ich hab dich so lieb. Wünsche dir auch einen guten Flug, komm gut zu Hause an.«

Nun bin ich als Letzter an der Reihe, Mark steht genau vor mir, Sekunden vergehen, für mich wie in Zeitlupe.

Starke Wallungen von Gefühlen, ein Auf und Ab von positiver Energie und der absoluten Verzweiflung. Mein Versuch, nicht von den Gefühlen überrollt zu werden. Und er stellt mir die herzzerreißende Frage:

»Und, hasst du mich immer noch?«

Meine Zerrissenheit, sein Blick, wie unfair, vor der ganzen Familie diese Frage zu stellen. Aber die Welt ist mir egal, schaue in seine Augen. Nehme meinen ganzen Mut zusammen und sage ohne Angst frei heraus:

»Nein, ich liebe dich.«

Umarme ihn so stark ich kann, er drückt genauso stark zurück, bringe mit allerletzter Kraft hervor:

»Ich wünsche dir einen guten Flug, habe einen schönen Start in San Francisco. Melde dich bei uns.«

Auch Mark merkt man an, dass er ergriffen ist vom Abschied, kämpft mit den Tränen.

»Vielen Dank, für ein super Jahr!«

Stehen als Familie und schauen Mark zu, wie er die Sicherheitschecks passiert. Dann dreht er sich noch einmal um und nimmt winkend Abschied.

Schweigen beim Verlassen des Flughafens, steigen ins Auto. Hatten sowieso vor, etwas essen zu gehen. Also, wie vor einem Jahr bei Antonio de Luca, Pizza. Wir scherzen sogar im Auto, trotzdem – Gefühl der Leere bleibt, keine Geste, keine Kommentare, keine Geräusche von unserem Amerikaner. Er fliegt als Erstes nach Frankfurt, um von dort nach San Francisco zu fliegen. Wir, um uns nicht gleich verlassen vorzukommen, lenken uns ab mit gutem Essen. Thomas bestellt für mich ein Bier mit:

»Auf dich, Großer.«

Barbara bestellt Wein, wir stoßen an. Bierbestellung für mich überwältigt mich. Bin todtraurig, aber das Bier lenkt etwas ab, das Zeug schmeckt immer noch widerlich, Marks Modewort. Lachen bei Erinnerungen an unseren tollen Gast, Pizzen sind wieder saulecker, wir teilen je ein Viertel Stück, danach Tiramisu. Als wir zu Hause ankommen, schaut Thomas Barbara an, sie nickt, er nur:

»Männerrunde, komm, Matthias.«

Gehen zur Bierstube »Die Alte Uhr«, er bestellt zwei Bier, trinke Schluck um Schluck mit. Papi geduldig, redet über Politik, über Sport, über den HSV. Rede mit, ganz dankbar, dass er mich ablenkt. Mein Vater fragt mich:

»Matthias, geht es dir gut?«

»Hm … Es geht so, ganz okay.«

»Mark war ein guter Bursche, er hat positiven Wind in unsere Familie gebracht.«

»Ja, es war immer spannend mit ihm.«

»Freunde soll man akzeptieren, wie sie sind, und sie sollen einen auf eine höhere Ebene bringen.«

»Was meinst du damit?«

»Ein wahrer Freund ist jemand, der dir die Wahrheit sagen kann und dich gleichzeitig so annimmt, wie du bist.«

Nimmt einen Schluck vom Bier und spricht weiter:

»Wenn wir mit Freunden auf der gleichen Ebene Spaß haben, unsere Freude teilen und gemeinsam gute Momente erleben, ist es das, was einen voranbringt. Wir erklimmen eine höhere Stufe.«

»Verstehe nicht ganz, was du meinst, aber Mark war viel mehr als nur ein guter Freund. Er war sogar mein bester Freund.«

»Ja, das kann ich mir vorstellen. Ihr beide wart ja auch wie Kletten. Man bekam euch kaum auseinander.«

»Papa, ich vermisse ihn wirklich.«

»Das Schöne ist, dass ihr Kontakt halten könnt. Und ich

gebe dir einen Rat: Halte die schönen Momente in Ehren. Ein Freund, der dein Herz berührt, ist was Wunderschönes.«

Mark war immer da, jetzt ist er weg.

»Du wirst ein wenig brauchen. Leider muss ich dich vorwarnen, niemand kann dir den Schmerz nehmen, den du bald empfinden wirst.«

»Ich habe keine Schmerzen.«

»Das ist gut, wenn du keine Schmerzen hast.«

»Wenn du jemanden brauchst, kannst du jederzeit zu mir oder zu deiner Mutter gehen. Wir sind immer für dich da.«

Vater fragt: »Noch ein zweites Bier?«

Mir ist langsam schlecht, verneine mit Kopfschütteln.

Thomas noch zu mir:

»Okay, lass uns nach Hause gehen.«

»Ich werde ihn nie vergessen.«

»Na, ich hoffe doch, dass du ihn nie vergessen wirst.«

Zu Hause lege ich mich aufs Bett, will nur kurz die Augen schließen. Als ich meine Augen öffne, muss ich höllisch auf Toilette, mein Mund ist staubtrocken. Ziehe Jogginghose an und gehe auf Toilette. Wasche mir die Hände, mein Gesicht, meinen Nacken mit kaltem Wasser. Als ich ins Wohnzimmer gehe, begrüßt meine Mutter mich mit sanfter Stimme:

»Hallo, mein Schatz.«

»Hallo.«

Meine Antennen sagen mir, dass Mama sehr behutsam mit mir ist, keine Forderungen stellt und einfach nur da ist. Schon neunzehn Uhr, vor acht Stunden haben wir Abschied genommen und jetzt hocken Sara, Mama und ich vor der Glotze. Habe Kopfschmerzen und mir ist schwindelig. Aber noch kein Gefühl von Trauer.

Bin verwirrt, die Geräusche vom Flimmerkasten stören mich ein wenig. Was läuft überhaupt, irgendeine Show, Barbara steht auf:

»Ich mach uns mal Grüntee mit Apfelscheiben.«

Sie füllt 'ne Kanne, übergibt uns je eine Tasse, es schmeckt wunderbar erfrischend. Erster Abend ohne Mark, ohne seine Stimme. Genieße auch die zweite Tasse Tee, Sara fiebert bei der Show mit:

»Kann doch echt nicht so schwer sein!«

Mama gibt mal einen Kommentar zum Geschehen ab, aber sie redet eher mit mir.

»Alles gut, Matthias?«

»Och ja, kann nicht klagen. Danke für den Tee.«

Mark fliegt noch Richtung USA, während wir langsam zu Bett gehen. Im Zimmer überkommt mich die Müdigkeit nicht sofort, hatte ja meinen Nachmittagsschlaf. Liege wach im Bett und warte auf den Schlaf, kein zweites Atmen im Zimmer. Keine Wärme, keine Geräusche, ohne Mark im Zimmer zu schlafen, ist unnatürlich. Er fehlt mir, verstehe meine Gefühle noch nicht ganz, weil keine Trauer einsetzt. Habe jetzt Freiheiten, die ich so lange nicht mehr hatte. Meine Hand streichelt von meinem Oberkörper in meinen Schritt, ich stelle mir Mark neben mir vor.

Marta und das köstliche Dulce de Membrillo

So, wie du gelitten hast,
so sollst du glücklich sein.

Am nächsten Tag bin ich allein in meinem Zimmer, bin früh aufgewacht, gehe ins Bad, dann in die Küche. Ich decke den Frühstückstisch. Meine Mutter erscheint in der Küche. Sie lächelt.

»Guten Morgen, Matthias. Hab lieben Dank fürs Auftischen.«

»Guten Morgen, Mama.«

Obwohl mir nicht danach zumute ist, lächle ich zurück.

Mama dreht sich in den Flur und ruft durchs Haus:

»Frühstück, Leute!« Und merkt an, als ob ich das nicht mitbekommen hätte: »Habe Sara schon Bescheid gegeben, Thomas macht sich gerade fertig.«

Ungewohnt. Mark fehlt jetzt, eine Stimme weniger in unserer Frühstücksrunde, gleich noch duschen und anziehen. Fahre heute einfach mal ’ne Runde Fahrrad, schnappe mir meins aus der Garage und trete in die Pedale, fahre durch den Wald, genieße die frische Luft am Vormittag. Je schneller die Fahrt, desto angenehmer der Wind in meinem Gesicht. Zum Mittagessen gibt es Salat, Bratkartoffeln plus Speck. Schmeckt super. Wir lassen den Tag als

Familie entspannt angehen, gechillt. Sollte wohl meine besten Kumpels kontaktieren. Früher wussten sie: Mark ist ständig da. Laut meinem Vater Thomas muss ich jetzt den ersten Schritt machen:

»Nimm ruhig mal wieder Kontakt zu Sascha auf. Und wie heißt der andere? Ach ja, Boris. Du musst aktiv auf deine Kumpels zugehen. Die warten nicht lange auf dich.«

Lege ich jetzt Wert auf deren Gesellschaft? So schwer, Logik in meine Gedanken zu bringen. Wir haben noch keine Info erhalten, ob Mark gut angekommen ist. Wie geht es ihm und wie war sein Flug? Vertreibe mir die Zeit am Computer, ein Managerspiel für Tennis, nach zwei Stunden Rumgedaddel speichere ich den Spielstand und lege mich auf die Couch, einfach mitgucken, was im Fernsehen läuft. Ich bin es nicht mehr gewohnt, allein zu sein, sobald ich in meinem Zimmer bin, kommt es mir vor, als würde ich ersticken. Am späten Abend endlich ein Anruf.

»Hallo meine Familie, ich bin's, Mark. Ich bin gut angekommen.«

Vater drückt auf den Lautsprecher am Telefon, damit wir alle mithören können:

»Das freut uns zu hören. Wie war dein Flug?«

»Es war angenehm, aber recht lange. Ich hatte dieses Mal Glück, ich habe bei beiden Flügen am Fenster gesessen und konnte sehen, wie Hamburg immer kleiner wurde und wie San Francisco größer wurde beim Landeanflug. Wie geht es euch?«

»Uns geht es gut und wir sind gesund. Danke der Nachfrage. Und wie geht es deiner Familie?«

Mark lacht in den Hörer.

»Ehrlich gesagt, ich weiß gar nicht, wer diese Fremden sind! Sie sagen, sie seien meine Eltern. Ich habe sie so lange nicht mehr gesehen. Und sie erkennen mich auch nicht wieder. Meine Mutter meinte, dass ich sooo groß geworden sei.«

Wir lachen. Schön, freue mich, seine Stimme zu hören, Mark ist gut angekommen.

»Du gewöhnst dich bald an deine Familie, wir haben dich wirklich lieb und wir hoffen, wir waren eine gute Ersatzfamilie.«

»Oh, vielen Dank, ich habe euch auch lieb. Und vielen Dank für alles.«

»Hier, Matthias, nimm den Hörer. Wir lassen euch zwei mal alleine reden. Komm, Sara.«

Bin sehr überrascht von Mamas Kommentar, wir wollen doch alle mit Mark reden. Meine Mutter drückt mir den Hörer in die Hand und schaltet den Lautsprecher aus.

»Hallo Mark.«

»Oh, wow, deine Stimme zu hören. Hallo Matthias. Ich hoffe, dir geht es gut.«

»Es geht. Ich bin gerade alleine, daher kann ich frei reden. Ich vermisse dich total.«

Ich höre sein Atmen über die Leitung.

»Und ich vermisse dich. Während der ganzen Flugreise habe ich nur an die schönen Momente gedacht. Und das meiste mit dir, Matthias.«

»Ich denke auch an die vielen schönen Momente und Tage mit dir.«

»Kann leider nicht so lange reden, weil es ein wenig teuer ist übers Haustelefon. Wir halten einfach Kontakt, ja?«

»Ja, auf jeden Fall, Mark. Noch was, Mark, ich vermisse dich.«

»Matthias, danke nochmals für alles. Und ich vermisse dich auch.«

»Alles Gute und einen schönen Start in Kalifornien.«

»Dir auch alles Gute. Auf Wiedersehen.«

»Wiedersehen.«

Er legt auf, ich lege den Hörer zurück auf die Gabel. Für einen Augenblick bin ich erfreut, seine Stimme gehört zu haben, mein Herz schlägt schneller. Seine Stimme und jedes Wort von ihm möchte ich noch einmal hören, er ist gut angekommen, das ist wichtig zu wissen. Wenn er gut drauf ist, warum sollte ich traurig sein?

Jetzt sind es noch eineinhalb Wochen bis zum Schulanfang, Mark ist in San Francisco und wir sind hier in Norderstedt. Nach kurzer Rücksprache im Haus werden wir erst mal keinen neuen Austauschschüler aufnehmen. Das Haus können wir in den nächsten Wochen umgestalten und verplanen, mein Zimmer kann ich nach meinen Wünschen verändern. Marks Bett und Kleiderschrank haben wir in das untere Gästezimmer gestellt, falls mal Besuch kommt. Wir haben einen neuen Kleiderschrank gekauft und meinen alten in den Sperrmüll gegeben. Mein Zimmer wirkt nun größer, habe mehr Freiraum, doch fühle mich gleichzeitig leer. Schlafe wenig, esse wenig, denke nur an Mark. Er hat mich irgendwie verzaubert. Ich denke ständig nur an meinen Amerikaner.

Was ist Liebe?

Was ist Obsession?

Was ist Wunsch?

Nach ein paar Tagen forscht Mama mit kleinen Sätzen herum:

»Wie geht es dir, Matthias?«

»Hast du was vor?«

»Triffst du dich mit Freunden?«

Antworte mit Standardsätzen:

»Hm … ja, okay.«

Oder nicke mit dem Kopf.

»Hast du keinen Hunger?«

»Nein, keinen großen Hunger.«

Die Tage verfliegen. Ich habe Schmerzen, aber ich bin weder krank, noch habe ich mich verletzt. Welche Ironie, höre jeden Tag stundenlang Grace Jones, wo US-Boy doch nicht mehr da ist, stundenlang. Mark, Mark und Mark. Wäre er doch hier.

Nur der Schmerz ist da, mein Körper tut weh, habe Kopfschmerzen, empfinde Herzschmerzen. Hocke wie ein Geist in meinem Zimmer. Um keinen Streit zu haben, akzeptiere ich alles, was meine Familie vorschlägt. Papa Thomas gewinnt wieder beim Sport und meint dazu:

»Was ist los? Du spielst aber schlecht.«

Er will mich provozieren, aber ich falle darauf nicht rein.

Der Sieg ist mir nicht mehr wichtig. Würde sofort nach San Francisco fliegen, wenn ich könnte.

Wo bist du, wenn ich dich brauche?

Wie geht es dir?

Was machst du, Mark van Horn?

Wenn ich in den Tag starte, schläft er, während ich schlafe, verbringt er den Tag.

Sara beobachtet mich manchmal zu intensiv:

»Was ist denn mit Matthias?«

Sie schaut mich direkt an.

»Alles gut«, gebe ich zurück.

»Aber du hast doch etwas?«

»Ist schon gut.«

»Hä, das habe ich von dir noch nie gehört.«

»Mir geht es gut. Nerv nicht herum.«

»Verstehe dich nicht, Matthias.«

»Das musst du zum Glück auch nicht, weil ich dich auch nicht verstehe.«

Wie sollte sie auch? Versteh mich gerade selbst nicht,

kann mich selbst nicht leiden, es ist schrecklich, dieses Gefühl bis hin zu dem Moment, in dem ich keine Luft bekomme, fast wie Atemnot. Kriege Weinkrämpfe wegen der einfachsten Dinge, Emotionen überfallen mich, fühle mich dem Ersticken nah. Ich kann es nicht anders beschreiben, habe superstarken Liebeskummer. Kann es nicht leugnen, es muss Liebesentzug sein, den ich empfinde. Er ist nicht in Europa, dann könnte ich in den nächsten Zug steigen und ihn kurz besuchen. So weit entfernt. So weit. Kann auch nicht einfach in den erstbesten Flieger steigen.

Bin fertig mit der Welt, möchte sterben, um die Schmerzen loszuwerden. Könnte jederzeit schreien, doch was bringt es?

Nach langer Zeit melde ich mich bei Freunden für ein Treffen diesen Sonntag. Ist zwar kein Ersatz für Mark, aber muss ja mal was anderes machen als nur zu Hause rumhocken. Kino lenkt mich ab, muss dann nicht viel reden. Kollegen sind selber ruhig, der Actionfilm ist spannend. Ab jetzt können wir Filme ab 16 anschauen, Perso vorzeigen und die Kontrollen passieren.

Freunde lenken zum Glück vom inneren Schmerz ab, ich denke zu oft an meinen Amerikaner, meinen besten Freund. Das Abitur war mein Ziel gewesen, nun bin ich nicht mehr so sicher, was ich möchte, es ist so kompliziert geworden, eine Entscheidung zu treffen. Meine Mutter macht sich mir zuliebe ein wenig Stress, denke ich, sie kocht mein Lieblingsessen, zwingt mich zu nichts, Haushilfe nur noch das Nötigste, klopft mir auf die Schultern.

»Wenn du jemanden zum Reden brauchst, weißt du, dass ich für dich da bin.«

»Danke, Mama, ich weiß.«

Ich weiß, sie wäre für mich da, aber kriege kein Wort raus. Hasse mich selbst dafür.

Wann hört das auf?

Der erste Schultag ist so schwer zu bewältigen, ich sitze und hoffe, dass es schnell vorübergeht, aber jede Stunde zieht sich. Meine Gedanken sind blockiert, ich verstehe zum Teil nicht, worum es im Unterricht geht, die Fremdwörter rauschen an mir vorbei, Fachbegriffe tauchen auf und verschwinden wieder. Manchmal bin ich da, scherze mit, manchmal bin ich im Nirgendwo. So vergeht die erste, zweite, dritte Woche. Die ersten Prüfungen und Projekte stehen an und ich bin überhaupt nicht vorbereitet. Die ersten Noten landen bei mir, mit Ach und Krach zweimal eine Vier minus. Haarscharf an einer Fünf vorbeigeschlittert, bin selbst geschockt über meine Leistungen.

Mein Zimmer ist so steril. Früher haben Mark und ich uns breitgemacht, ein Heidendurcheinander der Klamotten produziert, meine Mutter meinte nur, dass wir das selbst aufräumen können, jetzt ist das hier wie in einem Krankenzimmer, staubfrei möchte ich meinen. Das Königreich, mein Zimmer, ist zurückerobert, ich bin gar nicht so unordentlich, wie ich immer von meinen Eltern zu hören bekommen hab.

Zur Abwechslung unternehmen wir einen kleinen Familienausflug, planen bald einen Besuch bei Barbaras Schwester im Schwarzwald. Manchmal melde ich mich bei Mark und er meldet sich bei mir, schwierig, bei dem Zeitunterschied von neun Stunden einen guten Moment zu finden. Freue mich immer, wenn wir miteinander reden können, wir lachen, scherzen, aber mehr können wir uns nicht geben. Wir sind zu weit auseinander, das tägliche Miteinander ist nun vorbei.

Meine Laune steigt erst nach mehreren Wochen, ich akzeptiere, dass Mark sein Leben in San Francisco angeht und ich meins in Norderstedt, das Gefühl der Einsamkeit ist etwas weniger geworden. Und ich habe wieder ordentlich Hunger, esse gerne auch eine größere Portion. Mein Ehrgeiz beim Sport steigt, bin wieder mit voller Leistung bei der Sache. Der Alltag in der Schule, die Zeitungsrunde am Samstag, die Familienabende mit Brettspielen, eine gute Routine, die mich aus dem Tief rausholt. Freunde wie Boris und Sascha sind zum Scheißebauen da, langsam macht Lernen auch wieder Spaß. Werde gesprächiger mit Kollegen, tauschen unsere Gedanken aus, unterhalten uns über Interessen.

Starte im September mit den Freunden intensive Lerngruppen, um Noten zu verbessern. Meine neue Freiheit im Zimmer nutze ich aktiv aus, bin einfach nackt, stelle mir Marks Berührungen so oft es geht vor. Meine Erinnerungen an die Nacht in Florenz und das Musikfestival sind sehr stark, die Gedanken kreisen um die schönen Momente. Und das erste Mal seit Langem fällt mir Marta wieder auf, wie sie ihren Kopf und ihre Haare bewegt und ein Lächeln über ihre Lippen kommt. Ein wunderschöner Anblick. Meine Hand wandert auch ihretwegen in den Schritt.

Herbstferien, Familienbesuch, auf zu Anika, Mamas Schwester, und meinen Cousins Björn und Tino. Alles verpackt und verstaut im Familienbus. Die Fahrt in den Schwarzwald dauert. Einige Staus stehen an, schon doof, lange zu warten. In Anikas Haus teile ich mir ein Zimmer mit Björn, er erzählt mir viel von seinem Fußballverein in der A-Jugend, der Trainer hat ihn vom Mittelfeldspieler zum Stürmer ernannt. Sein Bruder Tino ist jünger, manchmal etwas laut und frech, will auch mitreden von seinem Fußballspiel in der C-Jugend. Die erste Nacht ist etwas unruhig, Geräusche vom Straßenverkehr und der Natur draußen sind lauter als in Norderstedt, habe trotzdem gut schlafen können. Anika und ihr Mann Arno führen uns durch die Wälder, meine Eltern führen mit an, wir Kinder sind immer etwas dahinter. Abendessen, Familienabende, Diskussionen, Ausflüge nach Stuttgart, erleben viele schöne Momente.

Nach drei Tagen sehne ich mich nach Norderstedt. Wird mir zu viel mit der kompletten Familie. Barbara freut sich, mit ihrer Schwester Zeit zu verbringen, wir Kinder sind schon groß genug, um alleine viele Dinge zu machen, Fahrrad fahren, Ausflüge als junges Team zu unternehmen. Am Ende habe ich mich doch über den Tapetenwechsel gefreut, fast schon traurig, dass wir nun zurück nach Hamburg fahren. Zu Hause wieder die gleichen Muster, Gepäck verstauen, Wäsche waschen und warten, bis die Schule wieder anfängt. Und kaum richtig angekommen, will ich wieder weg. Warum dieser Widerspruch?

Oktober, November, es ist kühler geworden. Zum ersten Mal klappt das Reden mit den Mädels in der Gruppe, Marta steht neben mir und wir lachen, ungezwungen, einfach so.

Ich bin oft bei den Ärzten, werde im Krankenhaus gepikst, untersucht, verkabelt, stehe unter ständiger Beobachtung. Würde lieber zur Schule gehen und mir die ewige Fahrerei zu den Ärzten ersparen. Die Krankenschwestern erkennen mich, nennen mich beim Namen, begrüßen mich freundlich und versuchen mit mir Scherze zu machen. Meine Mom dagegen ist ein Wrack, sie macht sich Vorwürfe, dass ich nach Deutschland gegangen bin. Ich habe gehört, wie sie mit meinem Dad geredet hat, sie hat geschluchzt. Ich habe Angst vor dem Tod, aber ich sage es niemandem. Ich belüge alle, die ich kenne. Selbst meinen besten Freund Matthias. Zum Glück sieht man es mir nicht an und hört es nicht an meiner Stimme. Ich versuche, Matthias keinen Anlass zu geben, sich Sorgen zu machen. Ich ziehe mich ein wenig zurück, damit wir nicht so häufig Kontakt haben. Ich vermisse ihn furchtbar und möchte nicht gehen. Aber die Ärzte geben mir wenig Hoffnung, dass ich es lange machen werde. Vielleicht ein halbes Jahr, eher weniger.

Wie könnte ich Matthias auch nur etwas Annäherndes sagen? Er erzählt von seinen Taten und Ideen, was er alles machen möchte, ich belüge ihn mit meinen Träumen. Er ist voller Elan und ich bin ein Haufen Elend. Matthias hofft, mich bald besuchen zu dürfen, er sagt, nächstes Jahr dürfe er kommen, seine Eltern haben es ihm versprochen. Ich habe diese Zeit nicht mehr, aber ich verspreche ihm, dass wir viel miteinander unternehmen werden. Fisherman's Wharf, die bunten Häuser, das tolle Pizzarestaurant Toni's, das immer einsame Spitze ist. Ich bin voller Stolz auf ihn und ermuntere ihn zu kommen. Aber ich weiß nicht, wie ich ihn aufhalten kann. Ich lebe mit einer Lüge und weiß, trotz dem drohenden Auge zu sterben, nicht, wie ich dem Menschen, der mein Herz berührt hat, die Wahrheit sagen kann. Ich bin ein Feigling, nicht nur vor meiner Familie und Matthias, auch vor mir selbst.

Mein Kontakt zu Mark hat etwas abgenommen, es ist schwer, regelmäßig voneinander zu hören. Ich habe es zweimal versucht, aber die Verbindung zu ihm hat nicht gehalten.

Weihnachten steht vor der Tür, das Familienfest wird wieder groß ausfallen, Mama wieder auf Kurs zur Bestnote in der Kür und Choreografie. Meine beiden Großeltern sollen es ja super haben. Zum ersten Mal habe ich das Gefühl, dass mir die Geschenke nicht so wichtig sind. Sara freut sich über einen Gutschein für eine Reitschule, wo sie sich um die, wie sie so schön sagt, »liebsten Tiere der Welt« kümmern kann. Dabei gerät sie gleich in großes Schwärmen. Barbara und Thomas schenken mir einen Gutschein für den Führerschein, ich bin irgendwie doch schwer beeindruckt. Einen Teil der Kosten übernehmen sie für mich, schon cool.

Weihnachten ist abgehakt und wir als Familie sind wieder allein im Haus. Silvester feiere ich mal ohne meine Eltern und Schwester. Am Silvesterabend mache ich mich mit Freunden auf den Weg zur Hamburger Alster, Innenstadt, es ist bombenvoll, so viele Leute. Wir ballern ordentlich mit. Einige Raketen von Betrunkenen nehmen gefährliche Flugrouten und explodieren nahe der Menschenmenge. Trotzdem lassen wir uns die Feier nicht vermiesen und haben eine schöne Zeit. Alles super, das neue Jahr kann starten.

Fühle mich in den ersten Wochen im neuen Jahr sehr gut, trotz Schule und dem ständigen Zeitungsaustragen. Der Brief aus den USA erreicht uns in der dritten Januarwoche, ein großer gepolsterter Briefumschlag mit Kordelverschluss von der Van-Horn-Familie. Sara und ich kommen gerade nach Hause.

»Guckt mal, was wir Schönes erhalten haben. Ich habe extra auf euch gewartet.«

»Oh, wow, aus Kalifornien, vielleicht sind da Geschenke drin.«

»Das wäre ja schön. Und so ein großer Umschlag.«

»Komm, lass uns an den Küchentisch.«

»Mama, mach du, du kannst es vorsichtig öffnen.«

Mama greift die Kordel und dreht das Band, bis der Umschlag leicht zu öffnen ist. Zuerst entnimmt sie zwei weiße Päckchen.

»Vielleicht sind das ja Bilderrahmen?«

»Sara, du hast bestimmt recht, die wirken wie Bilderrahmen.«

Das erste Päckchen enthält einen braunen Rahmen mit einem Bild von der ganzen Familie van Horn. Sein Vater mit Hemd und Krawatte und seine Mutter mit einem langen, grauen Rock, einer Bluse mit blassem Blumenmuster, flachen, hellbraunen Schuhen, um ihren Hals wohl eine Kette mit einem Kreuz.

»Mark wirkt dünn auf dem Bild.«

»Ja, als hätte er abgenommen.«

Das zweite Päckchen enthält einen schwarzen Rahmen mit einem Bild, Mark allein im Großformat.

»Ja, er hat ganz schön abgenommen. Seine Wangenknochen treten hervor.«

»Schön mit den beiden Bildern. Wir können das doch auch beim Fotografen machen lassen und ihm zusenden.«

»Die Bilder können wir im Flur aufhängen.«

»Gute Idee.«

»Ist denn noch etwas im Umschlag?«

Mama fischt einen weißen Briefumschlag mit einem schwarzen Rahmen heraus, sie verzieht kurz das Gesicht.

»Ist was, Mama?«

»Nein, alles in Ordnung.«

»Dann öffne doch den Brief.«

Sie holt tief Luft, ich merke, Mutter hat Probleme, ruhig zu bleiben und den Brief zu öffnen. Sie holt noch mal tief Luft. Ich werde misstrauisch, irgendwas stimmt nicht. Sara hakt nach:

»Mama, geht es dir nicht gut?«

»Ich bin furchtbar aufgeregt.«

»Wieso? Ist doch ein gewöhnlicher Brief, oder nicht? Und wir haben so schöne Bilder erhalten.«

»Ja, Liebes, deshalb ja, deshalb bin ich so aufgeregt, weil ich mich ...«

Ihre Stimme versagt, sie hat richtig Angst, den Brief aus dem Umschlag zu nehmen. Öffnet den Brief, streicht die Seiten glatt und liest uns vor:

»We are deeply in sorrow to inform you, that our son Mark van Horn passed away ...«

Die ersten Worte des Briefes hauen Mama, Sara und mich um. Barbara wusste sofort, dass etwas nicht stimmt, aber sie wollte es uns nicht gleich sagen. Wir hätten aber auch nicht warten können, bis Papa nach Hause kommt. Wir als Jugendliche kennen Umschläge mit einem schwarzen Rahmen nicht. Mein Vater wird es heute erst später erfahren, wir sind total aufgelöst, ungläubig lese ich die nächsten Zeilen. Mein Herz zerspringt in viele kleine Teile, ein Stück in mir stirbt. Spüre, wie die ersten Tränen aufkommen, muss weg, unbedingt weg.

»Ich bin in meinem Zimmer.«

»Warte doch, Matthias.«

»Ich kann nicht.«

Und schon schluchze ich los und verpisse mich auf mein Zimmer.

»Mama, ich bin so traurig.«

Ich höre noch, wie Sara weint.

»Ich auch, mein Liebes. Ich auch.«

Nun heulen beide, ich schließe die Tür, brauche meine Einsamkeit, ich kann nicht vor Frauen heulen. Brauche mein Zimmer, meine Ruhe. Ungläubig stehe ich mitten im Raum, das ist ein Fehler, es muss ein Missverständnis sein, er kann nicht gestorben sein. Ungläubig, verloren bin ich in meinem Zimmer, es ist ein schwarzes Loch für meine verlorene Seele. Das Haus ist unsagbar still, es herrscht eine andächtige Stille. Ich ertrage das nicht, gehe an meine Musikanlage und spiele das erste Lied von Grace Jones, das mir einfällt, ein Libertango, I've Seen That Face Before. Und nun laufen meine Tränen erst richtig, weil Marks Lieblingslied spielt. Als das Ende des Liedes erreicht ist, breitet sich Stille in meinem Raum aus. Die Trauer frisst sich in mein Herz, ich krieg keine Luft. Ich drehe durch, kann mit dem Schmerz nicht umgehen, mir fällt nur der Name ein. Fange in meiner großen Verzweiflung an, seinen Namen zu schreien, während meine Tränen laufen: »MAAARK!«

Mein Vater hatte bis zum späten Abend eine Professorenkonferenz an der Universität und erfährt erst viel später von Marks Tod, er ist genauso geschockt wie wir. Wir sitzen zu viert in der Küche. Mein Vater übersetzt uns den Brief komplett. Mark ist am 27. Dezember verstorben, laut dem Brief hatte er seit längerer Zeit einen Gehirntumor. Den Kampf gegen den Tumor hat er im Alter von sechzehn Jahren und zehn Monaten verloren.

In Trauer um unseren geliebten Amerikaner sitzen wir in der Küche und trinken Tee. Mein Mark, der uns ein Jahr begleitet hat. Der Tod, der persönliche Verlust, bringt mich noch schlimmer in Verzweiflung als der Liebeskummer. Der Schmerz, in dem ich versinke, ist noch heftiger, meine Verzweiflung so viel stärker. Hab den Satz im Kopf: Nur die Guten sterben jung. Das klingt nicht richtig, denn wir haben Lust zu leben. Wollen Abenteuer, Spannung, tanzen, lachen, Spaß, Sex. All das wird mein Mark nicht mehr erleben können. Ich denke an den Kampf zwischen Mark und mir, meine Schuldgefühle werden größer und fressen sich tief in mich rein. Ich habe ihm auf den Kopf gehauen, habe ihm den Tod gewünscht, ihn verletzt, und mein Wunsch ist in Erfüllung gegangen. Ich will ihn zurück.

Das ganze Wochenende sind wir als gesamte Familie in Trauer, haben kaum positive Gedanken, ich muss mit mir kämpfen, um nicht in einem Tränenmeer zu ertrinken. Meine halberfrorene Seele fühlt nichts als Schuld und Schmerz. Mein eigenes Gefängnis, das ich mit meinen Gedanken aufbaue, quält mich.

Ich hab Sehnsucht nach dir, Mark.

Aber unser Leben geht weiter, die Arbeit für unsere Eltern, die Schule für Sara und mich. Ich will, dass die Schule verbrennt, ich sehe keinen Sinn im Lernen. Alles rauscht an mir vorbei, meine schulischen Leistungen stürzen dramatisch ab. Das Einzige, was ich noch schaffe, ist, mal ab und zu spazieren zu gehen. Bin miesgelaunt, habe wenig Lust.

Januar, Februar, März rauschen an mir vorüber, während ich im dichten Nebel gefangen bin. Meinen Geburtstag, das siebzehnte Lebensjahr, will ich nicht groß feiern. Ich empfinde keine Freude. Im kleinen Familienrahmen reicht mir, meinen achtzehnten werde ich eventuell wieder groß feiern.

Schön, erhalte kleine persönliche Geschenke von meiner Familie, von Sara einen Gutschein von meinem Lieblingsklamottenladen, von meinem Vater ein Buch von John O'Donohue mit dem Titel »Anam Ċara«, was auch immer das ist, von meiner Mutter überraschend Karten für eine Oper mit dem Namen »Der Liebestrank«, hm, weiß nicht, ob mir so was gefällt. Na ja, sie meint, dass sie mir etwas Besonderes geben wollte, dabei beschenkt sie sich selbst, vermute ich mal. Nun bin ich siebzehn Jahre alt, Check.

Geht es mir gut: Nicht wirklich.

Gesund: Ja, aber traurig.

Macht mir etwas Spaß: Nicht wirklich.

Was möchte ich: Mark. Ich hab Sehnsucht nach ihm.

Es war schwer, die letzten Monate durchzustehen, zuerst der Liebeskummer, dann der wahre Verlust eines geliebten Menschen. Lethargie, ein neues Wort aus der Schule, hat mich erfasst, schwer wieder abzuschütteln. Bemühungen der gesamten Familie, herauszufinden aus dem großen Tal des Schmerzes, fällt uns schwer. In bester Absicht haben wir einen Fotografen mit einem Familienfoto beauftragt und ein Kondolenzschreiben verfasst, übersetzen und lektorieren lassen von einer professionellen Agentur, unterschrieben und verschickt zur Van-Horn-Familie.

Und was ist mit mir? Ich lebe in den Tag hinein – irgendwie endet der Tag einfach so und ich gehe schlafen. Empfinde selten Freude, meine Gefühlswelt ist am tiefsten Punkt angekommen. Aber ich kann daran nichts ändern, hoffe, es werden wieder gute Tage kommen.

Wir haben das erste Quartal des Jahres überstanden, nun ist es Mitte April, der Opern-Tag von Mama und mir steht bevor. Extra von meiner Mutter ein Hemd gebügelt bekommen, Stoffhose, Krawatte, schick und fein für diesen Abend. Zu verlieren habe ich nichts, lasse mich auf das Abenteuer ein. In der Staatsoper in Hamburg – nähe Gänsemarkt, großer Saal, viele Zuschauer, viele aufgetakelt. Wir geben unsere Jacken an der Garderobe ab, Mama ist total aufgeregt, freut sich sehr, dass sie das mit mir anschauen kann.

In der ersten Hälfte der Oper ist es recht lustig, der Bauer Nemorino schwärmt für die hübsche Gutsbesitzerin Adina, die aber nichts von ihm wissen will, sie kennen sich vom Dorf her. Sie behandelt ihn herablassend oder wie Luft. Die Kulisse, wie meine Mutter mir sagt, sei überraschend schön gestaltet. Die Darsteller singen auf Italienisch, auf einer LED-Anzeige über der Bühne läuft die Übersetzung auf Deutsch, man sieht und versteht alles. Der arme Nemorino kauft einen Liebestrank von einem Quacksalber, damit sich Adina in ihn verliebt. Der Trank soll erst nach einem Tag Wirkung zeigen, bis dahin soll jedoch schon die Hochzeit zwischen Adina und dem Soldaten Belcore stattfinden. Nemorino will also einen zweiten Trank kaufen, der schneller wirkt. Da ihm das Geld dafür fehlt, tritt er dem Heer bei und bezahlt mit dem Handgeld den Quacksalber.

Die Bühnenbilder sind recht schön gemacht, illustrieren die Handlung, zum Beispiel schweben mal riesengroße Beine mit bunten Schuhen von der Bühnendecke runter oder es kommen Bilder von riesigen Bäumen heruntergefahren, hinter denen Darsteller hervorkommen und ihren Gesang vortragen. Mit viel Witz und Charme, so lustig und schön anzuschauen, meine Mutter und ich lachen viel. In der zwanzigminütigen Pause gönnen wir uns Brezeln plus Sekt.

»Und gefällt es dir, Matthias?«

»Ja, überraschend lustig und man kann alles verstehen.«

»Das ist ja das Schöne, man hört auf Italienisch den Gesang und liest den Text auf Deutsch. Schade, ich habe nie Italienisch gelernt.«

»Oh, hörst du, der Gong ertönt, wir müssen wieder rein.«

In der zweiten Hälfte passiert es, dass Nemorinos vermögender Onkel stirbt und ihm ein beträchtliches Erbe hinterlässt. Während Nemorino davon selbst noch gar nichts weiß, spricht sich die Nachricht vom Tod des

Onkels und der Höhe des Erbes unter den Frauen im Dorf herum, die Nemorino umschwärmen. Adina erfährt von dem Liebestrank, den Nemorino gekauft hat, und dass er nur ihretwegen in die Armee eingetreten ist. Sie verliebt sich deshalb in ihn und kauft ihn vom Militär frei.

Sie singen, tanzen, drücken sich schön aus und immer wieder gibt es Momente zum Lachen.

Irgendwann gesteht Adina ihm ihre Liebe und singt in der Ballade eine der schönsten Zeilen, die ich je gehört habe:

»So, wie du gelitten hast, so sollst du glücklich sein.«

Bin so überrascht, muss eine Träne wegwischen. Bin ergriffen von den Worten, habe nicht damit gerechnet, dass mich dieses Stück, eine Komödie, so in seinen Bann zieht. Als die beiden Verliebten zusammenkommen, das Ende des Opernstücks eintritt, herrscht Harmonie auf der Bühne. Alle Darsteller verbeugen sich und werden frenetisch beklatscht. Wir klatschen noch lange mit und treten dann hinaus, gehen mit den anderen Besuchern Richtung Garderobe. Barbara fragt mich:

»Und, es war schön, nicht wahr?«

»Ja, sehr sogar.«

»Weißt du, Schatz«, als wir die Jacken entgegennehmen, »ich glaube, du hast genug gelitten, du darfst jetzt auch wieder glücklich werden.«

Sie tätschelt meinen Oberarm. Ich wollte gerade so tun, als ob ich nicht wüsste, wovon sie redet, ihr Gesagtes übergehen, eigentlich wie immer drüberstehen. Aber als ich antworten will, kommen die Erinnerungen an Mark. An seine Ankunft, die gemeinsamen Stunden, die Reise nach Florenz und unseren gemeinsamen Moment der Liebe. Mir stockt der Atem, meine Tränen laufen, Wut steigt mir ins Gesicht:

»Ich bin wütend.«

Meine Stimme versagt, ich versuche Luft zu holen.

»Alles gut, mein Schatz.« Sie will mich umarmen.

Aber von mir: »Er hat mich verlassen und ich bin schuld daran. Weißt du noch damals?«

Die umstehenden Gäste schauen neugierig, aber sie sind mir egal.

»Was meinst du, Matthias?«

»Ich habe ihm im Streit auf den Kopf gehauen, nur wegen der Musik, ich habe Schuld, dass er einen Tumor bekommen hat.«

Meine Mutter schaut mir in die Augen und sagt mit sanfter Stimme:

»Nein, Schatz, man kann von einem Schlag auf den Kopf keinen Tumor bekommen.«

»Doch, ich bin schuld und er ist nun so einfach weg. Ich habe ihm im Streit den Tod gewünscht.«

»Komm her, ich hatte ihn auch lieb. Und wie oft wünscht man jemandem mal den Tod, wenn man sich ärgert?«

Sie drückt mich an sich.

»Und noch mal: Du bist nicht schuld, du bist nicht schuld, mein Schatz. Ein Schlag auf den Kopf löst keinen Tumor aus.«

»Er war mein bester Freund, ich habe ihn geliebt.«

Meine Stimme bebt, mein Körper voller Gänsehaut, mein Atem stockt, alles in mir schmerzt, die Trauer breitet sich immer weiter aus, geht tiefer, quält mich.

»Alles gut, Matthias, lass es raus.«

»Warum tut er mir das an? Warum tut es so weh? Wir waren gleich alt, trotzdem stiehlt er sich davon.«

Weiß, es ergibt keinen Sinn, was ich sage, aber ich bin wütend auf alles:

»Mama, ich bin nicht schwul, zumindest glaube ich das, aber ihn habe ich geliebt.«

»Ja, ich weiß. Du hast es am Flughafen zu ihm gesagt und er wusste es bestimmt.«

»Er hätte hierbleiben sollen, wir hätten ihn ins Krankenhaus bringen müssen. Dann würde er noch leben. Du hattest gesagt: Pass auf ihn auf. Und das habe ich nicht getan.«

»Nein, Schatz, nein, du hast dich sehr um ihn gekümmert, du warst mit Leib und Seele dabei und er wusste das zu schätzen.«

»Ich habe ihn im Stich gelassen.«

»Komm, mein Schatz, meinst du nicht, dass Mark gewollt hätte, dass du wieder Freude am Leben hast?«

Ich schaue sie an, Barbara, meine Mutter, gibt mir leichte Küsse auf die Wange, wiegt mich in ihren Armen, obwohl ich größer bin.

»Ich hasse es, ich hasse diesen Schmerz.«

»Wenn ich könnte, würde ich den wegnehmen, diesen Schmerz, mein Schatz.« Mama nun selbst am Weinen. »Man möchte seine Kinder lachen, lieben und in Freude glücklich sehen, egal mit wem. Und auch wenn du jetzt nicht dran glaubst, du wirst wieder gute Zeiten sehen und erleben.«

Er fehlt mir so sehr, dass ich jeden Moment hoffe, ihn schnell wiederzusehen. Aber das geht nicht, nie mehr. Barbara umfasst mich mit all ihrer Liebe und wartet stumm, bis mein Atem sich beruhigt, meine Tränen versiegen. Gehen zum Auto, fahren nach Hause, kurz bevor wir aussteigen, sage ich noch:

»Danke, Mama, für alles.«

»Na klar, mein Schatz.«

Sie drückt kurz meine Hand, wir betreten das Haus. Sara schläft schon, Papa noch vor der Glotze, begrüßt uns kurz und wir wünschen uns allen eine gute Nacht.

Die vergossenen Tränen haben geholfen, fühle mich am nächsten Tag erleichtert, zum ersten Mal frei im Herzen. In der dritten Aprilwoche fühle ich mich zum ersten Mal sehr positiv, trotz Regen und Wind, ja, der April macht, was er will. Marks Foto und das von seiner Familie hängen eingerahmt im Flur neben unsren Familienfotos. Er ist ein Teil von uns, gehört zur Familie. Ich lache, treibe Schabernack und scherze mit Sara. Glaube, wir sind doch gute Geschwister, auch wenn sie einmal im Monat total ein Drache ist.

Am Familienabend beteilige ich mich auch gerne, alles ist leichter zu ertragen. Sport macht wieder enorm Spaß, ich schlage wieder meinen Vater, er hat alles versucht, aber ich bin einfach besser. Dusche ganz normal wie jeder erwachsene Mann, keine Scham mehr, ein Abschnitt im Alter, den ich jetzt meistere. Selbst vor Papa keine Angst mehr, meinen Dödel zu zeigen. Genieße den Alltag, unternehme viel, an Mark denke ich noch viel, aber es tut nicht mehr so weh.

Hoffe, er freut sich, dass es mir jetzt etwas besser geht. Wenn er überhaupt was mitbekommt von meinem Leben. Die gefühlsmäßige Höllenfahrt in mir ist wohl vorbei, es geht bergauf, sehe wieder Farben, Regenbogen, und habe Hoffnung, Hoffnung und nochmals Hoffnung. Meine Noten sind wieder auf Kurs, habe mal wieder eine Eins, Zwei und eine Zwei minus geschrieben, schaffe gerade noch so die Kurve, die Lehrer loben meine Mühen. Spiele sogar wieder Gitarre, mit Boris und Sascha in der Garage, habe wieder Spaß an der Musik, neu dazugekommen ist Dejan aus unserer Klasse, der das Schlagzeug spielt.

Der Mai beginnt mit ungewohnter Kälte. Kein T-Shirt-Wetter, eher Jacke-plus-leichtes-Fleecehemd-Zeit, wieder im Bus zur Schule. Ungewöhnlich für mich, bin mit eigenem Antrieb dabei, Schulstoff aufzunehmen. Beteilige mich an Gruppenarbeiten in der Klasse. Wenn ich nach Hause komme, nehme ich mir erst mal Zeit für mich, benötige Ruhe. Bevor ich etwas unternehme, genieße ich meine halbe Stunde des Nichtstuns. Möchte von nichts abgelenkt werden, keine Musik, keine Glotze, nur absolute Stille im Zimmer. Als würde ich meditieren, danach starte ich mit einem gewissen Lerneifer. Die Hausaufgaben erledige ich mit Leichtigkeit, dann kümmere ich mich um meine kleinen Aufgaben im Haushalt, bringe den Müll raus, führe Miau Gassi.

Noch zwei Monate Schule, dann sind endlich wieder Sommerferien, kein Plan, was ich unternehmen könnte. Keine Ideen, vielleicht eine Reise. Hab mich lange selbst nicht ausstehen können, aber nun mag ich mich wieder selbst, mag mein eigenes Ich. Ich frage mich schon: Wie könnte ich jemand anderen lieben, wenn ich mich selbst nicht liebe? Die Distanz zu meinem eigenen Selbst hatte nur dazu geführt, dass meine Mitmenschen mich nerven. Aber ich denke, die Heilung hat angefangen.

Schön, Mitte Mai setzt sich die Sonne durch, wir können wieder im T-Shirt raus. Dieses Jahr steht keine Klassenfahrt an, es ist fast ein Jahr her, die schöne Klassenfahrt in die Niederlande, das Abenteuer auf dem Ijsselmeer. Manchmal ist mein Gehirn sehr fies, eine schöne Erinnerung trudelt ans Licht. Und obwohl sie schön ist, zieht sie Trauer hinter sich her. Ich denke an meinen Amerikaner, wie viel Spaß wir zusammen hatten. Ob mir das noch mal mit einem anderen Menschen passiert? Dieses Gefühl der Liebe? Ob ich noch kann, ob ich mich noch mal fallen lassen und mich öffnen kann? Siebzehn Jahre alt und noch Jungfrau, sehe andere Jungs, die sich mit Mädchen anfreunden und Sex haben, zumindest erzählen sie das groß herum.

Aber da muss man vorsichtig sein, prahlen kann jeder. Wann bin ich wohl dran? Habe die Mädchen schon lange nicht mehr mit Interesse beobachtet oder auf sie geachtet, alles war mir für eine Weile egal, sogar die schönen Mädels, na gut, zugegeben, eine ist anders als die anderen. Ich bin jetzt zufrieden mit mir, halte meinen Körper fit, tut dem Körper gut, der Seele auch. Gönne meinem Körper auch geile Streicheleinheiten, um Dampf abzulassen.

Juni. Schon so früh sehr heiß, kurze Schulpause, sind draußen, die Wolken am Himmel, wir älteren Schüler dürfen auch mal raus aus dem Schulgelände, ich stehe am Eingang zur Schule. Die Wolken verziehen sich kurz und die Sonne scheint brutal in mein Gesicht. Schaue nach rechts, bemerke ein Mädchen, genau neben mir, das in meine Richtung schaut. Sie sieht so schön aus, lockige Haare, schwarze Augen, ein Hammerkörper. Ich habe sie lange nicht mehr so angesehen, eine Traumfrau, meine Marta, die Spanierin ist der Wahnsinn.

»Hallo Marta, wie geht es dir?«

»Oh, hallo Matthias, danke, gut. Und wie läuft es bei dir?«

»Danke, auch gut.«

»Und in der Schule?«

»Ach ja, ist schon gut. Und bei dir so?«

»Och, kann nicht klagen.«

Weiß nicht genau, warum, aber auf einmal dachte ich mir einfach, drauflosfragen:

»Hättest du Lust, nach der Schule mal zum Eiscafé um die Ecke zu gehen? Wir könnten Eisbecher bestellen. Muss auch nicht heute sein.«

Marta lächelt mit Grübchen zurück.

»Ja, warum nicht? Heute passt es sogar sehr gut.«

»Super, dann können wir nach der Schule hinfahren?«

»Also, ich habe noch die neunte Stunde. Und du?«

»Ich habe auch die neunte Stunde, also geht genau auf.«

»Bei so einem schönen Wetter können wir Eis sehr gut vertragen.«

»Klasse, dann nach der Schule.«

»Ja, bis später, Matthias.«

»Bis später, Marta.«

Wahnsinn, eine Verabredung nach der Schule im Eiscafé. Wir haben beide nichts vor und ich weiß auch, dass es kein Date ist, daher kann man spontan zum Eisverkäufer des Vertrauens.

Nach Schulschluss warte ich an den Fahrradständern, Marta kommt kurze Zeit später, zum Glück versetzt sie mich nicht. Sie verabschiedet sich von Lucia.

»Ciao Lucia!«

Irgendwas auf Spanisch wird gequasselt und Marta zeigt auf mich. Ich winke übertrieben und sage verspielt:

»Ciao Lucia!«

»Ciao Matthias!«

Und Lucia grinst Marta und mich an.

Zum Glück dauert die Fahrt nicht lange, zehn Minuten später sind wir bei Giovanni Casanova, einer super Eisdiele, nehmen einfach die ersten zwei freien Plätze draußen. Unter einem Sonnenschirm haben wir genug Schatten vor der heißen Sonne. Sie bestellt sich einen Erdbeerbecher, ich einen Früchtebecher, beide mit Sahne. Worüber redet man eigentlich, wenn man sich nur vom Hallosagen kennt? Verkrampft suchen wir nach Themen, sprechen mal über die Schule, unsre Familien, Klassenkameraden und was wir in den Sommerferien vorhaben. Und auf einmal macht es Klick und unser Gespräch nimmt von selbst Fahrt auf, sie verreist öfter zu ihren Verwandten, wie ein Pflichtbesuch, aber sie empfindet Freude bei dem Gedanken an Spanien.

»Du glaubst es nicht, wenn wir in unserem Dorf ankommen, werden zuerst Geschenke an meine Verwandten verteilt. Und ich sage meiner Mutter ständig, die können uns auch mal was geben.«

»Ihr fliegt von weit her zu eurem Heimatdorf.«

»Ja, und das Schlimme ist: Sie kommen nicht zu uns wegen der Geschenke, wir müssen zu den ganzen Verwandten. Und bei jedem im Haus wird gefragt: Hast du Hunger? Und wir haben schon bei den Besuchen vorher was zu essen bekommen. Aber Nein sagen ist eine Beleidigung.«

»Das klingt spannend.«

»Es ist anstrengend, die erzählen sich dann im Dorf von unseren Besuchen. Wenn dann gesagt wird: Oh, du hast bei denen gegessen, aber bei uns nicht. Man tritt ständig in ein Fettnäpfchen.«

Sie fährt mit der Hand durch ihre lockigen Haare und lächelt mich an.

»Und stell dir vor, dein Magen platzt und du sagst schon, nur eine Kleinigkeit, aber es kommt ein ganzer Teller auf den Tisch mit Paella oder irgendwas mit Nudeln. Und Nachtisch unbedingt. Und abnehmen? Haha! Versuch das mal bei der Verwandtschaft.«

Muss ein wenig lachen.

»Das klingt lustig und heftig.«

»Wie viele Cousins hast du, Matthias?«

»Hm … ich habe drei Cousins. Zwei von meiner Tante und eine Cousine von meinem Onkel.«

»Was? Nur drei? Du hast es gut!«

»Die wohnen aber nicht in Hamburg. Sondern in Stuttgart und in Berlin. Und du?«

»Meine Mutter hat eine Riesenfamilie, dreizehn Geschwister und jeder von denen hat mindestens zwei Kinder, ich weiß nicht mal die Namen von allen. Mein Vater hat nur einen Bruder, der hat aber leider fünf Kinder.«

Man merkt so richtig das Temperament von Marta.

»Auch hier vergesse ich die Namen und dann sind alle beleidigt. Und ich sage denen schon, ich mache das ja nicht mit Absicht, bei so vielen Leuten kommt man mal durcheinander. Aber dann sind die für fünf Tage nicht ansprechbar, als hätte ich eine Todsünde begangen.«

Merke, dass ich Marta gar nicht richtig kenne, daher höre ich ihr interessiert zu, stelle Fragen und lächle bei ihren Antworten. Bin überrascht, wie locker wir reden können, wie einfach der Kontakt mit ihr klappt. Je länger wir uns unterhalten, desto leichter kommen uns die Themen über die Lippen. Ihre Art ist so angenehm und tut mir gut, freue mich, dass sie mit zum Eiscafé gekommen ist, so spontan. Unverkrampft, natürlich und für mich einfach schön. Und manchmal schaue ich ihr dann doch auf die Titten und wieder schnell weg, sie soll ja nicht denken, ich wäre pervers, beim Bezahlen übernehme ich die Rechnung, von Marta:

»Oh, danke sehr.«

»Bitte, gern geschehen.«

Wir stehen auf, ich will mich gerade verabschieden, sie schaut mich liebevoll an:

»Hey Matthias, ich kam nie wirklich dazu, es dir persönlich zu sagen, weil ich dich nicht so richtig kannte. Mein herzliches Beileid wegen Mark, er hat dir viel bedeutet. Und er war ein sehr lieber Junge.«

Das war schön von ihr zu hören.

»Danke für die lieben Worte. Ja, Mark war mein bester Freund. Vielleicht ein andermal wieder zum Eis oder so?«

»Oh, ja gerne, aber das nächste Mal bezahle ich.«

Zwinkert mir zu und winkt mir zum Abschied auf ihrem Rad hinterher.

Auf der Fahrt nach Hause überkommt mich eine Leichtigkeit, die ich schon lange nicht mehr empfunden habe, dieses Ungezwungene mit Marta und unsere Gespräche. Es passt einfach alles. Was für ein schöner Nachmittag, zu Hause habe ich gleich Musik angemacht und mitgesummt, mir mal keine Ruhe gegönnt. Die Hausaufgaben sind schnell erledigt, spiele am Computer. Die ganze Zeit tippe ich mit den Füßen den Takt der Musik, summe im Kopf. Hoffe, Marta und ich können uns wieder unbeschwert verabreden.

Der nächste Tag startet mit Musik im Kopf, ich habe super Laune. Dusche, und zack, mache ich mich für die Schule fertig. Schreiben eine Mathematikarbeit, habe ein sehr gutes Gefühl. Man ist richtig wach nach einer Prüfung in den ersten beiden Stunden. Auch wenn ich morgens eigentlich noch müde bin, macht mich eine Matheaufgabe gleich wach. Nachdenken, nachrechnen, am Ende hab ich wenig Zeit zur Kontrolle, ob es stimmt, denn die nächste Aufgabe muss gelöst werden. In der ersten Pause des Tages sage ich mit einem Lächeln:

»Guten Morgen«, und schaue Marta und ihre Freundinnen an, gehe an ihnen vorbei, sie grüßt zurück.

Boris und Sascha schauen mich misstrauisch an, einige von meinen Kollegen ziehen die Augenbrauen hoch, wundern sich über meine Art mit Marta. Aber so locker wie gestern habe ich noch nie mit Marta gesprochen. Jetzt ist es nur ein kleiner Gruß zwischen zwei Schülern in der Pause, nichts Besonderes. Warten wir mal ab, wie es noch kommt zwischen uns. Ob wir wohl feste Freunde werden?

Die Woche zieht schnell an mir vorüber und zu meiner Freude gehe ich am Mittwochnachmittag wieder mit Marta Eis essen.

Am frühen Morgen brauche ich ewig, meine Haare sind so widerspenstig, alles sieht doof aus. Am Ende wasche ich die Haare noch mal durch und lasse es etwas natürlicher aussehen. Heute bin ich so gut drauf, dass mich die extra Minuten, die ich benötige, nicht stören, mach mich schick mit schwarzer Jeans und geöffnetem hellblauen Hemd, leichtes Parfum für Marta. Schon beim Eintreten ins Klassenzimmer pfeifen die Mädels.

»Oh, wow.«

Das macht einen schon stolz wie einen Gockel, wenn die Mädels reagieren. Ist nicht immer leicht, selbstsicher auf Mädchen zu wirken. Wie besprochen, treffen Marta und ich uns nach der Schule, reden, während wir zum Eiscafé gehen, über den Alltag und die Schulstunden. Ich bestelle den Spezialbecher und sie Bananasplit. Als die Eisbecher kommen, müssen wir laut lachen, die Portionen sind riesig. Die Bedienung stellt uns die Becher hin.

»So, bitte sehr.«

»Vielen Dank.«

Ich schaue Marta ungläubig an:

»Wer soll das alles essen?«

»Das frage ich mich auch gerade.«

»So viel Sahne und das viele Eis. Und die ganzen Früchte.«

Zwei Riesenbecher auf unserm Tisch. Haben einfach gute Laune, lächeln, sie immer mit Grübchen im Gesicht, schön zum Anschauen. Finde es herrlich, könnte

Stunden mit ihr so sitzenbleiben. Ihre Augen, Nase, Stimme, ihre Haare, und dazu ihre freundliche Art, ihr liebevoller Umgang mit mir, ihr Wesen, so klug, einfach alles perfekt an ihr. Und ich kann sogar vor ihr sprechen, frei, bin nicht blockiert wie noch vor einem Jahr, sie lacht sogar mit.

»Hey Marta, beim nächsten Mal gehen wir ins Kino«, sage ich beim Abschied.

»Ach ja? Eventuell mit dir?« Schaut mich herausfordernd an. Aber sagt dann doch: »Okay.« Lächelt mich an. »Es läuft bestimmt ein guter Film.«

Sie bezahlt die Eisbecher, wir verabreden uns für die nächste Woche. Warum auch immer, Marta gibt mir spontan eine Umarmung, bin total überrascht, und ein Küsschen auf die linke Wange.

»Du bist lustig und sympathisch.«

Das habe ich schon lange nicht mehr gehört. Werde geil und rot im Gesicht.

»Oh, dito«, antworte ich. »Ich meine, du auch.«

Glaube, sie merkt mir meine Verlegenheit an.

Später beim Abendessen grinse ich beim Gedanken an den Nachmittag. Meine Mutter schaut mich längere Zeit an.

»Du hast gute Laune.«

»Ja, hab ich.«

»Schön, zu hören. War es also ein guter Tag?«

»Ja, es war ein richtig guter Tag.«

»Das freut mich.«

Kann es kaum abwarten, dass die Woche vorübergeht. Schlafe in meiner Fantasie eng umschlungen mit Marta.

Darf es am Kinoabend echt nicht verkacken, bin total aufgeregt. Muss einen coolen Eindruck bei ihr hinterlassen. Zeit mit ihr zu verbringen ist super, hoffentlich freut sie sich auch. Zu Hause bereite ich mich auf den

Abend vor, rasiere meine feinen Bartstoppeln und Bartstellen nur mit Flaum, trage zu viel Parfum auf, von Sara nur der Kommentar:

»Sollen wir im Haus vergiftet werden?«

»Ich möchte gut riechen.«

»Für wen?«

»Das geht dich nichts an.«

»Soso, dann muss es ja ein besonderes Mädchen sein.«

»Ach, lass mich zufrieden.«

»Vielleicht ja Miss Marta Jackson.«

»Oh Mensch, nerv nicht.«

Haarwachs in die Haare massiert, trage ein T-Shirt und kurze Hose, weil es heute über 30 Grad warm ist. Treffen uns pünktlich beim Spectrum-Kino, Marta und ich stehen an der Kinokasse, schauen, welche Filme laufen. Reden über die Titel und den Inhalt, können uns nicht richtig festlegen. Am Ende entscheiden wir uns für eine Komödie, weil Action und Krimi irgendwie ausscheiden, Drama haben wir genug in unserem eigenen Leben. Muss schmunzeln, das Drama entsteht ja dadurch, dass wir beide hier im Kino sind, nicht genau wissen, wie wir uns einander annähern sollen. Was Lustiges ist besser als was Ernstes, heulen wegen eines Films wäre jetzt am Anfang auch nicht besonders gut fürs Miteinander.

Popcorn plus zwei Cola, ab in den Kinosaal sieben. Eine Komödie über zwei Halunken, die versuchen, auf aberwitzige Weise einen Geschäftsmann auszurauben. Haben uns köstlich amüsiert, die ganze Zeit haben wir gelacht, Popcorn gegessen, mal die Hände berührt beim Zugreifen, ab und zu uns direkt angeschaut. Nach dem Film gut gelaunt rausgegangen, zusammen vom Spectrum-Kino bis zu unserer Bahnhaltestelle Kiwittsmoor gefahren. Beim Aufwiedersehen nehm ich den Mut zusammen, in einer Kurzschlusshandlung, ohne nachzudenken, küsse ich sie sehr kurz auf die Lippen.

»Danke für den Abend.«

Sie lächelt mich an. Bin ich zu weit gegangen? Habe ich zu schnell gehandelt? Aber sie lächelt. Ich bekomme von ihr nur ein kurzes »Oh« und »Danke, dir auch, Matthias«.

Gerne würde ich sie noch einmal küssen, aber wir kommen irgendwie nicht mal dazu, uns noch mal zu verabreden. Wir stehen schon vor ihrer Haustür und verabschieden uns voneinander. Am späten Abend ruft sie mich an, Gott sei Dank, bin sehr erleichtert. Hatte schon befürchtet, dass ich zu weit gegangen bin, übertrieben habe. Aber ihre Stimme:

»Schläfst du noch nicht?«

Hihi, wie könnte ich?

»Nein, du ja auch nicht«, sage ich und lache.

»Schön, dann können wir ja noch ein wenig quatschen. Was machst du so?«

»Eigentlich nur chillen. Und du?«

»Ich auch, aber mir ist langweilig, also dachte ich, ich rufe dich an.«

»Das ist lustig, mir ist auch langweilig.«

Eigentlich ja voll gelogen.

Ich habe sie wirklich geküsst, zwar nur kurz, aber es war schön. Wir reden, reden, reden, als gäbe es nur uns beide. Über den Film, die Ferien, die Schule. Sie geduldig am Hörer, während ich was erzähle, und umgekehrt. Wenn sie mich anruft und so lange mit mir spricht, dann mag sie mich eventuell doch mehr. Das Ende dauert ewig, tschüss, tschüss, tschüss zum Hundertsten Mal zwischen uns.

Fangen von vorne an, im gleichen Gespräch, machen weitere Treffen aus, Hafenrundfahrt, Spaziergang an der

Alster, Fahrradtour, bevor sie ihren vierwöchigen Urlaub in Spanien verbringt. Ihr Lachen über die Leitung klingt einfach wunderschön für meine Ohren. Irgendwie scheine ich gerade Glück zu haben.

Wenige Tage später machen wir unsere Hafenrundfahrt auf der Elbe. Fahren mit der U1-Bahn von Kiwittsmoor bis Kellinghusenstraße und dann mit der U3-Bahn bis zu den Landungsbrücken, von den Landungsbrücken mit dem Schiff weiter am Hafen entlang. Der Sprecher vom Schiff Mississippi versucht auf lustige Art den Besuchern die Hafenanlagen zu erklären. Wofür haben wir Containerumschlagplätze? Wie kommen die großen Seeschiffe mit den großen Schleppern zum Hafen? Und was machen die Kräne an den Hafenanlagen, wenn das Schiff anlegt?

Am Ende sagt der Sprecher: »In Hamburg sagt man Tschüss.«

Danach gehen wir zur Speicherstadt, setzen uns in ein Café, genehmigen uns Kaffee und Kuchen, reden und schauen uns dabei in die Augen.

»Marta, ich hab dich wirklich gern.«

»Ich dich auch, Matthias.«

Sie lächelt, ich lächle, traue mich, ihre Hand zu halten, und sie lässt es einfach zu, bin elektrisiert. Ich als Mann muss ja doch etwas wagen, nicht warten, bis etwas passiert. Sonst passiert nichts. Und bei der Reaktion von Marta merkt man, ihr gefällt der Moment auch. Stück für Stück hoffe ich auf mehr, zwischen Ungeduld, Hoffen, Bangen, Angst vor dem Neuen. Mit einer Portion Mut wage ich es, auf einen Menschen zuzugehen, den ich mehr als nur gern hab, schon liebgewonnen hab.

Zu Hause ist meine Stimmung auch gestiegen, habe den Schock mit Mark gut verarbeitet, meine innere Schwere abgelegt. Ich muss mein Leben aktiv gestalten und wieder Spaß haben.

Unser letzter Schultag, mit meinem Zeugnis bin ich sehr zufrieden, nun geht es in die Sommerferien. Marta fliegt morgen nach Barcelona und von dort fährt sie mit dem Auto mehrere Stunden bis zu ihrem kleinen Dorf. Treffen uns noch kurz, haben Glück, im Juni Sonne satt zu bekommen. Fahren zum kleinen Stadtpark in Norderstedt, Marta hat nicht so viel Zeit, weil sie noch packen muss. Mit dabei eine kleine Decke zum Ausrollen, was zum Knabbern, genießen unter einem Baum unsere letzten gemeinsamen Stunden, lachen, streicheln mit unseren Füßen gegenseitig die Zehen. Sie berührt meinen Rücken, ich ihre Hände, bei all diesen zarten Annäherungen bekomme ich ab und zu richtige Gänsehaut. Die Berührungen von ihr sind sanft, ich finde das total geil, ach was, ich bin geil. Leider müssen wir früh Abschied nehmen. Lege meinen Arm um ihre Schultern, sie schmiegt sich an mich.

Ich frage: »Darf ich?«

Sie antwortet: »Ja, was fragst du denn so doof?«

Und ich gebe ihr einen heftigen Kuss auf die weichen Lippen.

»Ciao, hab einen schönen Flug und bis bald.«

»Ja, wird bestimmt lustig, und ich komme bald zurück.«

Na ja, jetzt, wo ich darüber nachdenke, scheinen diese vier Wochen doch recht lang. Fahre mit einem super Gefühl im Bauch nach Hause, mit viel Kribbeln, fast, als hätte ich Schmetterlinge da drin. Habe Marta noch nicht gefragt, ob wir nun ein Paar sind oder nicht. Aber das wäre auch komisch nach ein Paar Treffen und Gesprächen, ich höre ja immer wieder von meinen Kollegen, nicht zu früh den Move wagen. Aber ich wünsche es mir jetzt schon. Sie reagiert auch nicht ablehnend auf meine Zuneigung.

Nun frage ich mich, was soll ich eigentlich in diesen Sommerferien machen? Habe nichts geplant, aber sechs Wochen lang Nichtstun geht auch nicht wirklich. Samstag erst mal richtig frühstücken, dann kann ich immer noch spontan etwas planen. Meine Eltern und Sara fliegen am Sonntag nach Griechenland. Wollte nicht so gerne mit, ich bin nun alt genug, da kann ich selbst entscheiden, wurde mir schon vorab gesagt. Fand ich super von Mama und Papa. Die Familie verabschiedet sich im Stress von mir, und jetzt, am Sonntag zur Mittagszeit, bin ich auf einmal allein zu Hause, gehe nackt durch das Haus, sieht ja keiner, kann tun, was ich will.

Ich liege einfach auf dem Sofa, während irgendein Actionfilm übers Vergessen läuft, passe nicht wirklich auf, wollte vor Langeweile gerade an mir herumspielen. Aber Sascha meldet sich bei mir, fragt, ob wir gemeinsam verreisen wollen, und kommt jetzt gleich vorbei. Ich ziehe mir Unterhose, kurze Jogginghose und T-Shirt an. Er hat nichts vor und langweilt sich auch. Entscheiden uns, nächsten Freitag eine Zugreise nach Berlin zu machen, die Woche in Norderstedt verbringe ich dann mit Lebensmitteleinkäufen, Kochen, Fernsehen, Computerspielen. Und wichtig: einfach Faulenzen. Nicht einmal zum Sport kann ich meinen inneren Schweinehund überwinden. Die erste Woche der Sommerferien geht schnell vorbei.

Wir kommen am Vormittag mit der Bahn in Berlin an und gehen auf der Straße Unter den Linden entlang, es ist doch recht warm. Sascha hat 'ne geile Freundin und erzählt von seinen sexuellen Versuchen. Muss sogar lachen.

»Mensch, mein Dödel ist zu groß, ihr tut es weh, wenn ich eindringe.«

Ist zwar als Scherz gemeint, aber an so was habe ich gar nicht gedacht, dass der zu groß sein könnte. Anatomieunterricht mal anders. Sage noch nichts über Marta, wer weiß, was in vier Wochen ist. Sascha und ich schauen Szeneläden an, die Klamotten sehen zwar geil aus, sind dafür aber auch derbe teuer. Würde gerne welche kaufen, aber wo soll ich das Geld herbekommen? Ich arbeite ja nur samstags als Zeitungsausträger. Wir ziehen durch die Straßen, weiter zum Jüdischen Museum Berlin. Das macht mehr Eindruck, als ich erwartet habe. Es bedrückt mich mit all dem Gräuel, der im Zweiten Weltkrieg passiert ist.

Essen Currywurst mit Pommes, ein Muss in Berlin, plus Limonade. Erblicken ein Disco-Plakat.

»Wollen wir durchmachen?«

»Das wäre sicher cool.«

»Dann lass uns mal probieren, ob wir bei der Kontrolle durchkommen.«

»Ja, wenn wir nicht reinkommen, müssen wir die Nacht auf den Straßen von Berlin verbringen.«

»Na dann los.«

Entscheiden uns dafür, werden die Nacht in Berlin durchfeiern, hoffen wir. Gehen bestimmt zu einer der besten Partys, die wir je erleben werden, nicht schwer, so was zu sagen, ist ja auch die erste, zu der ich gehe.

Wir sind früh dran, am Eingang warten wir kurz vor der Kasse, zum Glück haben sie nicht nach unserem Alter gefragt oder unsere Ausweise verlangt. Liegt bestimmt daran, dass wir sehr früh, um 22 Uhr, in den Club wollen.

Die Musik ist laut, Trance, Techno, noch sind wenige Leute da, daher ist die Stimmung noch lau und es wird nicht getanzt. Sascha und ich lachen. Wenn der Abend so vergeht, dann ist das aber ganz schön tote Hose. Wir holen uns ein Bier, warten ab, was noch so passiert. Für uns beide sowieso eine Premiere. Man könnte meinen, ein Club wird schnell voll, aber denkste. Wir warten Bauklötze, bis am Ende eine Handvoll reinkommt, und die Musik ist noch nicht so wirklich der Hit. Erst nach so zwei Stunden kommt eine Horde an Besuchern. Wir nehmen unser zweites Bier ein und haben sogar Glück, tanzen mit wildfremden Weibern. Die wechseln zwar kaum ein Wort mit uns, aber tanzen so eng, dass ich aufgegeilt bin.

Sascha hat so viel Bier getrunken, ist irgendwann nur noch am Pissen, während jetzt die geile Musik gespielt wird, ich flippe beinahe aus, so gut gefällt es mir. Uns werden auch Drogen angeboten, so Pillenzeug, aber wir beide sind in einem Rausch und brauchen keine zusätzliche Steigerung. Ein Erlebnis sondergleichen, bis früh in den Tag, wir sind so aufgeputscht, als der schreckliche Schlager »Ja, ja … « gespielt wird, um die Letzten der Meute zu vergraulen.

Wir setzen uns in den Zug nach Hamburg, schlafen vor Erschöpfung fast gleich ein, ich bin so platt, aber es war ein geiles Disco-Erlebnis. In Hamburg weckt mich ein fremder Fahrgast und sagt nur:

»Hamburg, ich glaube, ihr wolltet hier aussteigen.«

Zum Glück hat der Mann was gesagt, sonst wären wir weitergefahren. Zwei Untote wandern zur U-Bahn nach Norderstedt, Sascha kommt einfach mit zu mir nach Haus und pennt auf dem Gästebett. Erschöpft, aber zufrieden, es gibt nur noch einen Ort, an den ich mich wünsche, bamm, pflanze mich aufs Bett. Schlafen.

Oh, was für Kopfschmerzen am nächsten Tag, Sascha frühstückt kurz mit mir. Aber er ist genauso fertig, wir wechseln kaum ein Wort und er geht bald nach Hause. Wenn ich so drüber nachdenke, es war geil, aber auch echt anstrengend.

Den ganzen Montag brauche ich zur Erholung für mich. Die übrige Woche genieße ich ohne Familie und mit Nichtstun, außer ein wenig Sport plus Krafttraining, traue mir sogar mal das Laufen zu zum Fithalten. Auch wenn ich keine große Reise antrete, habe ich gute Laune. Langweile mich nicht, kann ja tun, was ich will, keine Regeln, die ich zu Hause beachten muss. Nach der zweiten Woche langweile ich mich doch zu Hause. Mache neue Pläne, zu verreisen, packe meinen kleinen Reise koffer. Nehme das Geschenk von meinem Vater im Rucksack mit, das Buch »Anam Ċara« von John O'Donohue, das ich noch nicht angefangen habe.

Gebe die Aufsicht von Wuff und Miau an Hildebrandt, unseren freundlichen Nachbarn, ab, gebe Bescheid bei den Eltern, dass ich losfahre, auf und davon. Ein besonderes Ziel habe ich nicht, fahre einfach zum Hamburger Hauptbahnhof, kaufe mir ein Europaticket am Bahnschalter. Mit dem Ticket kann ich innerhalb der nächsten dreißig Tage so viele Fahrten machen, wie ich möchte. Schaue auf die Anzeige mit möglichen Zielorten und spontan steige ich in den ersten Zug, den ich entdecke, und es geht erst mal nach Köln, knapp fünf Stunden Fahrt.

Die monotonen Geräusche des Zuges machen mich schläfrig. Habe nur das Nötigste mitgenommen, zu viel Gepäck macht Reisen unangenehm. Die Einsamkeit bedrückt mich nicht, die Freiheit, nur für mich zu sein, ist ein neues Gefühl, schön, ungewohnt, aber schön. Noch bis vor Kurzem hatte ich entweder meine Eltern als erste Aufsicht oder meine Lehrer. Oder ich fuhr mit Freunden herum. Nun, auf mich alleine gestellt zu sein, Verantwortung für alle Entscheidungen, die ich während der Reise treffe, zu tragen, ist wohl eine neue Stufe zum Erwachsenwerden. Häuser, Bäume, Felder ziehen an mir vorbei, schaue aus dem Fenster der Bahn und denke an viele Dinge, mein Leben, meine Familie, an Mark und unsere schöne gemeinsame Reise nach Florenz – das ist nun ein Jahr her. Fahre daher am besten nicht nach Italien, weil ich mich vor der Erinnerung fürchte. Und ständig Marta in meinen Gedanken, vor dem Eiscafé, während des Fahrradfahrens, im Kino, der erste echte Kuss mit ihr. Meine Gedanken wandern immer wieder zu Marta, ich hoffe, dass sie es schön hat in Spanien. Ich versuche auf meine Weise einen schönen Urlaub zu erleben.

In Köln erkennt man sofort das Wahrzeichen der Stadt, ein UNESCO-Weltkulturerbe, und viele Besucher wollen sich dieses Bauwerk angucken. Mich selbst interessiert der Dom weniger, möchte auch nicht lange anstehen. Eine Übernachtung habe ich mir in einer Jugendherberge, in so einer Art Youth Hostel vorgenommen. Anders als in Hamburg, wo man sich üblicherweise gegenseitig in Ruhe lässt, werde ich von Fremden am Nachbartisch eingeladen, in einer Bar, auch in Cafés. Führe mit Wildfremden Gespräche. Man tauscht die üblichen Floskeln aus, woher man kommt, wohin man geht, was man gerade in Köln macht.

Eigentlich bin ich ja auf der Durchreise, fahre daher zwei Tage später weiter nach Luxemburg, da war ich noch nicht. Überraschend teuer das Essen und der Aufenthalt, fahre wegen der Unkosten daher lieber gleich weiter nach Paris, habe Glück, habe eine kleine Dreiersitzreihe für mich und schlafe dort, bis ich in Paris ankomme.

Während ich meinen Urlaub mit meiner Familie verbringe, denke ich ab und zu an Matthias. Ich sitze am Tisch und überlege, was ich ihm schreiben soll, aber mir fällt nur belangloses Zeug ein. Wie schönes Wetter, ja toll, als wüsste er das nicht von selbst. Die Sonne brennt ja quasi auf der Haut bei fast 40 Grad im Schatten, und das fast jeden Tag. Nur vor zwei Tagen hatten wir einen heftigen Regenguss, die Wassermassen stürzten nur so runter. Aber jetzt knallt die Sonne wieder wüstenartig.

Meine Verwandten stopfen mich mit Essen voll, aus und vorbei mit meiner Figur. Muss wieder Diät machen nach meiner Rückkehr. Was Matthias wohl so macht in seiner Ferienzeit? Sind wir eigentlich irgendwie zusammen oder nicht? Also, so richtig ein Paar sind wir ja nicht. Keine Ahnung. Ich finde ihn ja süß, aber so richtig verknallt habe ich mich noch nicht, vielleicht etwas verguckt. Aber nur, weil er mich gut behandelt, und ich mag es, mit ihm zu lachen.

Was könnte ich denn noch so erwähnen? Hm, vielleicht verreist er ja doch noch irgendwohin. Na ja, so richtig weiß ich noch nicht, was ich von Matthias halten soll. Hm, was wohl Matthias möchte? Warum denke ich überhaupt so viel über ihn nach? »Liebe Grüße« klingt irgendwie abgedroschen, aber »in Liebe« ist auch zu viel. Okay, ein »Kuss«, aber mehr nicht auf dieser Postkarte. Ach komisch, manchmal denke ich stundenlang an Matthias, er geht mir gar nicht aus dem Kopf. Hat es mich erwischt?

Paris erschlägt mich mit der Menschenmasse am Bahnhof. Ich sehe nur Chaos, weiß gar nicht, wohin mit mir, bin so verwirrt bei den vielen Ein- und Ausgängen. Einmal biege ich falsch ab und bin wieder in einer Bahnunterführung, finde den Ausgang nicht. Irgendwann finde ich mich doch zurecht und wage mich hinein ins Pariser Leben. Lasse mich erst mal einfach treiben, die

Museen scheiden vorläufig aus, das Wetter ist viel zu gut, um den Tag mit Kunst und Kultur in einem Gebäude zu verbringen.

Was mir auffällt: Die meisten Pariser sind unhöflich, wenn man was auf Englisch fragt. Wegen fehlender Französischkenntnisse habe ich keine andere Wahl, als auf Englisch zu fragen. Aber kaum, dass sie bemerken, dass man aus Deutschland kommt, werden die noch sturer. Was für mich auch nicht zu unterschätzen ist: Die Touristenhotspots sind sehr teuer, aber abseits davon kann man günstiger essen. Zum Glück gibt es viele kleinere Alternativen, auch wenn es zum Teil schwierig ist, diese als Nichtpariser und mit den wenigen Französischkenntnissen zu finden. Ich bin total unvorbereitet auf den Abend, schaue erst mal nach Übernachtungsmöglichkeiten, brauche eine Ewigkeit, aber am Ende habe ich doch Glück in einem Hostel. Die ältere Empfangsdame ist aus Kassel und hilft mir mit einem Augenzwinkern:

»Bist aber süß. Kriegst das Zimmer etwas günstiger.«

Einen Zimmerschlüssel gegeben.

»Danke für das Kompliment. Und danke für Ihre Hilfe.«

Anstatt in einem teuren Hotel zu übernachten, kann ich hier ein paar Nächte verbringen. Ist ja doch etwas schwierig, wenn man sich nicht auskennt, besonders in einer so großen befremdlichen Stadt wie Paris mit ihren zig Millionen Einwohnern.

Am nächsten Morgen erst mal duschen in so großen Gruppenduschkabinen, dann Zähne putzen und auf in den Tag. Ich hole mir ein Croissant und einen leider ekligen Kakao, der eher Zuckerwasser ist. Ich liebe Kakao, aber diese Plörre enthält keine richtige Milch. Hätte mir doch den teureren Kakao gönnen sollen. Paris hat sehr viel zu bieten. Touristen tummeln sich vor den Eingängen der Museen und wenn ich die Menschenmassen sehe, denke ich mir wie so ein Freigeist, so lange möchte ich dann doch nicht warten. Ich nutze die Möglichkeit, ab und zu einige Seiten von John O'Donohue zu lesen.

Die Stadt ist so schön, dass ich gerne noch etwas länger bleiben möchte. Am Abend entdecke ich in der Nähe von meinem Hostel noch einen Jazzclub und genieße die Musik zur Berieselung. Kann der Musik im Gegensatz zu Techno und Trance nicht viel abgewinnen, aber merkwürdigerweise ist sie wie bei Grace Jones irgendwann trotzdem ganz gut.

Nach drei Tagen habe ich genug gesehen, ich sollte wieder Richtung Osten, vielleicht gen Zürich, steige mit meinem leichten Gepäck in den Zug und genieße die Aussicht während der Fahrt. Ich lese manchmal in »Anam Ċara«. Papa hat seine Weisheit, dass Freunde einen erheben sollen und man die Freunde so akzeptieren soll, wie sie sind, vielleicht aus diesem Buch. Es sind eindringliche Worte von O'Donohue. Sie machen mich nachdenklich, ich denke an Mark, ich weiß, dass man niemandem mit einem Schlag auf den Kopf einen Tumor verpasst und dass Schläge auf den Hinterkopf auch nicht das Denkvermögen erhöhen. Ich freue mich, dass ich Mark meine Zuneigung und meine Liebe zeigen konnte.

Und dann denke ich wiederum an Marta, ein Wunder, dass sie so einfach in mein Leben getreten ist. Während ich die Zeilen im Buch lese, erfasst mich eine unglaubliche Freude, gleichzeitig bin ich den Tränen nahe. Ich bin glücklich, dann wirft mich das Lebensgefühl fast um, überwältigt von den eigenen starken Gefühlen. Ich hoffe, ich kann Marta ein guter Freund sein, ich habe sie sehr lieb gewonnen, ist schon fast Liebe.

In Zürich bleibe ich nur eine Nacht, weil ich keine passende Verbindung gefunden habe, es ist genauso teuer wie in Luxemburg, ein Sandwich und ich bin pleite. Am nächsten Tag fahre ich nach Salzburg, die kleine Stadt gefällt mir von Anfang an sehr. Wolfgang Amadeus Mozart ist sehr präsent, auf den Straßen wird Klassikmusik gespielt, fast alle spielen etwas von ihm. Allein diese leckeren Salzburger Mozartkugeln von Fürst, eine Schokokugel mit Pistazien, Marzipan und Nougat, davon könnte ich mich ernähren. Die Übernachtungen in der Jugendherberge sind auch nicht so teuer für mich, zum Glück ist wieder ein Bett frei, mit anderen Männern in einem Raum.

Vom erstaunlich futuristischen Gebäude des Salzburger Hauptbahnhofs fahre ich rüber nach Wien, der Bundeshauptstadt von Österreich, wie man hier so schön betont. Mir gefällt erst mal nur das Hundertwasserhaus mit den vielen bunten Farben an der Fassade. Gönne mir ein gutes Wiener Schnitzel und ein Stück Sachertorte. Die original Sachertorte im Sacherhotel ist für mich viel zu teuer. Mir ist das Gewusel in Wien doch zu viel, entscheide mich spontan, über Nacht zurück nach Hamburg zu fahren. Ein Zehntagestrip, heilsam, alleine, ja, habe eine Einsamkeit verspürt, bin mit mir ins Reine gekommen. Zum Glück hat mir Vater Thomas seine Kreditkarte für Notfälle gegeben, ich werde wohl ein bisschen was bei ihm abstottern müssen. Habe mein Budget weit ausgedehnt.

Wieder in Hamburg. Zu Hause gönne ich mir ein richtig warmes Bad, genieße die Wärme und den Blubberschaum auf meiner Haut. Noch ein ganzer Tag allein, dann kommen Mama, Papa und Sara aus Griechenland zurück. Wie ich mich freue auf meine heiße Spanierin Marta. Und ich hoffe, dass sie mich auch sehen möchte.

Nächster Tag. Frühstücken, waschen, putzen. Zum Glück war ich knapp eineinhalb Wochen auf Reisen, somit ist wenig Schmutz im Haus entstanden. Leere den Briefkasten, viel Post für die Eltern, viel Werbung, am Ende finde ich eine Postkarte aus Spanien, Marta geht es gut, sie hat viel Spaß, super Wetter, freut sich, viel mit der Familie zu erleben, und am Ende der Karte ein Kuss von Marta, wie lieb von ihr. Warte zu Hause auf die Familie und schaue dabei Fern. Am Nachmittag dreht sich der Schlüssel im Schloss, begrüße die Familie im Hausflur:

»Na ihr!«

Umarme Sara als Erste. Sie schaut mich irritiert an.

»Hey du.«

Papa von hinten mit dem Koffer.

»Wie viel hast du kaputt gemacht und was wird es mich kosten?«

»Haha, Thomas, gar nichts.«

Lächelt mich danach aber wieder an und sagt:

»Mein Junge, ist alles klar?«

Klopft mir auf die Schultern.

»Ja, alles gut.«

Mama von Weitem:

»Lasst mich durch! Lasst mich durch! Ich muss mir meinen Sohn anschauen.«

»Mama, du siehst ihn fast jeden Tag«, von Sara.

Mutter umarmt mich fest.

»Ja, Mama, mir geht es gut.«

Verdrehe meine Augen zu Sara, die nun diebisch mitlächelt.

»Das ist schön, uns geht es auch gut.«

»Hat euch der Urlaub also gefallen?«

»Oh, ja sehr«, von Sara.

»Und es gab so viel zu essen, einen Riesenberg«, von Papa.

Von Mama: »Wir hatten so eine schöne Aussicht auf das Meer und auf die Landschaft. Und ja, das Essen war köstlich!«

»Na, das klingt doch super, Mama.«

»Also, kannst du bitte einen Koffer mit hineinbringen?«

»Ja, mache ich.«

Ich trete aus dem Haus und greife den schweren Koffer meiner Mutter.

»Danke«, von Mama.

»Und das Wetter war auch gut?«

Ich höre ihnen höflich zu, während sie von ihrem tollen Urlaub erzählen.

»Ja, wir hatten jeden Tag Sonnenschein, bis zu 30 Grad und mehr. Und das konstant.«

»Wir sind mit Jeeps in der Gegend herumgefahren.«

So spannend finde ich ihre Geschichten nicht, aber ich zeige Interesse, denn »Anam Ċara« hat mich dazu bewogen. Aus Höflichkeit frage ich:

»Mit einem Jeep? War bestimmt gut.«

»Ja, und die fuhren unglaublich schnell, in den engen Kurven hat es immer so gewackelt.«

Die Geräusche der Familie breiten sich schnell im Haus aus, bringen Vertrautes wieder. Wir genießen den Abend mit Pasta, Pesto und Käse, die ich für die Familie koche. Sie geben noch Geschichten über ihre Erlebnisse in Griechenland zum Besten und ich erzähle über meine Reise durch Europa.

Am nächsten Morgen ist die komplette Familie wieder am Frühstückstisch. Später fahre ich zum Schwimmen, genieße die Sonne, das Wasser zum Abkühlen, einige Kollegen hatten die gleiche Idee. Boris und ein paar Klassenkameraden sind aus ihrem Urlaub zurück. Sascha, Dejan und selbst Lucia kommen auch zufällig vorbei. Am Nachmittag essen wir Pommes rot-weiß, einfach ein Muss, wenn man beim Schwimmen ist. Ich freue mich schon auf Sonntag, dann kommt Marta zurück.

Am frühen Sonntagmorgen frage ich mich schon, wann sie sich wohl meldet. Frühstück, dann kommt Mittagessen, sitze wie auf Kohlen. Warte sehnsüchtig auf Marta, wenn sie anrufen würde, würde ich direkt was ausmachen wollen. Aber das Warten, dieses Geduldigseinmüssen, macht mich fast wahnsinnig. Dann, am Sonntagabend, der erlösende Anruf.

»Ja, hallo?«

»Hallo Matthias, wie geht es dir?«

»Hallo Marta, och, danke, alles gut hier. Wie geht es dir? War es schön in Spanien?«

Möchte lässig klingen und nicht wie ein Irrer, der nur auf seine Flamme wartet. Marta erzählt von den ersten Tagen in Spanien, dann von der Hochzeitsfeier einer näheren Verwandten und wie sie herumgereist ist. Über die vielen Verwandtschaftsbesuche und wie viel sie gegessen hat. Ich höre ihr ungeduldig zu und gebe das eine oder andere Mal Kommentare ab.

»Ja, du hattest ja erzählt, dass du viele Besuche machen musst.«

»Stimmt, dieses Mal war es ganz schlimm. Am Mittwoch hatten wir gleich drei Besuche. Ich war bis oben hin voll mit Essen.«

»Das klingt lustig. Bist du nach Hause gerollt?«

»Ja, auf jeden Fall. Hey, ich rede nur über mich. Was hast du denn so gemacht?«

»Zu Beginn der Sommerferien hab ich mit Sascha einen Trip nach Berlin gemacht.«

»Okay, und dann?«

»Ein paar Tage noch in Norderstedt geblieben und dann bin ich von Hamburg nach Köln gefahren und dann nach Paris, Zürich, Salzburg und Wien. Ach ja, auch durch Luxemburg, aber da bin ich nur kurz durchgereist.«

»Klingt spannend.«

Meine Zehennägel schaben am Fußboden und ich denke mir, jaja, das blöde Geplänkel. Ich frage dann einfach drauflos:

»Hast du Zeit? Dann können wir ja etwas unternehmen.«

»Für dich? Na ja«, Maja zögert die Antwort hinaus und ich halte den Atem an, »immer.«

Mein Herz ist stehengeblieben. Dachte schon.

Treffen uns nicht gleich am nächsten Tag, aber dafür am Dienstag. Der Montag zieht sich Ewigkeiten hin. Warte, warte und warte, bis der Schlaf mich trifft. Dienstag nach der Dusche, jetzt spinnen meine Haare wieder, sehe so scheiße aus. Wenn ich mich extra bemühe, schön auszusehen, bin ich mit meinem Äußeren überhaupt nicht zufrieden. Warum habe ich nicht mehr trainiert? Bin nicht zum Friseur gegangen. Katastrophe, weil ich so hektisch bin, meine Mutter schaut mich belustigt und neugierig an:

»Sie muss dir was bedeuten.«

»Woher willst du wissen, dass es ein Mädchen ist?«

»Na ja, du bist ein wenig hektisch. Du ziehst an deinen Haaren herum und ständig höre ich dich entweder fluchen oder einen Mädchennamen sagen. Marta oder so.«

»Ach Barbara, Mensch, Mama, ja, es ist Marta.«

Könnte verzweifeln, sie nur:

»Marta klingt schön. Weißt du was? Geh doch ganz natürlich. Wenn du dich nicht verstellst, ist es am besten. Sei einfach du selbst.«

Was weiß meine Mutter denn schon? Meine Ohren stehen auf Durchzug, mein Verstand auf Verzweiflung. Warum ist es so schwer, cool auszusehen? Atmen, richtig, atmen, ein und aus. Raus auf die Straße und meine heiße Spanierin in die Arme nehmen, das ist die Devise. Ich, total angespannt, biege kaum um die Straßenecke und da sehe ich sie am Eingang zum Bahnhof Kiwittsmoor stehen. Sie macht mich beim ersten Anblick sprachlos, mir ist die ganze Welt egal. Eine Bluse, ein kurzer Rock, ihre Haare offen, ich gehe schnurstracks auf sie zu. Ich bin so überwältigt von ihrem Anblick, dass ich sie gleich umarme, fest umklammere, sie einfach küsse, meine Zunge in ihren Mund stecke, und sie drückt mit ihrem Kopf und Mund zurück. Ich bin in einem elektrischen Schauer, alle Nackenhaare stehen aufrecht, es blitzt vor meinen Augen, ich kann nicht weiter atmen. Fast ohnmächtig löse ich meinen Mund von ihrem.

»Wow«, von ihr.

»Wahnsinn«, von mir.

Wie soll ich den Kuss aller Küsse beschreiben?

Unsre Köpfe ganz nah, grinsen uns an, mein Ständer pocht wie wild, mein Herz schlägt schneller denn je.

»Ich freue mich, dich zu sehen.« Völlig aus der Puste.

»Ich mich auch, äh, ich meine, ich dich auch«, von ihr.

Nach diesem intensiven Kuss bin ich sicher, nun sind wir ein Paar.

Gib mir Worte, gib mir die Worte, die keine Bedeutung haben für Liebe, die zwischen zwei Menschen entsteht. Gib mir Worte, gib mir die Worte, um zu verstehen, was gerade passiert mit mir.

Zeigen uns, was wir füreinander empfinden, ohne ein Wort zu sagen. Nun stehen wir wie Statuen. Nach einer Ewigkeit bemerken wir, wir wollten ja eigentlich los.

Fahren mit dem ersten Zug in die Hamburger Innenstadt, gehen auf der Mönckebergstraße Hand in Hand spazieren, schlendern durch die Stadt. Welche Sicherheit mir ihre Hand gibt. Ich muss ständig lächeln, glühe innerlich. Verbringen einen schönen Tag, trinken einen Mocha Latte mit Eis, Schokoladensplitter und Sahne, volle Kaloriendröhnung. Eigentlich wollten wir über unsere Reisen sprechen, aber jetzt brauchen wir wenig Worte, um den Tag zu füllen, Umarmungen, leichte Küsse, ein Lächeln hier und da, so vergehen Stunden.

Zurück in Norderstedt möchte ich sie nicht gleich gehen lassen, aber wir müssen uns leider trennen. Beschwipst von den guten Gefühlen schlendere ich nach Hause.

In den nächsten Tagen verbringe ich fast nur noch Zeit mit Marta, so oft wie möglich. Die zwei Wochen bis Schulanfang rauschen an uns vorbei. Ich bin häufig so aufgegeilt, dass ich im Bett ständig an sie denke, ich oder sie muss mich richtig zügeln, ihr nicht an die Wäsche zu gehen. Leider bin ich noch Jungfrau, ein totaler Anfänger und habe keinerlei sexuelle Erfahrung mit einem Mädchen. Küssen uns, schmiegen unsre Körper aneinander, Marta spürt meinen Harten durch die Wäsche. Manchmal ist es mir etwas peinlich, wenn sie einen lustigen Kommentar gibt oder »Oh« sagt, aber gleichzeitig nehme ich die Gelegenheit wahr. Drücke mich noch enger an sie.

Meine Mutter merkt an, dass ich nur noch strahle, und ich sage ihr: »Marta ist meine Freundin.«

»Wann lernen wir Marta denn mal kennen?«

Einfach toll, ständig ein Hochgefühl, schweben der Sonne, dem Himmel entgegen, Marta und ich. August, September, Oktober, wir rasen durch die Monate. Auch in der Schule bemerken alle, dass wir ein Paar sind. Marta ist ehrgeizig, durch sie will ich auch gut abschneiden, lerne viel und erhalte exzellente Noten.

Mitte Oktober lädt mich Marta zum Essen mit ihrer Familie ein, quasi mein Kennenlernbesuch. Ich bin total aufgeregt, aber Marta sagt:

»Entspann dich, die kennen dich von den Fotos. Mein Vater wird dich kurz umbringen und dich dann umarmen. Wirst sehen, der ist total locker.«

Schon angespannt beim Klingeln.

Ihre Mutter begrüßt mich herzlichst an der Haustür:

»Herzlich willkommen, Matthias, oh Guapo, ein hübscher Junge.«

Ich werde gleich rot, Martas Mutter hat auch schwarzes gelocktes Haar. Ich überbringe eine Schachtel Pralinen und Blumen.

»Ich bin Amanda. Oh toll, Manieren hat er ja schon mal.«

Von Marta nur: »Ach, Mama. Hi Matthias, komm rein.«

»Hi Marta, gerne.«

»Wenn er gute Manieren hat, Marta, dann behalt ihn.«

Ich muss schmunzeln, Marta wird nun auch rot.

»Komm rein, komm rein, mi casa, su casa.«

Der Vater, kleiner als ich, ein Komiker:

»So. Da ist der Halunke, der meiner Tochter das Herz gestohlen hat.«

Marta purpurrot, hält sich die Hand vors Gesicht.

»Ach, Papa.«

Ich fühle mich merkwürdig im fremden Haus, schüttle aber fest die Hand, der Vater drückt noch kräftiger zu.

Dabei lacht er laut und sagt:

»Komm, komm in unser bescheidenes Heim, mein Junge. Ich bin Rodolfo.«

Martas Familie nimmt mich herzlich auf, die jüngeren Geschwister von Marta grüßen und beobachten mich. Wie ein Eindringling bin ich hier, direkt in die Gemeinschaft der Familie, alle sprechen durcheinander, lachen, es ist lauter als bei uns zu Hause. Das spanische Temperament ist aufregend, das Essen vorzüglich, eine Paella, und zum Nachtisch spanischen Flan.

Im Gegenzug stelle ich wenige Wochen später Marta meiner Familie vor. Papa freut sich auf das Kennenlernen:

»So, wie heißt sie denn?«

Meine Mutter lächelt übers ganze Gesicht.

»Soll ich etwas Spezielles kochen?«

Sara kennt Marta schon von der Schule.

»Also doch, die Hübsche aus deiner Parallelklasse.«

»Mama, du kochst sowieso ganz lecker. Kannst etwas Einfaches auftischen.«

»Ach, seht ihr, ich koche sowieso ganz lecker.«

»Matthias sagt das nur, um dir zu schmeicheln, Mama. In Wirklichkeit ist seine Leibspeise Lachsspinatauflauf.«

»Egal. Wenn mein Junge mir ein Kompliment macht, muss ich das sofort annehmen und einrahmen.«

»Tja, hast du ein Glück, Matthias.«

»Wieso?«

»Na, jetzt gibt es erst recht Lachsspinatauflauf.«

Empört von meiner Mutter:

»Hallo? Ich verwöhne meinen Jungen auch mal gern.«

Ist mir das peinlich jetzt in der Runde. Von Papa nur noch:

»Das ist sehr schön. Dann freue ich mich schon mal auf das gemeinsame, leckere Essen.«

Verstehe jetzt, warum Marta so aufgeregt war, als ich ihre Familie besucht habe. Die eigene Familie ist die größte Gefahr, sich zu blamieren. Ein falscher Kommentar und man möchte im Erdboden versinken. Dabei ist die Familie normal, nur ich selbst bin es nicht. Marta war es auch nicht, als ich ihre Familie kennengelernt habe. Wenn die Familie lacht, man selbst nicht, dann heißt es, Augen zu und durch, sonst verdirbt man sich die Laune.

Meine Aufregung verfliegt erst nach einer Stunde. Während alle das Essen im Mund zerkauen, kehrt endlich Stille ein. Die vielen Fragen am Anfang:

Wie habt ihr euch kennengelernt?

Was machst du so nach der Schule?

Von wo aus Spanien kommst du?

Später sitzen Marta und ich auf der Bank hinter unserem Quittenbaum im Garten, wo niemand im Haus uns sieht. Händchenhaltend und Arm in Arm, ich möchte zwar mehr, aber dann stößt sie mich doch noch weg, als ich zu stürmisch werde. Im nächsten Moment macht sie mich so wild mit einem langen Kuss, dass ich mit ihr alles erleben möchte. Entschuldige mich, wenn die Pferde mit mir durchgehen und ich zu grob vorgehe. Sie ist verständnisvoll, aber ich kann mich einfach nicht zurückhalten.

Wir haben wenige Wochen später unser erstes heftiges Petting, mir ist es ultrapeinlich, ich bin vor ihr gekommen und sie hat eine nasse Hand. Zum Glück habe ich Taschentücher dabei. Sie will danach kuscheln, aber kaum liegen wir nebeneinander, kann ich schon wieder. Sie macht mich so –, was weiß ich, wie man es nennt.

November kommt. Marta pusht mich, mehr für die Schule zu tun. Und will nicht, dass ich ständig nur an sie denke. Sie betont, wie wichtig eine gute Abinote für die Aufnahme an der Uni ist. Fühle mich an Gespräche mit meiner Mutter erinnert, wenn sie so mit mir spricht.

Dezember, Advent und Heiligabend. Es schneit überraschend und bleibt sogar liegen. Weiße Weihnacht in Norderstedt.

Marta ruft mich an Heiligabend an, sie hat von ihrer Familie einen Megagutschein für Venedig erhalten.

»Oh mein Gott! Nur für uns beide, Matthias!«

»Cool! Aber gibt es irgendwelche Bedingungen?«

»Ja, wir sollen uns in der Schule anstrengen, dann hätten wir uns das verdient.«

»Nur kein Druck, klingt ja locker.«

»Ja, eine romantische Reise nach Venedig, in Italien.«

Im Hintergrund höre ich den Vater:

»Du passt auf meine Tochter dort auf, he Matthias?«

Rodolfo mit frechem Lachen.

»Papa, ist gut jetzt, ich telefoniere gerade.«

Am ersten Weihnachtsfeiertag bin ich bei ihr. Marta schenkt mir einen edlen Kugelschreiber und einen Pullover für die kalte Jahreszeit. Ich schenke ihr ein schickes Tagebuch, den passenden Stift dazu und ihr Lieblingsparfum. Meine Familie nimmt Marta auch herzlich auf, meine Spanierin ist 'ne super Frau.

Am 27. Dezember gehen wir ins Theater, schauen uns 'ne Tanzaufführung mit verschiedenen Darbietungen an. Marta gefällt es so sehr, dass sie mich fragt:

»Wollen wir nicht mal gemeinsam tanzen gehen?«

Panik macht sich in mir breit: »Ich kann gar nicht tanzen.«

»Daher würden wir einen Kurs besuchen, um es zu lernen.«

»Okay, wir schauen später gemeinsam nach einem Kurs.«

Umarme sie, gebe ihr einen dicken Kuss.

Zu Hause gab es nach Weihnachten noch so viel Essen, dass wir kurz vor Silvester fast nur Brot und Wasser zu uns nehmen. Okay, ich gebe es ja zu, und etwas Schokolade, Eis, Chips und Kekse. Es wird noch mal so viel Essen geben, warnt meine heiße Spanierin.

Sara und Marta kommen sehr gut miteinander aus, fast schon zu gut. Muss sie ab und zu voneinander trennen.

»Auf Wiedersehen.«

Entführe mein Mädel.

Sara feiert zum ersten Mal nicht zu Hause und ich bin bei Martas Familie. Meine Eltern treffen sich mit einem befreundeten Paar, das heißt: Es wird ohne uns Kinder gefeiert.

»Man wartet jahrelang darauf, endlich wieder seine Freiheit zu genießen«, scherzt Thomas.

Barbara: »Jawohl, darauf wird einer getrunken.«

Sara und ich schauen beide Elternteile kurz böse an. Wünschen uns gegenseitig dennoch eine schöne Silvesterfeier.

Mich erwartet ein regelrechter Kulturschock, so viele Leute, Essen bis zum Umfallen, so lecker, und wir mittendrin, Marta und ich als Ausstellungsstück.

Um 18 Uhr bin ich bei Martas Familie, es riecht herrlich nach Essen, ich schmecke förmlich das Fleisch.

»Herzlich willkommen, Guapo, mein Süßen!«

Amanda gibt mir einen dicken Kuss auf die Wange. Vater mit 'nem kräftigen Händedruck, klatscht ordentlich auf meinen Rücken.

»Matthias, komm rein, Marta ist in der Küche.«

Sehe sie beim Umrühren in einem Topf, mit so vielen Frauen, die in der Küche wuseln.

»Oh, herzlich willkommen! Hey, alle zusammen: Das ist Matthias.«

Marta gibt mir eine Umarmung, einen sanften Kuss, und die Frauen nur:

»Uh! Guaopo, es resultón!«

Kichern und quasseln irgendwas auf Spanisch. Meine Freundin wird ganz rot.

»Ja, so viel Ausstrahlung.«

Amanda ruft mich zu sich:

»Oh Matthias, stehe nich so, komme, probiere mal Kleinigkeite, es nennt sich Queso Dulce de Membrillo.«

Sie drückt mir eine Art Toastbrot mit Käse und einem sehr festen Gelee in die Hand. Ich beiße hinein, es schmeckt köstlich, herzhafter Käse und eine fruchtige, dickflüssige Masse. Kann es nicht wirklich deuten, kommt mir bekannt vor.

»Das ist aber lecker. Was ist das?«

»Das wird aus Quitten gemacht, mein Süßen. Und ist eine Weihnachtsspezialität aus unserer Heimat. Und ist von uns Frauen handgemacht.«

Marta zieht an mir.

»Komm, mach es dir in unserem Haus gemütlich, hier werden wir nur beobachtet.«

»Hey, nimm uns Guapo nicht weg, wir möchten was zum Reden haben!«

»Mama.«

Ihre Mutter ergreift mein Gesicht, zerdrückt es fast und sagt:

»Na gut, Guapo, gehe ruhig zu den Männern. Mein Schwiegersohn.«

»Mama …«

Marta verdreht die Augen. Schwupps bin ich im Wohnzimmer. Kinder, die rumrennen, Männer, die fernsehen, ich begrüße alle und winke mit der Hand in den Raum.

»Alle zusammen: Darf ich vorstellen, das ist Matthias.«

Einige sprechen mit Akzent, einige in ihrer Landessprache. Marta überlässt mich der Männerhorde, schenkt mir ein Lächeln und ich nehme Platz zwischen zwei älteren Herren.

»Willkommen, willkommen!«

Kurz vor Mitternacht ist es noch viel extremer, der Lärm, die Kinder, Frauen, Männer und dazwischen meine Traumfrau Marta. Sie muss übersetzen, weil ich nicht viel Spanisch verstehe, eventuell muss ich eine neue Sprache lernen. Nun sind es bald sieben Monate her seit unserem ersten Treffen im Eiscafé.

Die ganzen Leute treten in den Garten, um Feuerwerkskörper zu verballern. Ich habe nur bunte Wunderkerzen gekauft. Dieses Jahr habe ich nicht so viel Geld fürs Feuerwerk ausgegeben, denn ich dachte mir, so mit Marta wird es auch ganz schön. Dann ist es so weit:

»Zehn, neun, acht, sieben, ...«

Das neue Jahr steht auf der Türschwelle!

»Drei, zwei, eins – JAAA! Frohes neues Jahr!«

»Glückliches neues Jahr!«

Wir, Marta und ich, küssen uns fest. Von den umstehenden Frauen nur:

»Oooh, wie süß!«

Sie grinsen in unsere Richtung, etwas peinlich, von der Familie erwischt zu werden. Bei Fremden haben wir kein Problem, aber vor den eigenen Verwandten ist man so blockiert, schämt sich für jegliche Zuneigung. Man ist dann so verletzlich, so richtig entblößt.

Martas ganze Familie feiert ausgiebig, gegen fünf Uhr morgens erwischt uns die Müdigkeit. Als ich mich gerade verabschieden möchte, sagt Martas Mutter:

»Oh Guapo, du bist Familie. Ich mache dir ein Schlafplatz fertig.«

Bin sehr erfreut darüber, sie macht mir in Martas Zimmer ein Bett auf dem Boden. Schlafen vor Erschöpfung schnell ein, wachen erst am späten Nachmittag auf.

»Guten Morgen, mein Süßen«, flüstere ich und lache.

»Guten Morgen, mein Schatz.«

Ich steige zu ihr ins Bett, wir kuscheln eng miteinander. Genießen unsre ruhige gemeinsame Zeit. Als wir nach und nach immer mehr Geräusche im Haus vernehmen und das Essen aus der Küche duftet, stehen wir auf. Resteessen als Frühstück, ich werde bestimmt zunehmen.

Verbringe noch eine Weile bei Martas Familie, bevor ich nach Hause gehe. Ein schöner Start ins neue Jahr. Zu Hause wünschen wir uns alle ein gutes neues Jahr und ruhen uns die nächsten Tage aus.

Die kalten Monate, Januar, Februar, gehen schnell vorbei, nur noch wenige Monate bis zu den Abiprüfungen. Marta hält mich auf Trab, indem sie mich zum Lernen zwingt.

»Wenn du nicht lernst, gibt es keinen Kuss und keine Umarmung.«

»Das ist Erpressung.«

»Tja, Pech gehabt.« Sie grinst. »Und keine Spiele.«

»WAS?!« Ich bin empört. »Spiele« heißt Kuscheln und erotischer Austausch, den ich sehr mag. Sie will noch warten mit dem Geschlechtsverkehr, auch wenn ich noch so bettele, muss geduldig warten. Sie ist schlimmer als eine Gefängnisdirektorin.

»Los, lernen.«

Dann ist Sackgasse. Bei wichtigen Klausuren ist ihr alles andere egal, zwingt sich zum Lernen, sie ist nicht von Natur aus so gut. Aber sie bringt Opfer, um in der Schule voranzukommen, ich bin eher faul, aber kann trotzdem in der Schule mithalten. Durch sie werden meine Noten wesentlich besser.

Im März feiere ich zum achtzehnten Lebensjahr eine Karaokeparty. Obwohl ich eigentlich viele Leute hatte einladen wollen, entscheide ich mich für weniger, nicht so wie mit sechzehn, als ich Gott und die Welt einlud, jedem, den ich kannte, eine Einladung zur Feier übergab. Dieses Mal sind nur die besten Kollegen dabei. Megalustig mit den ganzen Songs, den ganzen falschen Stimmlagen. Nach dem Mutantrinken singen – na ja, sagen wir mal – grölen die Jungs in die Mikrofone. Zum Totlachen. Habe in den letzten Monaten so viel Unterstützung von der Familie erhalten. Nun bin ich volljährig, der Ernst des Lebens, wie es mein Vater ausdrückt, fängt an.

April, Mai. Nach der Plackerei bin ich voll nervös. All das Gelernte muss jetzt auf Papier gebracht werden, am Ende entscheidet das Hier und Jetzt, ob man besteht. Unendlich erschöpft geben wir die letzten Prüfungen ab. Nun kommen noch die mündlichen. Welch Plackerei mit Lehrern in Deutsch, Mathe etc. zu reden, Argumente zu sammeln und vorzubringen. Am schlimmsten sind am Ende nicht die Prüfungen, ob mündlich oder schriftlich, sondern das Warten, Warten, Warten. Gespannt schaut man die Lehrer an und hofft auf Nachrichten. Nun ist es Barbara, die die Augen verdreht.

»Hab Geduld. Die Noten kommen früh genug.«

Grrr, bin wütend bei der Aussage. Versteht sie nicht, dass die Noten darüber entscheiden, wie es im Leben weitergeht? Marta ist auch zum Platzen angespannt, wir hoffen, bangen, wünschen uns ’ne gute Note. Als wir schon denken, die Lehrer machen das mit Absicht, kommen die Endnoten. Traue mich fast nicht aufzublicken, als die Noten bekannt gegeben werden. Wahnsinn, habe super bestanden, eine Eins minus in Schleswig-Holstein, ich springe herum, habe eine der besten Noten meines

Jahrgangs bei den Jungen. Marta besteht mit einer glatten Eins, strahlt übers ganze Gesicht.

»Ohne dich, mein Süßen, hätte ich das nie geschafft.«

Marta: »So, jetzt darfst du mich küssen.«

»Und wie ...«

Das lass ich mir nicht entgehen und gebe ihr einen Superschmatzer. Fast alle haben bestanden, somit ihr Abitur in der Tasche. Mir tun die leid, die es nicht geschafft haben.

Zu Hause verkünden wir die gute Neuigkeit.

Von Barbara:

»Super! Herzlichen Glückwunsch, Matthias!«

»Herzlichen, Mattle.«

»Herzlichen Glückwunsch, das ist ein klasse Abitur!«

Alle in der Familie stimmen überein.

Die letzten Tage des Schuljahrs sind sehr entspannt. Wenn man dem Ende der Schulzeit entgegengeht, ein Jahr endet, dabei die Liebe ruft und gemeinsam alles klappt, wenn die Familie für einen da ist, dann darf man sich glücklich schätzen. Ich weiß, ich habe mehr Glück als andere, meine Eltern sind nicht geschieden, wir haben keine finanziellen Probleme, fast schon etwas langweilig im Gegensatz zu Dramaserien im Fernsehen. Gut, ich habe einen Makel: Bin immer noch Jungfrau, trotz dem gelegentlichen geilen Petting.

Wenn ich Marta richtig anfasse, sie anknabbere und sie verwöhne, erhebt sie Einspruch. Martas Kommentar dazu nur: Wenn der richtige Moment kommt, werden wir es merken. Oder nie, denke ich. Mädchen können sich kontrollieren, obwohl sie auch stöhnen, Jungs zügeln sich nicht so gern, da ruft die Hand.

Die Zeugnisübergabe findet in der großen Aula statt, Marta wird für einen der besten Abschlüsse an unserer

Schule ausgezeichnet. Gratuliere ihr mit einer Umarmung, festem Zungenkuss und einem Gutschein.

Neben dem ganzen Lernstress war es ebenso hart, Entscheidungen zu treffen, was man in der Zukunft machen möchte. Nach der Meinung der Lehrer und Eltern können wir werden, was wir wollen, aber dieser Kommentar verwirrt mich noch mehr. Die Auswahl ist riesig. Bei meinem Einwurf, vielleicht wird man nicht reich, aber hat dafür einen sicheren Job als Müllmann, kam nichts Gutes von meinem Vater zurück:

»Sei nicht so abschätzig gegenüber Müllmännern. Ihr Job ist wichtig oder willst du, dass der Müll liegen bleibt?«

Er meint, dass ich die Entscheidung nicht leichtfertig treffen soll. Mit der sehr guten Abschlussnote habe ich ausgezeichnete Chancen an der Uni. Aber all die Studienfächer, Berufszweige, diese ganzen Optionen. Eine einzige falsche Entscheidung und man bereut es vielleicht. Dann würde die Suche noch mal von vorne starten. Nicht nur wir als Paar, sondern alle im Abschlussjahr überlegen, evaluieren ihre Möglichkeiten. Zum Teil verzweifeln wir an Kleinigkeiten, sind uns selbst überlassen. Marta und ich haben uns aus Überforderung von den vielen Fächern an den Unis in die Mathematik verbissen, weil danach noch viele Möglichkeiten zum Wechseln bestehen und wir immer darauf aufbauen können. Wir könnten uns während des Studiums gegenseitig helfen.

Wir genießen den ersten freien Schultag und die Bedeutung, das erste Mal im Leben keine Schule mehr zu haben, unser ganzes Leben immer nur: Schule, Schule, Schule. Nun heißt es wohl bald: Uni, Uni, Uni. Wenn wir schnell durchziehen, dauert es dreieinhalb Jahre, aber wir wissen ja nicht mal, was wir werden wollen. Studieren im Wintersemester, in ein paar Monaten, einfach drauflos. Haben all die Zeit, die wir fürs Regenerieren benötigen.

Marta fliegt wieder nach Barcelona zu ihrer Familie, für uns heißt es wieder, Abschied nehmen für ein paar Wochen. Ein kurzer Moment und bald halten wir uns wieder in den Armen.

Nach einer Woche voller Langeweile, mit Ruhe und guten Tagen, kommt mein Papa lächelnd in der Küche auf mich zu, werde misstrauisch, bei ihm kann es manchmal sehr merkwürdig werden.

»Na, alles klar, du Casanova?«

Hebe meine rechte Augenbraue.

»Hm, ja, noch.«

»Dann wird es dir gleich noch besser gehen.«

»So? Und warum?«

»Tja, wirst gleich sehen. Schatz, kommst du?«

Barbara betritt mit einem Lächeln die Küche:

»Hast du?«

Schaut meinen Vater an, der nickt, von ihr nur:

»Schön.«

Und von beiden die Worte:

»Also, hab 'nen guten Flug!«

BARCELONA steht auf dem Flugticket.

»Und grüße Marta ganz lieb von uns.«

»Echt jetzt?«

Fragend schaue ich beide an.

»Aber dass du sie ja gut behandelst, wir wollen nichts Böses von ihr hören. Außerdem wollen wir Enkelkinder, solange wir noch leben.«

»Haha, Enkelkinder! Ja, und wie komme ich zu ihr?«

»Matthias, denk mal nach, da gibt es Mittel und Wege. So schlau ist er dann doch nicht. Barbara, was haben wir nur falsch gemacht?«, scherzhaft von meinem Vater.

Meine Mutter:

»Vorsicht, Thomas, so redet niemand über meinen Sohn.«

Gibt mir einen Kuss auf die Stirn und legt die Hand auf meine Schulter.

»Marta wird auf dich warten.«

Drei Tage später sitze ich im Flieger nach Barcelona. Barbara hat hinter meinem Rücken alles mit Marta abgesprochen und Papa instruiert, die Flugtickets zu besorgen. Taschengeld gab es noch dazu, damit ich einen tollen Urlaub mit der Familie von Marta und besonders mit ihr verbringen kann.

Kaum im Ausgangsbereich am Flughafen von Barcelona angekommen, fliegt mein Engel in meine Arme.

»Matthias, Matthias! Du bist da!«

»Ja, ich freue mich, dich zu sehen.«

Eine herzerwärmende Szene für mich, ich schwebe mit ihr und drehe sie in meinen Armen einmal um mich herum. Sie hat schon alles geplant, ein Hotel gebucht, da sie sich bestens in Barcelona auskennt. Wir gehen essen, setzen uns in Cafés, schauen uns Gaudis Sehenswürdigkeiten an, die Kirche Sagrada Família von ihm gestaltet, und die weiteren Museen.

Sonne, die wärmt, macht richtig gute Laune. Touristen in Hülle und Fülle, überall, wo man auch ist. Wir finden auch Zeit zum Knutschen, Kuscheln und mehr. Das gemeinsame Bad ist das Highlight, so groß, dass wir uns beide drin tummeln können, ohne wie Sardinen gequetscht zu sein. Fantastisch, eine Wucht, zusammen so viel Spaß zu haben. Eine Woche vergeht in Lichtgeschwindigkeit, in der zweiten Woche besuche ich Martas Familie.

»Hey Matthias, Guapo! Herzlich willkommen in unserem schönen Zuhause!«

Am nächsten Tag bietet Martas Mama mir zum Frühstück Dulce de Membrillo auf luftigem Weißbrot an, eine Wonne diese Quittenpaste. Ich lerne sogar ein wenig Spanisch und spreche etwas mit. Wir verstehen uns super, leider muss ich schon bald wieder zurück, zwei Wochen später wird auch Marta nach Hamburg kommen. Alles in allem ein schöner Urlaub, mit einer langen Umarmung nehme ich am Flughafen von Barcelona Abschied von meiner süßen Marta.

Schock, als ich zu Hause ankomme: Sara hat sich beim freihändigen Fahrradfahren den Fuß gebrochen. Dick in Plastikgips gepackt, liegt sie auf dem Sofa.

»Oh Mann, was machst du für Sachen?« Lache ihr mitleidig entgegen. »Tat es sehr weh?«

»Hey Matthias, benimm dich wie mein Bruder.«

Oh, oh! Zickenalarm.

»Na gut, hoffe, hattest ordentlich Schmerzen.«

Wusch! Ein Kissen kommt geflogen, fast ein Treffer, kann gerade noch so ausweichen. Sara lacht.

»So ist es richtig.«

Hat das wohl mal nötig gehabt.

»Ich bin nicht invalide, Mama und Papa tun so, als ob.«

Kann sie gut verstehen. Wenn alle einen wie einen Schwerkranken behandeln, hat man irgendwann die Schnauze voll. Meine Schwester ist eigentlich voll in Ordnung, will wie immer behandelt werden. Ich muss mich jetzt allein um Miau und Wuff kümmern.

In den nächsten zwei Wochen unternehme ich nicht viel. Marta ruft mich am Samstagmittag an, wir verabreden uns gleich für den nächsten Tag. Noch ein paar

Wochen, dann fängt das harte Uni-Leben an, das wird ein harter Kontrast zu Spanien.

Am ersten Uni-Tag regnet es. Die Stimmung ist nicht so gut. Der Begrüßungstag der Hamburger Universität findet nähe Dammtor statt, eine riesige Masse an Erstsemestern versammelt sich, erhalten jede Menge Infos.

Wie sind die Fristen?

Wo finden die Kurse statt?

Wo kann man die Anmeldungen abgeben?

Wo werden die Seminare abgehalten?

Wie werden Prüfungen abgehalten und was ist die Zulassung zur Prüfung?

Ein Riesenberg an Dokumenten. Wer soll das alles lesen? Sehe es schon kommen, meine spanische Kommandantin wird mich antreiben, mir Freizeit verbieten, keine Freude, kein Leben. Erst wenn wir wieder Semesterferien haben.

Saras Fuß geht es gerade rechtzeitig für die Schule wieder gut, sie hat einen Verehrer, Innocenzo, einen kleinen Italiener, ich erfahre das so: Es klingelt bei uns, ich öffne die Tür und frage überrascht:

»Ja?«

»Ist Sara da?«

»Sara! Hast einen Besucher.«

»Das ist kein Besucher, das ist Innocenzo. Hey Inno, ich bin gleich draußen.«

»Okay, ich warte auf dich.«

Steht draußen vor der Tür, Sara lächelt.

»Wer ist denn das? Dein Liebhaber?«

Sara funkelt mich böse an, aber im nächsten Augenblick macht sie sich weiter schön für ihren Inno da draußen. Es ist so lustig, sie so nervös zu sehen. Sind das für sie die ersten Momente einer zarten Liebe?

»Wenn er Probleme macht, dann knöpfe ich ihn mir vor, Sara.«

Sie verdreht die Augen.

»Tu das nicht, er ist so cool. Ist gerade aus dem Urlaub zurück. Und jetzt nerv nicht, Mattle.«

Sie hüpft kurz im Flur herum und schon ist sie auf und davon. Ich hingegen habe einen ruhigen Tag geplant, will nichts machen, einfach nur zu Hause bleiben. Die ersten Wochen in der Uni waren hart, so viele Informationen, so viele Leute, so viele neue Regeln, unterschiedliche Altersgruppen, Professoren, deren Kreidehände im rasenden Tempo über die Tafel fliegen. Komme kaum nach mit dem Mitschreiben. So viel zum Lesen, es ist einfach unglaublich, wie viel Material wir bekommen, kein Vergleich zum Gymnasium. Marta und ich sind manchmal so müde, einfach zu erschöpft, um alles zu verstehen. Ab und zu genießen wir das Wochenende, haben ein paar schöne Momente, aber in Gedanken sind wir meistens wieder beim Vorbereiten auf den Uni-Alltag.

Wir gewöhnen uns langsam ans Studentendasein. Früh aufstehen, lernen, zur Uni, lernen, nebenbei lesen, zur Bibliothek, lernen. Habe ich schon erwähnt? Wir lernen.

Können es gar nicht abwarten, im März unseren Kurzurlaub übers verlängerte Wochenende in Venedig zu verbringen. Die Zeit, die wir jetzt haben, können wir wegen des Lernpensums kaum genießen. Das Wetter ist herbstlich, mal Sonne, mal Regen, manchmal schon richtig kühl. Professoren halten uns auf Trab, zu Hause läuft es auch gut. Thomas lehrt an seiner Uni, Barbara arbeitet halbtags beim Immobilienverwalter. Sara ist in einer Beziehung mit Innocenzo.

»Wie süß.«

Von Mama, wenn sie beide sieht.

Ich denke eher an Ficki-Ficki-Gangbang bei diesem Strolch. Glaube, mein Vater beobachtet den Jungen auch intensiver. Als ich Marta brachte, war er positiv drauf. Aber bei einem jungen Mann ist er doch misstrauischer. Sara ist glücklich, soll das auch sein. Wenn sie zufrieden ist, sollten wir auch zufrieden sein. Aber man macht sich doch Sorgen, weil es ein Junge ist, man kennt sich ja selbst. Ich lasse meiner Schwester die Freiheit, traue ihr zu, sich zu melden, falls der Typ gemein und fies zu ihr wird.

Ich überlege, etwas zu ändern. Das Zeitungsaustragen bringt mir zu wenig Geld ein, als Student kann ich nebenbei mehr verdienen. Daher suche ich jetzt eine neue Arbeitsstelle.

Unsre ersten Noten trudeln ein, wir können für den Anfang zufrieden sein. Marta eine 2,4, ich eine 2,0 in Analysis, wo ich sowieso etwas stärker bin, aber in Algebra: ich eine 2,6, Marta eine 1,9. Streberin. Ich halte mich, denke ich, ganz gut. Man könnte immer mehr machen, das weiß man erst später sehr genau. Aber jetzt steht der freudige Teil auf dem Plan: Venedig!

Mein Liebling, in meiner absoluten Ignoranz, meinem viel zu großen Stolz und meiner Angst davor, was andere sagen könnten, habe ich Dir, mein Engel, den letzten Wunsch abgeschlagen. Als wir Dich an jenem Tag zum Arzt gebracht und erfahren haben, dass Du schwer krank bist, hat es mir den Boden unter den Füßen weggezogen. Die Ärzte machten mir weiterhin Hoffnung und einen positiven Eindruck. Dass wir eine Lösung finden können, dass Du wieder gesund wirst. In all der Zeit ging es Dir von Tag zu Tag schlechter und ich, Deine dumme Mutter, machte Dir wegen Matthias noch Vorwürfe. Dass Sünder in die Hölle kommen, dass ich Dich dann nie wiedersehen könne. Ich bat Dich, von Deiner Einstellung abzutreten, während ich selbst blind war und meinen eigenen Stolz nicht gesehen habe. Mark, Du warst mein liebster Schatz und ich habe Dich als Mutter im Stich gelassen, als Du mich gebraucht hast. Du hast mir Deine Liebe zu Matthias gestanden und ich war empört. Anstatt Dich in meine Arme zu nehmen und Dir zu sagen, ich liebe Dich, so wie Du bist, habe ich Dir Steine in den Weg gelegt. Es war Dein letzter Wunsch, einen Brief an Matthias aufzusetzen, und ich habe Dir ständig gesagt: »Nein, das tue ich nicht. Ich unterstütze das nicht.«

Und Du hast mich ständig gebeten, weil Du zu schwach warst, um Matthias zu schreiben. Du hattest einen Tumor und ich meine Verblendung im Kopf. Auch ich war krank im Kopf. Hätte unser Nachbar Edward mich nicht aus Versehen mit einer Frisbee-Scheibe am Kopf getroffen, wäre ich wohl weiterhin ein Miststück geblieben. Er rief mir zu:

»Oh, Ms van Horn, es tut mir furchtbar leid! Habe ich Ihnen wehgetan?«

»Oh, nein, Edward. Es ist alles in Ordnung.«

Erst da realisierte ich, wie häufig Edward mit einem Mann unterwegs ist und dass er uns niemals etwas Böses getan hat. Er ist immer hilfsbereit, verwendet nie schlechte Wörter und ist ein schwuler Mann. So, da habe ich es in den Mund genommen: ein schwuler Mann. Ich kann es nun bei anderen akzeptieren, aber bei meinem eigenen Sohn konnte ich es nicht. Die kurze Unterhaltung mit Edward brachte mich dazu, Pfarrer Brennand aufzusuchen. Er sagte mir dann, dass Sünder nicht gleich in die Hölle kommen. Zumal Du, Mark, niemanden umgebracht hast. Was wiegt wohl schwerer? Ich bin schnell zu Dir gefahren und habe Dir gesagt: »Ja, ich setze den Brief auf.« Und Du hast mir Deine letzten Worte diktiert. Als Letztes habe ich Dir gesagt:

»Ich liebe Dich.«

Du hast noch geantwortet:

»Ich liebe Dich auch.«

Und ich fragte Dich noch, während ich in meiner Tasche nach meinem Portemonnaie suchte:

»Möchtest Du etwas haben? Ich gehe kurz in die Kantine.«

Du hast nicht geantwortet, ich wusste, bevor ich Dich ansah, dass es Deine letzten Worte an mich gewesen waren. Ich drückte noch den Notfallknopf. Zu mehr war ich nicht in der Lage.

Ich war eine dumme, grausame Mutter. Ich hoffe, Du kannst mir verzeihen, wo immer Du auch bist.

Weißt Du, einen Monat nachdem Du von mir gegangen warst, wollte ich mich selbst bestrafen und gab meinen Leib Deinem Vater hin. Ich machte so obszöne Geräusche, nahm Stellungen ein wie ein wildes Tier und Dein Vater nahm mich, wie schon lange nicht mehr. Nachdem er gekommen und eingeschlafen war, musste ich weinen, weil ich mein einziges Kind verloren hatte, meinen wunderbaren Sohn. Das ist schon sechs Monate her. Und nun streichle ich meinen Bauch in der Hoffnung, dass das neue Leben eine gute, eine bessere Zukunft finden wird. Ich habe den Glauben, dass Du mir geholfen hast, denn kurz vor Deinem Tod hatte ich die Nachricht erhalten, dass ich in den Wechseljahren sei. Doch dann war ich wegen Übelkeit bei meinem Arzt und er gratulierte mir zu meiner Schwangerschaft.

Mein Schatz, Mark. Ich weiß nicht, wie, aber Du hast mir Zwillinge geschenkt. Und ich schwöre Dir, egal, wen sie lieben werden, ich werde sie immer lieben und ich werde ihnen eine gute Mutter sein. Und auch Dich werde ich immer lieben.

Die Reise nach Venedig steht an, Rodolfo fährt uns zum Flughafen. Wir bedanken uns, ich reiche ihm zum Abschied meine Hand und Marta küsst ihn auf die Wange. Er wünscht uns viel Spaß. Bevor es ins Flugzeug geht, trinken wir noch einen Kakao in der Nähe des Gates und warten auf den Aufruf zum Einsteigen. Neben unseren Koffern haben wir zwei kleine Rucksäcke dabei und 'ne Kamera für schöne Fotos. Im Flugzeug bekommen wir dann lustige winzige Lunchboxen mit Minisandwich plus Getränk, wir müssen so lachen bei der kleinen Portionsgröße. Vom Flughafen aus rollen wir mit den Koffern zu einer kleinen Anlegestelle, um mit dem Schiff zur Stadt zu kommen. Auf gepolsterten Holzsitzen nehmen wir Platz. Während der Fahrt peitscht das Wasser nur so an uns vorbei.

Nach einer gefühlten halben Stunde legen wir an der ersten Anlegestelle von Venedig an, aber wir müssen erst zwei Stationen später aussteigen. Wir fahren an den Lagunen vorbei, das kalte Wasser, das uns ins Gesicht spritzt, schmeckt manchmal faulig. Wir steigen aus und ziehen die Rollkoffer erst laut klackernd hinter uns her, später nehmen wir sie wie die anderen Touristen auch in die Hände, um weniger Lärm zu veranstalten. Und nun fängt die Suche nach dem richtigen Hotel an. Die Stadt der Liebe mit ihren Lagunen ist selbst ein Weltkulturerbe. Überall ist Wasser und, wie ich sehe, anscheinend mehr Touristen als irgendwo sonst auf der Welt – aber wo ist unser Hotel? Wir laufen zweimal daran vorbei, bis uns aufgeht, dass das Hotel genau vor unserer Nase steht.

Wir bekommen die Schlüssel für unser Zimmer 313 im dritten Stock, fahren mit dem alten Fahrstuhl hoch, der recht klapprig wirkt. Wir stehen so eng beieinander, meine Lenden berühren ihr Bein und ihre Brüste drücken gegen meinen Brustkorb, dass wir unweigerlich grinsen müssen. Nach einem intensiven Kuss im Zimmer warten wir nicht lange und gehen in das Innere von Venedig, zur allerersten Anlaufstelle, zum Markusplatz, wir sehen schon von Weitem den geflügelten Löwen auf der Monolithsäule aus Granit. Wir gehen in den jahrhundertealten Dogenpalast und bestaunen die riesigen Decken- und Wandgemälde. Später schlendern wir durch die Gassen, immer wieder sehen wir Gondeln mit Touristen auf dem Wasser herumfahren. Wir selbst benutzen manchmal die Vaporetti, die Wasserbusse, um zurück zum Hotel zu kommen.

In den nächsten beiden Tagen stehen Sehenswürdigkeiten, Pizza, Pasta und Eis auf dem Programm, und sowieso ist das erkennbare Muster der Stadt für uns bald die Linie an Eisdielen. Wir durchforsten Nippesläden und nehmen am für Touristen abgespeckten Kulturprogramm teil. Überall dabei und neben mir ist Marta, Marta, Marta, mein besonderer Schatz in der Stadt der Liebe.

Sonntag, ein wunderschöner Tag. Marta zupft, zerrt an mir, küsst mich, legt ihre Hand an meinen Nacken. Spielt mit meinen Ohrläppchen, drückt öfter meine Oberschenkel. Sie ist aufgeregter als sonst, umarmt mich und wenn keiner zuguckt, liebkost sie meinen Hals. Verstehe die Signale nicht richtig, aber je länger sie bei mir die Knöpfe drückt, desto geiler werde ich.

Bis wir am Abend mit dem Fahrstuhl in unser Stockwerk fahren – jetzt halte ich es nicht mehr aus und drücke sie gegen die Wand. Sie presst ihren Körper gegen meinen, ich meinen gegen ihren, ihre weichen Brüste drücken ganz stark gegen meinen Oberkörper, ihre Hand fährt zwischen meinen Beinen und meinem Bauch umher. Bis wir es aufs Zimmer schaffen, haben wir uns quasi schon verspeist. Im Zimmer legen wir uns auf den Boden und im Eifer des Gefechts presse ich meine Lenden zwischen ihre Beine. In diesen Momenten hat sie mich sonst immer weggedrückt oder zur Seite geschoben, aber heute Abend stöhnt sie mit, animiert mich zum Weitermachen. Unsere Oberkörper sind nackt, ich drücke meinen Mund auf ihre Nippel, sie windet sich.

Mitten in unsrer Zuneigung, unsrem Wollen zieht Marta überraschend ein Gummi aus ihrer Jeanstasche, macht mir schöne Augen und ich weiß: Wir sind bereit. Zum Glück habe ich zu Hause mal mit Kondomen geübt, eigentlich richtig schwierig, die Plastikhülle um den Penis zu bekommen. Ich schaue Marta kurz hilflos an und wir beide lachen zum Glück über die Situation. Erotisch ist was anderes. Wir erleben aber den perfekten Moment für uns, ich will nicht sofort eindringen, wir lieben uns in unserem Rhythmus, unsre Bewegungen sind synchron. Ihr Atmen, mein Luftholen, genau im richtigen Tempo, bis ich in sie eindringe. Wir lieben uns, bis zu meinem Höhepunkt.

»Ich liebe dich.«

»Ich liebe dich auch.«

Mir kam es ewig vor, obwohl es am Ende wohl nur zehn Minuten gedauert hat. Ich bin so fertig, so ausgepowert, lege mich neben sie und schlafe sehr schnell ein. Irgendwann wache ich neben ihr auf. Sie liegt da wie ein Engel, will sie nicht wecken in diesem friedlichen Moment, liege einfach still neben ihr. Ich bin mir unsicher: War es falsch von mir, einfach einzuschlafen? Was macht eigentlich die Frau danach?

Nach einer halben Stunde stehen wir auf und gehen unter die Dusche, küssen uns, ich habe schnell wieder einen Harten, wir lachen. Wir sind miteinander im Reinen, keine Reue, kein Gespräch nötig:

Wie fandest du es?

Hat es dir gefallen?

War ich gut?

Brauchen keine Worte, um die Wertschätzung für das Vertrauen auszusprechen, das wir beieinander empfinden. Marta ist mein Ein und Alles, mein Engel auf Erden, eine wunderschöne Frau, das Gold in meinem Herzen. Hoffe, wir können ewig so leben, die Urlaube genießen, unser Studium angehen. Unser Leben so gestalten, wie wir es möchten. Wir erleben einen schönen Urlaub in Venedig, an einem Ort der Wunder. Ich weiß nur zu genau, was es bedeutet, der wahren Liebe zu begegnen.

Die zerbrochenen Gläser meiner Mutter

»Ich bin schon tot.«
»Entscheide dich, ob du leben möchtest.«

Erinnerungen sind etwas Grausames und etwas Wunderbares, sie können uns tragen und uns erdrücken. Gehören zu unserem Leben wie das Sonnenlicht, das unsere Welt erhellt und unsere Haut wärmt. Ein schöner Moment beflügelt uns tagelang, eine traurige Nachricht vernichtet uns innerhalb einer Sekunde und entzieht uns unsere Lebenslust. Nicht nur für einige Tage, sondern für Wochen, Monate, Jahre.

Heute, ein Samstag, schon Mittagszeit, mein Frühstück besteht aus Kaffee und einem Toast mit Butter, auf mehr habe ich keine Lust. Ich habe nicht geduscht, schaffe es nicht aus dem Haus, bin noch zu aufgewühlt und schockiert.

Der Streit war grauenhaft, gestern Abend hat Claudia Klartext mit mir gesprochen, es tut jetzt noch weh. Sie kam nach der Arbeit zu mir, wollte kurz vorbeischauen, mir Gesellschaft leisten, eigentlich ein Kontrollbesuch. Das Gespräch fing harmlos an, sie fragte mich, ob ich gesund sei und was ich so tue.

»Hast du noch etwas vor? Es sind ja Semesterferien.«

»Nein, eigentlich nicht.«

Unser Frage-Antwort-Spiel verläuft meistens gleich ab, aber gestern hat Claudia mir ins Gewissen geredet:

»Aber du kannst nicht die ganze Zeit zu Hause bleiben.«

»Na ja, zu Hause ist es auch schön.«

Dann fing sie an, meine Untätigkeit anzuklagen.

»Wie kannst du nur so zu Hause rumgammeln? Tu endlich etwas. Du hast doch früher auch viel unternommen.«

»Aber ich habe keine Lust, etwas zu ändern, es ist schön so.«

Ich sah ihr an, dass sie nicht mehr ruhig bleiben konnte, ihr Ton wurde tiefer und lauter.

»Das kann nicht dein Ernst sein. Du musst etwas unternehmen, sonst wirst du hier alleine und einsam sterben.«

»Ich bin schon tot.«

Tränen traten in ihre Augen. Ihre Stimme zitterte.

»Was redest du da für einen Blödsinn? Du bist nicht tot! Wie kannst du es wagen, so zu reden, wo Marta nicht mehr da ist?«

»Mir fehlt der Antrieb, ich sehe keine Hoffnung auf Besserung.«

»Ja klar. Wenn du so redest, dann bringe ich meine Kinder nicht mehr hier her.«

»Was meinst du damit?«

»Deine Kommentare färben auf meine Kinder ab. Entschuldige, dass ich so deutlich werden muss. Entweder du bewegst endlich mal deinen Hintern oder wir kommen nicht mehr. Und die Kinder kannst du vergessen.«

Tränen liefen über ihr gerötetes Gesicht, tropften auf den Teppich.

»Entscheide dich, ob du leben möchtest.«

Knallte die Tür zu. Ich hörte ihre schnellen Schritte auf der Treppe. Überließ mich meinem Schicksal. Ich zitterte, mein Herz schlug schnell, ich stand auf, musste mich am Stuhl abstützen, konnte mich gerade noch so aufrecht halten, mir wurde schwarz vor Augen, lehnte mich an die Wand. Es war zu spät, sie aufzuhalten, ich war ein Feigling, das war die Wahrheit, ein richtiger Feigling vor dem Leben, nicht vor dem Sterben. Hatte nicht mehr den Mut, mich dem Leben wieder anzuschließen, aktiv etwas zu verändern. Atmete tief ein und aus, bis ich wieder ein Gefühl in meinen Gliedmaßen spürte und wieder etwas sehen konnte.

Ich musste erst mal Wasser trinken und brauchte meine Baldriantropfen. Die haben nicht gereicht, um mich zu beruhigen. Ich hielt es etwa zwanzig Minuten aus, dann konnte ich nicht mehr. Ging zum Schrank, goss mir Schnaps ein, aber auch der wirkte nur zaghaft. Kippte zwei Gläser nach, merkte, wie der Alkohol zu wirken begann. Das tat gut. Ich wusste, es betäubt den Schmerz nur für den Moment. Bis ich endlich ins Bett fiel, verging viel Zeit. Ich war wütend auf mein Leben, auf Claudia und besonders auf Marta, die nicht einmal Schuld daran trägt, dass sie mich einfach so verlassen hat. Am nächsten Morgen habe ich Kopfschmerzen, für mein Alter eine kräftige Morgenlatte, was soll ich damit anfangen? Selbst pissen kann ein Mann damit nicht. Fühle mich elend.

Nach dem Frühstück geht es mir besser, bin allein in der Küche, einsam, sitze und denke an all die guten und schlechten Zeiten in meinem Leben. An meine Eltern, unser Zuhause in Norderstedt, zuerst Kindergarten, danach Vorschule, dann erste bis vierte Klasse, später aufs Gymnasium. Ich erinnere mich an den Gitarrenunterricht, den ich mit elf Jahren starte, dabei immer mehr den Hang zur Rockmusik entwickle. In meiner Jugend aktiv und vital, stark und ständig mit Freunden auf Achse. Das erste Interesse an Mädchen, ich sehe Marta aus der Parallelklasse neben Lucia stehen, bin hin und weg. Später kommt Mark zu uns, wird mein bester Freund. Die Reise mit ihm, ohne Eltern, ich war sechzehn. Der erste Kuss, die erste Zärtlichkeit, erstaunlich, wie deutlich ich ihn vor mir sehe, fast kann ich ihn spüren.

Ein grauer Dunstschleier wabert um meine Erinnerungen, daraus hervor tritt dieser eine Moment und fühlt sich so echt an, als wäre er erst vor einer Woche passiert. Mein geliebter Mark stirbt viel zu früh. Zum Glück tritt wenig später Marta in mein Leben, hilft mir, und ich habe mit ihr zusammen mein Leben besser gestaltet, haben unser Abitur mit super Noten abgeschlossen, früh unser Mathematikstudium begonnen und auch erfolgreich abgeschlossen, überraschend gut, beide mit magna cum laude. Wem hätte ich damals sonst danken können? Nur meiner Frau Marta. Sie war hart zu sich selbst, eigenwillig im Leben und sehr stolz. Unser Anfang an der Universität war sehr schwer. Aber unser Ehrgeiz brachte das Beste hervor, wir sind immer weitergegangen, haben uns gegenseitig mitgezogen, haben nicht aufgegeben, sind nicht stehengeblieben. Immer auch das Abwägen, das Für und Wider einschätzen bei unserer Lebensplanung, unserer Beziehung, wollten wir eine tiefere eingehen oder doch Distanz halten? Martas Vorwürfe, als ich zögerte, den nächsten Schritt zu gehen:

»Was willst du, Matthias? Sag es mir doch endlich!«

»Ich liebe dich.«

»Das sagst du mir zwar, aber du handelst nicht danach. Du sagst das eine, aber wenn es Knall auf Fall kommt und eine Entscheidung getroffen werden soll, machst du einen Rückzieher.«

»Aber ich denke dann noch nach. Ich möchte dich auch nicht enttäuschen.«

»Ach ja, und wann ziehen wir zusammen? Wann hast du denn endlich vor, eine Zukunft mit mir aufzubauen?«

»Wir bauen doch unsere Zukunft auf, wir haben unser Studium noch nicht einmal abgeschlossen. Und haben doch viele weitere Pläne.«

»Das will ich aber nicht nur hören, ich will es erleben. Ich will es spüren. Ich will es riechen und schmecken. Und du bist mein Schatz, Matthias.«

»Und du bist mein Süßen, Marta. Zurzeit können wir uns wenig leisten. Willst du wirklich in einer kleinen Wohnung mit mir leben?«

»Wenn wir es nicht in einer kleinen Wohnung aushalten, dann halten wir es auch nicht in einer großen Wohnung aus.«

Ich gab nach, so langsam kapierte ich es.

»Ich verstehe deine Argumente. Aber ich möchte dir etwas Gutes bieten.«

»Ach, ich brauche keinen Luxus. Ich brauche dich, etwas zum Essen, etwas zum Schlafen. Und Zeit fürs Studium. Das reicht mir. Gib dir einen Ruck, Matthias.«

Und ich gab mir einen Ruck. Wir zogen schnell in eine kleine, schmucke Wohnung. Gerade mal vierzig Quadratmeter groß und eineinhalb Zimmer, mehr nicht, und nur wir zwei, Marta und Matthias. Ein Bett, zwei kleine Schreibtische, zwei Stühle, ein merkwürdiges buntes Bettsofa. Manchmal konnte man das Bettsofa ausziehen, manchmal versagte die Technik, deshalb nannten wir es nur noch das »merkwürdige bunte Bettsofa«.

Ein paar Pflanzen, das Geschirr in der Küche und, tja, die Mitbringsel von Martas und meiner Familie. Die Wohnung war schneller voll, als ich Stopp rufen konnte.

Es klappte zu meinem Erstaunen besser als erwartet, wir verstanden uns super. Trotz der ständigen Nähe ging mir Marta nicht auf die Nerven. Wie egoistisch ich als junger Mann dachte, ich hätte sie ja in ihrem Leben genauso stören können. Sie schubste mich manchmal in die eine oder andere Richtung im Leben und ich zog sie in die eine oder andere mit.

Unsere Jugend verzieh den Mangel an Luxus, gleichzeitig war die Selbstständigkeit ein großer Kontrast zu unseren Elternhäusern. Wäsche wusch sich nicht von allein, die Toilette putzte sich nicht von selbst, das Zeug auf dem Boden blieb liegen, das hebt niemand für dich auf. Und nach wenigen Wochen kam dann ein kleiner Streit auf.

»Nun mach endlich mal sauber.«

»Ach, und was ist das hier? Deine Käsesocken kannst du verbrennen.«

»Du bist so doof.«

»Nein, du bist doof.«

»Ich dachte, Frauen wären reinlicher, aber das ist wohl ein Mythos.«

Sie hob etwas auf und zeigte es mir.

»Ach, und deine Unterwäsche ist so dreckig, damit kann man Tote wieder aufwecken, Mattle.«

»Nenn mich nicht so.«

»Tja, solange du nicht sauber machst, kann ich dich wohl Mattle nennen.«

»Hmpf. Du Meckerziege.«

Schauten uns böse in die Augen, doch dann mussten wir lachen, konnten beim Piesacken nicht ernst bleiben.

Das gemeinsame Leben war mit Herausforderungen gespickt, mit denen wir am Anfang nicht rechneten. Die alltäglichen Sachen holten uns schnell ein, die gemeinsame Bettdecke wurde weggezogen, man fror während der Nacht mal am Rücken, mal an den Füßen, oder ihre Knie drückten gegen meine Hüfte. Ich hatte angeblich geschnarcht und sie hatte kein Auge zudrücken können.

Wenn meine Liebste ihre Tage hatte, war sie eher eine Hexe als eine Traumfrau. Dass die Hormone bei Frauen ganz schön durcheinanderkommen, erkennen Männer auch erst recht spät. Das Badezimmer war stundenlang besetzt, man musste auch dringend pinkeln, aber sie wollte erst mal ihre Haare »nur ganz kurz« föhnen.

Meine Morgenlatte erstaunte sie immer wieder, ich musste mich verteidigen, dass es für Männer normal war, wenn er in den frühen Morgenstunden einfach senkrecht steht. Ich sollte beim Pinkeln sitzen und nicht stehen, weil es ja so unhygienisch wäre. Pff, ja, ist ja schon gut, ich hab mich hingesetzt. Der Mann müsse den Müll rausbringen, weil sich das für Frauen nicht gehöre. Ah ja, das galt nur für hübsche Frauen, angeblich.

Sollte ich sie dann direkt erwürgen oder später, das fragt man sich dann doch ab und zu? Den Staubsauger sollte ich nehmen, weil der ja so schwer wäre. Sie putzte stundenlang das Badezimmer, wer möchte schon sein Spiegelbild in den Kacheln sehen? Also ich nicht. Dieses ganze Mann-Frau-Thema ging mir allmählich auf den Keks, hatte gedacht, in unserer Zeit wäre man schon drüber hinweg. Aber im Haushalt zeigte sich, dass alles beim Alten war …

Nach einem halben Jahr dann der absolute Krach, wir stritten uns in der Küche über das schmutzige Geschirr. Wir schrien uns heftig an und beleidigten uns, was das Zeug hielt. Danach herrschte die pure Eiszeit in der Beziehung. Wir redeten tagelang nicht mehr miteinander, ich ging dann aus purer Verzweiflung zu meinem Vater und er hatte dann die blödeste und einfachste Lösung parat. Er fuhr mit mir sofort zu seinem Kumpel, einem Möbelspezialisten, und wir kauften das geilste Küchengerät, das ich bis dahin gesehen hatte: einen megakleinen Geschirrspüler.

Ich stellte es in der Küche am Waschbecken auf und befüllte es mit Geschirr, befestigte den Schlauch und schaltete das verdammte Ding ein. Als Marta von der Uni nach Hause zurückkehrte und in die Küche kam, lächelte sie erst mal in sich hinein. Ich lächelte unbehaglich mit, schaute dabei zu ihr, sie schaute zurück. Bewegte sich auf mich zu, haute zuerst auf meine Schulter, schmiegte sich dann an mich – und da war es um uns geschehen, wir liebten uns auf dem Küchenboden, ein sexuelles Erdbeben. Gott, segne die Frau oder den Mann, die oder der den Geschirrspüler erfunden hat!

Endlich, dieses ewige Anschweigen war Gift für unsere Beziehung. Eine Ewigkeit, bis wir uns wieder nähergekommen sind. Ich bin so glücklich, dass zwischen uns alles wieder gut ist. Ewig böse kann ich Matthias auch nicht sein, ich war schon so verzweifelt, meine Freundinnen konnten mir auch keine guten Ratschläge geben. Zu verdanken haben wir es wohl dem Thomas, er ist auf seine Art einfach gestrickt und ständig am Lächeln. Eine richtige Frohnatur. Wie macht der das nur? Ich denke, Thomas könnte alles kitten und lösen, wenn es sein muss.

Wie soll ich jetzt noch böse sein? Das Gerät funktioniert tadellos. Zum Glück hat Matthias eine Lösung gefunden, ich wusste nicht mehr weiter. Wir haben nun daraus gelernt, in Zukunft nicht ewig zu warten und uns tagelang nur anzuschweigen, das bringt unserer Beziehung nichts Positives. Zum Glück habe ich ihn, ich liebe Matthias einfach, durch und durch.

Dreieinhalb Jahre blieben wir in der Wohnung, kurz nach unserem Abschluss in Mathematik zogen wir in eine größere Wohnung. Anstatt der vierzig hatten wir nun sechzig Quadratmeter und mussten im Monat nur etwas mehr zahlen. Wir hatten somit die Möglichkeit, ein Arbeitszimmer für uns einzurichten.

Nach dem Abschluss hatte ich eine Stelle bei einer Risikoversicherung, hauptsächlich in Statistikberechnung. Marta arbeitete bei einer Bank, in der sie die Kredit-und-Risiko-Abteilung im Controlling unterstützte. Somit, auf einen Schlag, hatten sich unsere finanziellen Sorgen erledigt, mit zwei Gehältern war uns etwas Luxus möglich.

Wir hätten uns nach unserem Studium ausruhen können, aber dieses Mal überzeugte ich Marta, dass wir mit einem höheren Abschluss später viel mehr Möglichkeiten auf dem Arbeitsmarkt hätten. Wir stellten beide den Antrag auf Halbtagsstellen, zu unserer Freude gaben beide Arbeitgeber unserem Gesuch statt.

Nach einer zusätzlichen Studienzeit von eineinhalb Jahren hatten wir unseren Masterabschluss in der Tasche, waren gerade erst mal dreiundzwanzig Jahre alt und konnten wieder eine Vollzeitstelle annehmen. Finanziell waren wir nun sorgenfrei und konnten uns Kino-, Theater-, Restaurantbesuche und auch mal einen schönen Ausflug gönnen.

Seit über sechs Jahren waren wir schon zusammen und unsere Beziehung hielt. Es glänzte nicht überall, aber wie bei einem Rohdiamanten, der noch nicht richtig geschliffen worden war, glitzerte es hier und da mal hervor. Marta und ich waren wie ein Schiff, wir besaßen einen Anker, der unsere Beziehung richtig gut festigte.

»Matthias, ich hab zwar viel zu tun auf Arbeit, aber ich langweile mich irgendwie.«

»Sollen wir was unternehmen? Einen Urlaub oder so?«

»Nein, ich meine das anders. Also, es gibt richtig viele Aufgaben. Aber während ich diese Aufgaben erledige, kommt bei mir pure Langeweile auf.«

»Du hast viel Arbeit, aber du langweilst dich? Wie geht das?«

»Ich versuche es dir zu erklären, also, ich schufte, ja?«

»Ja, okay.« Super, ich verstand gar nichts.

»Aber mir fällt die Arbeit so leicht, dass ich mir denke, wie langweilig und ich muss nur das berechnen, mehr nicht.«

»Und du hast aber viel auf dem Tisch?«

»Ja, aber mein Gehirn langweilt sich. Ich möchte, glaube ich, mehr.«

»Wie mehr? Eine Beförderung, dann eine größere Wohnung oder so?«

»Nein, du verstehst mich nicht. Ein höheres Studium oder was Neues studieren.«

»Und was schwebt dir vor?«

»Können wir nicht unser Studium fortsetzen und unseren Doktor machen?«

»Das ist ein Witz, oder? Das dauert richtig lange.«

»Um dieser Langeweile zu entgehen, würde ich sogar kündigen.«

»Ich denke drüber nach.«

Mehrere Tage lang diskutierten wir die Vor- und Nachteile. Aber nach drei Wochen stand ihre Entscheidung fest: ein Doktortitel in Mathematik, unbedingt. Und ich nahm mir die Zeit, gemeinsam eine Lösung zu finden, dachte zwar, das wird unglaublich hart, überhaupt erst mal ein Thema zu finden und zusätzlich einen Professor, der einen dabei unterstützt. Marta meinte dazu:

»Wir werden unseren Weg schon gehen, wir müssen nur dafür sorgen, dass wir am Ball bleiben.«

»Das glaube ich auch. Und ich weiß, wir werden es schaffen.«

»Ich habe mich schon informiert, wir müssen die Themen bis Ende dieses Monats einreichen.«

»Okay, dann lass uns schauen, was wir finden.«

Relativ schnell fanden wir Themen. Was mir wieder gefiel, war, dass Marta einen gesunden Ehrgeiz hatte und uns beide voranbringen wollte. Ein weiterer Vorteil: Wenn ich von meiner Arbeit redete, verstand sie mich im beruflichen wie im privaten Sinne. Ich habe doch irgendwie die perfekte Frau gefunden, dachte ich mir dann immer.

»Wollen wir ein Nickerchen machen?«

»Echt? Jetzt am Nachmittag?«

»Ja, ich würde gerne ein Nickerchen mit dir machen.«

Ich zwinkerte ihr zu.

»Ah, so ein Nickerchen. Das geht natürlich immer.«

Und meine Spanierin lächelte mich an. Sie wollte mich immer noch. Und es quietschte und wackelte.

Ehrgeiz und Fleiß waren verbunden mit Verzicht. Sollte man ausgehen, ins Kino, tanzen, ins Restaurant, spazieren? Oder sollte man lieber studieren, lernen und lesen? Und natürlich jede Menge schreiben, korrigieren und so weiter. Das Denken und Nachdenken kostete viel Zeit, es dauerte, bis man vom Status »Mal gehört, gelernt« zu »in der Praxis aktiv anwenden« übergehen konnte. Was war mit Freunden? Wann sah man die Verwandten? Wann durfte man überhaupt mal Spaß haben? Die Eltern beschwerten sich, dass man viel zu selten vorbeischauen würde, und die Freunde warfen einem vor, man würde ja immer was zu tun haben. Auch die Zeit zwischen Marta und mir wurde recht knapp, aber ein Doktortitel kommt nicht von allein. Aber sie hatte recht – wir waren jung und hatten wenige Verpflichtungen im Leben, das konnte später anders werden.

Meine Eltern mahnten uns: Nehmt auch mal Zeit für euch. Aber Marta und ich hatten uns schon längst entschieden, unser Ziel vor Augen, und es gab kein Zurück mehr. Eine lange Beziehung hat Vorteile, manchmal brauchte man keine Worte, schon Blicke und Gesten reichten aus und wir wussten, was los war. Die rosarote Brille, das Stelldichein verwandelten sich in echte Liebe, aber das unbändige Verlangen im Bett blieb.

Wie auch die Liebe wuchs und in Gewissheit überging, wurde der Streit zwischen uns immer fieser, unsere Machtkämpfe fanden außerhalb und innerhalb der Wohnung statt. Wenn ich meiner Liebsten am Ende des Tages noch sagen konnte »Ich liebe Dich«, bedeutete mir das sehr viel, mit einem Gutenachtkuss.

Das Leiden nahm ein Ende, wir waren völlig erschöpft und unglaublich glücklich, wir waren noch nicht mal dreißig Jahre alt und hielten schon unseren Doktortitel in den Händen. Ich war stolz auf uns und kaum dass wir unser Ziel in der akademischen Laufbahn erreicht hatten, hielt ich um ihre Hand an. Den Ring hatte ich beim Juwelier, einen Tag vor der Flugreise nach Thailand, abgeholt. Der silberne Ring war im Seitenfach meines Koffers gut versteckt. Die Frage wollte ich besonders romantisch stellen. Marta machte es mir jedoch nicht einfach, um ihre Hand anzuhalten.

»Oh Mann, das war aber großer Mist! Haben ja Stunden gewartet, bis wir endlich ins Hotel konnten.«

»Ja, aber jetzt haben wir doch Urlaub und genießen eine schöne Zeit.«

»Hoffe ich doch. Und dann diese Gepäckausgabe am Flughafen. Chaos!«

Irgendwie kann ich sie nicht beruhigen.

»Und dann diese blöde Sitznachbarin im Flugzeug, die ihr Weinglas umgestoßen und mich nassgespritzt hat! Hier, ich habe voll viele rote Flecken auf meinem Shirt.«

Sie jetzt zu fragen wäre fatal.

»Ich gehe unter die Dusche.«

»Ja, mach das.«

»Das wird mir guttun.«

»Hoffe ich doch.«

Während sie sich unter der Dusche das Wasser über die Haut laufen ließ, drapierte ich den Ring mit Blumen, die ich von der Theke genommen hatte, auf ihr Kopfkissen. Und während ich so tat, als ob ich ganz entspannt Fernsehen gucken würde, kam Marta im Handtuch eingewickelt aus dem Badezimmer raus:

»Oh endlich, der Urlaub kann starten! Jetzt geht es mir viel besser.«

»Das freut mich.«

Ich war wie verhext, sie sollte endlich auf das Kopfkissen schauen. Aber sie ging zu ihrem Koffer und griff sich ihre Kulturtasche, zupfte sich ein Haarband heraus und zog ein T-Shirt aus dem Koffer. Es war zum Mäusemelken!

»Wir können ja gleich essen gehen.«

»Ja, können wir.«

»Ich ziehe mich noch schnell an.«

Klamotten, Haare und Föhn, es dauerte ewig, bis sie endlich aus dem Badezimmer kam und dann erstarrte. Ein freudiger Schrei zerriss die angespannte Stille im Zimmer. Ihre Hand auf ihrer Brust.

»Ein Ring, ein Ring!«

Meine Geduld zahlte sich aus, ich konnte das Lächeln nicht unterdrücken, ging zur Bettkante, nahm den Ring und sprach voller Aufregung die schwersten Worte in meinem Leben:

»Marta, du bedeutest mir sehr viel. Und ich möchte mein Leben mit dir verbringen, daher frage ich dich: Willst du mich heiraten?«

Meine Spanierin hüpfte vor Freude, willigte zu meiner großen Erleichterung ein:

»Ja, ich will!«

Der Thailandurlaub wurde unglaublich schön. Unsere Verlobung brachte die Beziehung noch mal ein Stück weiter, es war die Erklärung zu bedingungsloser Liebe, ja, ich will mit dir weiterhin ein Leben führen. Hätte Marta nein gesagt, ich wüsste nicht, wie ich reagiert hätte.

Nach unserem schönen Thailandurlaub und der Verlobung überlegten wir, ob und wann wir Kinder, Haus und Baum unter einen Hut kriegen wollten. Oder wollten wir noch häufiger verreisen? Warten, bis der passende Moment kommt? Am Ende entschied ein Zeitungsartikel über den Kinderwunsch, Marta ließ die Zeitung einfach beim Frauenarzt mitgehen.

Der Bericht beschrieb, dass Frauen ab dreißig weniger fruchtbar waren. Marta machte sich Sorgen, was wäre, wenn sie bald schon keine Kinder bekommen könne? Sie hatte gelesen, dass es Frauen gab, die schon mit knapp dreißig in die Wechseljahre kamen und somit schon in jungen Jahren unfruchtbar waren. Wir sollten uns erst mal beruhigen, mein Einwurf, bevor wir irgendwie in wilde Annahmen verfallen. Wir hatten ja noch Zeit, aber Marta informierte sich mehr und mehr über das Thema. Und dann sagte sie zu mir, ihr Kinderwunsch sei zu groß, wozu warten? Wollten wir etwa warten, bis wir vierzig waren?

Sex ohne Verhütungsmittel, wie ungewohnt. Ich war erst mal blockiert, unser neues Ziel: ein Kind auf die Welt bringen. Das war schon ein anderes Kaliber, wenn man jahrelang nur verhütet hat und dann sollte ich einfach drauflosschießen. Ich war total von der Rolle. Aber schneller, als ich »Jaaa, oh jaaa« sagen konnte, war Marta schwanger, unsere Freude überdeckte den kurzen Schock. Nach so kurzer Zeit, wir hatten ja eben gerade erst angefangen.

Die erste Phase der Schwangerschaft verlief ruhig, ihr wurde nicht übel, sie konnte weiterhin vieles essen. Rohmilchkäse und alles, wo Listerien enthalten sein konnten, vermied sie. Auch die äußeren Gerüche störten sie wenig bis gar nicht.

Aber die zweite Phase machte es manchmal schwierig mit meiner Verlobten. Sie trat mich im Bett mit den Füßen.

»Matthias, du musst was zu essen holen. Ich habe Hunger.«
»Wie bitte? Es ist ein Uhr nachts.«

»Ja, aber ich habe Hunger.«

»Wir haben doch Abendbrot zu Hause.«

»Das schmeckt mir nicht, ich will Fast Food.«

»Habe nur meine Unterhose an, muss mich komplett anziehen.«

»Danke, Schatz.«

Schnaufe, aber ich hatte keine Wahl. Kaum war ich mit Pommes, Burger und Co. wieder da, kam als Info:

»Ich hatte so einen Hunger bekommen, da habe ich mich schon vollgestopft. Das da will ich nicht mehr essen.«

Ich verdrehte die Augen, dann saß der Hausmann am Küchentisch und stopfte sich wütend den Fraß hinein. Ich hatte mir die Mühe gemacht, war zwanzig Minuten gefahren, hatte ein komplettes Menü gekauft und in der Zwischenzeit hat Madame einfach gegessen, was sie zu Hause gefunden hat. Was mich wütend machte, war die Tatsache, dass ich ihr noch gesagt hatte: Wir haben Essen zu Hause. Kein Wunder, dass man als Mann eine Scheinschwangerschaft mitmacht. War müde und geschafft. Und dann erhielt ich irgendwann noch so einen hinterhältigen Kommentar:

»Bist aber schon ein wenig fett geworden.«

Aber wenn sie mich fragte:

»Und wie sehe ich aus? Sei ehrlich.«

»Umwerfend, fantastisch, wunderschön! Du strahlst!«

Tja, eine Notlüge. Was ich auf einmal als Mann im Haus bemerkte, sie ließ unabsichtlich einen fahren, hatte manchmal fettige Haare, sah verschlafen aus. Drehte sich ständig im Bett, ließ mir keine Ruhe, wenn sie sich hin und her wälzte. Sex gab es nur noch im Doggystyle, fühlte mich wie ein Mann auf dem Rodeo. Manchmal legte ich auch lieber selbst Hand an.

Die schönen Momente der Schwangerschaft: Ich habe das Privileg, über ihren Bauch zu streicheln, ihn mit Pflegeöl einzureiben, sie zu beschützen, sie zu umsorgen und ein unglaubliches Gefühl von Liebe zu empfinden.

Auch ich war am Ende, meine Nerven waren angespannt, nicht nur Martas. Aber in der dritten Phase der Schwangerschaft drehte sie völlig am Rad und schrie in der Wohnung:

»WAAAS? ICH BIN SCHWANGER! ICH HAB DAS RECHT DAZU. ICH HAB IMMER RECHT.«

»Schon gut, reg dich nicht auf.«

»WAS HEISST HIER, REG DICH NICHT AUF? ICH HABE DAS RECHT DAZU.«

»Ja, das meinte ich ja auch.«

»VERARSCH MICH NICHT UND GUCK NICHT WIEDER SO BLÖD.«

»Wie soll ich denn bitte blöd gucken?«

»DU ROLLST DEINE AUGEN, ICH KANN DAS ÜBERHAUPT NICHT AB.«

»Ist in Ordnung, du bist schwanger und du hast recht.«

Danach dauerte es Stunden, bis sie in einen ruhigeren Modus überging. Ihr Atem normalisierte sich, sie war wieder ganz normal. Als wäre eine Schwangerschaft ein Freifahrtschein für schlechtes Benehmen. Aber ich als Mann hatte ja leicht reden, in mir brodelte immerhin kein Hormonvulkan.

In der letzten Phase der Schwangerschaft gab es viel zu erledigen. Kontrolltermine beim Arzt, Ultraschall, Schwangerschaftskurse mit den anderen umstehenden Männern, wir hechelten wie Hunde. Der krönende Abschluss war dann Schwangerschaftsyoga. Für eine entspannte Geburt? Als würde eine schwangere Frau das auch noch benötigen. Aber wenn es hilft für die Entbindung, bin ich ihr Mann, dachte ich mir. Und dann dieses ständige Geheule. Oh Gott, da lief irgendein Zeichentrickfilm und es war eine lustige Stelle für mich, aber was macht Marta? Einfach nur heulen. Und ich war total verwirrt, hilflos versuchte ich sie zu trösten, was nicht immer klappte. Nahm sie natürlich in meine Arme, in die sich meine heiße Spanierin – nun als vollschwangere Frau – gern kuschelte.

Egal, was ich tat, ich hatte meistens verloren, wenn ich ihren Wunsch nicht erfüllte. Ich wollte Rat holen bei meiner Schwester Sara, aber von ihr nur:

»Matthias, entschuldige mal, was laberst du da? Mattle wird erwachsen, Punkt! Marta muss mit Hormonschwankungen klarkommen und damit, dass sich ihr Körper unwiderruflich verändert. Ich denke, da hält sich mein Mitleid für dich in Grenzen. Du kannst spazieren gehen oder etwas anderes tun. Ich habe null Verständnis, dass du jetzt bei mir Mitleid erhaschen willst. Pfff. Bestimmt hat sie Angst vor der Geburt. Und was machst du? Nörgeln. Was für eine Megaleistung, Mattle.«

Meine Schwester hatte mir ganz schön den Kopf gewaschen, ich war vielleicht wirklich zu unfair gegenüber Marta gewesen. Ich bemühte mich, Marta mehr zu unterstützen, und übernahm die Hochzeitsplanung. Die Hochzeit quetschten wir dann irgendwie rein, nach langem Überlegen entschieden wir uns für eine standesamtliche Hochzeit im »kleinen spanischen« Rahmen. Nur einhundertfünfzig Gäste in einem Riesensaal. Ein kleiner Teil meiner Familie und meiner Freunde. Ein großer Teil von Martas Familie und Freunden. Die Gäste waren zum Tanzen bereit und haben alles genossen. Auch wenn wir als Paar wenig von der Feier hatten, freuten wir uns, dass die Gäste Spaß hatten. Jahre später haben wir dann über unsere Hochzeitsfeier gelacht.

Der neunte Monat. Scherzhaft gesagt: Marta stand kurz davor zu platzen. War übermüdet, konnte nicht gut schlafen und war regelrecht dauererschöpft. Wir warteten nur noch auf »den großen Wurf«. In den letzten Tagen lief es zwischen meiner Marta und mir wieder richtig gut, wir planten einen kleinen Ausflug. Marta saß auf dem Beifahrersitz, besser gesagt, lag bequem. Nach zwanzig Minuten Fahrt, mitten auf den Straßen von Hamburg, passierte es, eine Sintflut ergoss sich auf dem Sitz.

»Oh Gott, die Fruchtblase ist geplatzt.«

Im ersten Moment: Ach du Scheiße, mein Autositz!

Im zweiten Moment: Endlich kommt das Baby!

»Keine Sorge, mein Süßen, wir fahren kurz nach Hause. Ich hole die Tasche und dann fahren wir zum Krankenhaus.«

Bis zur nächsten Kreuzung, zweimal rechts abgebogen, parkierte am Straßenrand und ging einmal um das Auto. Marta mit Panik in der Stimme:

»Bist du verrückt?! Was machst du, Mattle?«

Oh, wie mich das an meine Schwester erinnerte! Sie nannte mich immer Mattle, wenn sie unzufrieden mit mir oder wütend auf mich war. Aber ich blieb ruhig, öffnete die Autotür:

»Moment, ich mache es euch bequemer, meine beiden Babys.«

Ich verstellte den Sitz und machte es ihr so angenehm wie möglich, legte noch ein Handtuch vom Rücksitz zwischen ihre Beine, damit es ihr nicht kühl wurde. Jeder Mensch macht sich im Laufe des Lebens in die Hose. Es ist sehr unangenehm, etwas feuchtes Kaltes an den Beinen zu haben.

»Jetzt müsste es besser sein. Ich liebe dich, mein Süßen«, sagte ich noch zu ihr.

»Danke, mein Schatz, ich liebe dich auch.«

»So, jetzt fahren wir kurz nach Hause und holen schnell die Tasche.«

»Du bist echt lieb. Ich habe schon Panik bekommen.«

»Alles gut, mein Süßen.«

Gelassen fuhr ich nach Hause und holte, dann doch in Windeseile, die gepackte Tasche aus dem Schlafzimmer.

Als wir im Krankenhaus ankamen, musste ich schmunzeln, ich war nicht mal richtig nervös geworden, sondern hatte meine Frau sicher ins Krankenhaus gebracht. Guter Job, Matthias, sehr guter Job, Eigenlob stinkt, aber egal, ich werde Vater.

Die Hebamme begrüßte uns, untersuchte Marta und fragte sie, wie sie sich fühlte und in welchen Intervallen die Wehen kamen.

»Ach, Sie sind ja viel zu früh da. Na, aber wenn Sie schon da sind, dann bleiben Sie mal besser hier.«

Nach zwei Stunden brachte die Hebamme Marta lachend in den Kreißsaal.

»Da hat es aber jemand eilig!«

Mich führte man in einen kleinen Raum.

»Hier ist der Umkleidebereich, bitte ziehen Sie sich entsprechend um, wir holen Sie dann gleich ab und Sie können dann Ihre Frau unterstützen.«

Ich zog die grünen Sachen an. Ein unfassbar schönes Erlebnis, wenn man die Hand seiner Frau halten darf. Zum Glück hatte Marta keine langen Fingernägel, sie drückte so fest sie konnte, wenn ihre Wehen eintraten. Ich streichelte Marta manchmal über die Stirn, küsste sie und sprach ihr gut zu. Und wenn sie schrie, schrie ich mit, um sie damit nicht alleinzulassen. Als alles vorbei war, kam von der Hebamme:

»Herzlichen Glückwunsch! Es ist ein Mädchen!«

Wir, so richtig fix und foxi, meine kleine Welt, mein Sonnenschein, meine Tochter wurde Marta in die Arme gelegt. Marta war überglücklich über unsre Tochter, liebte sie mehr als alles andere auf der Welt. Nach den unfassbar aufreibenden Stunden in den Wehen nuckelte mein neuer Stern an den Brüsten meiner Frau. Ich hätte mich vor Erschöpfung eigentlich hinlegen müssen, aber ich wusste, ich würde kein Auge zukriegen. Marta wurde empfohlen, noch drei Tage im Krankenhaus zu bleiben, um sich zu erholen und Kraft zu tanken. Aber so richtig erholen konnte sie sich nicht, der Strom an Besuchern nahm kein Ende. Rodolfo konnte seinen Stolz über sein erstes Enkelkind nicht verbergen, strahlte übers ganze Gesicht. Und meine Mama war ganz aus dem Häuschen.

Zu Hause hatten wir Angst, diesem neuen Leben wehzutun. Zum Glück zeigte uns unsere Hebamme, wie wir bestimmte Handgriffe erledigen konnten, wie wir die Windeln so wechselten, dass kleine Unfälle mit Exkrementen vermieden werden konnten. Wie wir das Bettchen gestalteten, dass Stofftiere da nichts zu suchen hatten. Das Baby kriegt von so was sowieso nichts mit, sagte die Hebamme. Jeder Handgriff wurde uns beigebracht. Die schönen Momente mit der Babywäsche, halb Wasser, ohne Seife und ein strahlendes Lächeln meines Goldstücks. Mein schöner Sonnenschein. Ich habe ein Gefühl von wahrer Liebe gegenüber meiner Frau Marta und meinem ersten Kind erfahren.

Natürlich, der Terror vom Feinsten, wenn man drei- bis viermal mitten in der Nacht geweckt wird, Schlafentzug und Schlafstörungen. Ich hatte nicht das Gefühl, dass ich noch am Leben war, eher wurde ich zum Zombie. Wir funktionierten nur noch, aber so richtig gelebt haben Marta und ich nicht mehr. So richtig schlimm wurde es nach ein paar Monaten, als ich im weißen Bademantel die Windeln wechseln wollte, meine kleine Tochter zu scheißen begann, ich geistesgegenwärtig alles mit dem weißen Bademantel aufhielt. Und innerlich dachte ich: NEIN! Oh nein! Oh nein! Das Baby kreischte, lächelte und schenkte mir, ohne eine Bedingung zu stellen, seine Liebe.

Das Baby wurde älter, es kamen schöne Dinge dazu, aber auch neue Herausforderungen. Wegen Koliken, Zahnung hatte mein Stern üble Schmerzen, und ich konnte ihm nicht mal helfen. Das machte mich wahnsinnig. Aber von Tag zu Tag wurde es besser und wir kriegten dann doch noch die Kurve. Kurze Zeit später ging Marta zur Kontrolle zum Arzt und bekam die erfreuliche Schocknachricht:

»Herzlichen Glückwunsch, Sie sind schwanger.«

»Kann gar nicht sein«, entfuhr es meiner lieben Frau.

Zum Totlachen.

Während wir uns noch um unsere Tochter kümmerten, kam unser Sohn Hugo auf die Welt. Der Stress, den wir uns da aufgeladen hatten, um all diese Dinge zu machen, im Nachhinein zum Lachen. In einem Wahnsinnstempo eilten wir von einem ins nächste Dilemma. Und ständig die Kinder dazwischen, egal wo. Im Schlafzimmer, in der Küche, im Badezimmer, wenn man mal geil wurde und dachte, jetzt können wir loslegen, schrie irgendein Kind.

Wie sollten wir da noch Zeit für uns beide finden?

Und dazu kamen die kleinen Streitereien im Alltag:

»Halt Moment, das geht nicht so.«

»Ich weiß schon, was ich tue.«

»Ja, deswegen sieht es auch krumm und schief aus im Kinderzimmer.«

»Das wird schon passen.«

»Das klappt nie.«

»Lässt du mich das jetzt endlich auseinandernehmen oder stehst du mir als Kritikerin ständig im Weg?«

»Ja, ich lasse dich schon in Ruhe.«

Der Umzug in unser gemeinsames Haus war ein furchtbares Chaos, wegen der Kinder hatten wir entschieden, umzuziehen, um mehr Platz zu haben. Mit Martas Temperament und meiner Leidenschaft als Widder brachten wir eine explosive Mischung ins Haus. Wir hatten schon manchmal unsere Probleme miteinander, aber unsere Liebe zueinander und zu unseren Kindern war am Ende doch größer, wir schafften es immer, uns am Abend wieder zu küssen.

Wie zeigt man seine Liebe? Indem man es sich und dem anderen sagt und indem man gut zueinander ist, sich respektiert. Nie die Gürtellinie unterschreiten, man könnte sich sonst nie wieder in die Augen schauen. Die Früchte, die unsere Bemühungen später trugen, es war eine Belohnung, als die Kinder uns mit ihren ersten Worten begrüßten, Papa und Mama, die ersten Schritte gingen, und das ständige Lachen. Je älter sie wurden, desto leichter wurde es für uns Eltern. Sie konnten, ohne zu schreien, auf einen Gegenstand zeigen und damit sagen, was sie wollten.

Das neue Heim hatten wir ein halbes Jahr später auch schön eingerichtet. In unserer ersten Wohnung hatten wir uns wenig leisten können, aber mit unsren beiden Gehältern gelang uns eine gute Einrichtung. Neu gekaufte Möbel, Spenden von der Familie, aus sentimentalen Gründen behielten wir einen Teil von dem Zeug, das wir während des Studiums vom Sperrmüll gefischt hatten. Aber das Sofa musste neu sein, ein Meisterstück, darauf bestand Marta. Ein sehr edles Teil, sie hatte jahrelang darauf gespart, hatte immer etwas Geld in die Spardose gelegt, es hatte sieben Jahre gedauert, bis sie genug zusammen hatte. Eine fünfstellige Summe für ein Designersofa. Die Kinder waren auch alt genug, um das Sofa zu achten, nicht anzumalen oder draufzuspringen. Sie hatte das ganze Geld selbst aufgebracht. Trotz meiner anfänglichen Einwände war ich am Ende stolz, dass wir ein Edelsofa im Wohnzimmer hatten.

Was ich unterschätzte, war der nicht abreißende Strom an Besuchern, Großeltern, Tanten, Freunde. Alle wollten uns einladen oder uns besuchen. Irgendwann konnte ich einfach nicht mehr an mich halten:

»Können wir nicht einmal Ruhe haben?«

»Was meinst du damit, Matthias?«

Oh, sie nannte mich Matthias, das hieß, es würde gleich richtig Ärger geben.

»Na die ganze Zeit kommen deine Verwandten zu uns. Aber wir benötigen auch mal Ruhe.«

»Aber das ist meine Familie, bei uns Spaniern ist das so.«

»Ja klar, immer deine Verwandten. Und wann können mal meine Freunde vorbeikommen? Ständig ist deine Mischpoke hier.«

»Hast du einen Knall? Meine Verwandten als Mischpoke zu bezeichnen.«

»Das war nicht so gemeint, Marta.«

»Natürlich hast du das so gemeint. Lass mich in Ruhe. Los, verschwinde!«

»Tut mir leid.«

»Hau ab!«

Und dann passierte es, während wir uns giftig anschauten, krachte es in der Küche. Vom lauten Geräusch abgelenkt fragte Marta:

»Was zur Hölle war das?!«

»Keine Ahnung, es kam aus der Küche.«

»Oh Gott, die Kinder, los.«

In der Vorratskammer, die an die Küche grenzte, war eine Vitrine umgekippt. Die vielen Sekt- und Weingläser, die Kannen und die Einmachgläser mit dem leckeren Quittengelee meiner Mutter. Barbara hatte sie erst zwei Tage zuvor vorbeigebracht. Was für ein Verlust, alles lag zerstört auf den Fliesen, der Duft des Gelees verteilte sich im Raum, wie gemein. Unsere Kinder rannten zu uns in die Küche, wir konnten sie gerade noch aufhalten:

»Nicht reinkommen, hier liegen Scherben auf dem Boden.«

»Oh, Scherbe, Scherbe.«

»Ja, das macht Aua, also schön draußen bleiben.«

»Mama und ich machen das hier schön sauber.«

»Geht zum Fernseher und schaut euch was an.«

»Oh Fernseher, jaaa!« Und die Kinder tapsten wieder ins Wohnzimmer. Und was machten Marta und ich? Fingen an zu lachen, weil wir uns wegen einer Kleinigkeit wieder in die Haare bekommen hatten. Wenn ich die Zeit zurückdrehen könnte, würde ich nichts verändern. Alles, was kommt und was geht, macht das Leben aus und formt die Persönlichkeit.

Und heute bin ich da, um in den Tag zu starten, habe genug in der Küche herumgesessen. Ich stehe vom Tisch auf, mache mich im Bad frisch und gehe nach draußen. Auf dem Weg zum Reisebüro denke ich mir: »Heute kaufst du ein Flugticket.« Ich werde eine Reise unternehmen, meine Tochter Claudia hat recht. Weiß auch schon wohin, nach San Francisco, um das Grab von Mark zu besuchen. Ich muss lernen, mein Leben ohne Marta zu gestalten. Nach fünfzehn Minuten stehe ich vor dem Reisebüro.

Die vielen Reisen mit Marta, während unserer Studienzeit, nur wir zwei, immer einfach schön, mit Kultur, gutem Essen, Wein, erotischen Stunden. Später wurde es zu einer richtigen Herausforderung mit unsren beiden Kindern, stressig, weil die Kleinen nicht ruhig waren oder immer etwas machen wollten, was sie nicht durften. Und mit Kindern ist das immer so eine Sache, irgendwie scheinen die einen sechsten Sinn für schöne Kleinigkeiten zu haben, aber auf das Wichtige können sie nicht achten. Laufen auf die Straße, düsen einfach mit dem Fahrrad los und schauen nicht auf den Weg.

Ich konnte meine eigenen Eltern besser verstehen, die nun selber Großeltern waren, konnte mir vorstellen, wie es mit uns als Kindern gewesen war. Was uns aber bei den Großeltern auf die Palme brachte: Sie verwöhnten unsre Kinder mit Dingen, die wir als Eltern ausdrücklich untersagt hatten. Neue Art von Stress, wenn sie unsere Kinder mit Süßigkeiten und Geschenken bombardierten und uns damit dazu zwangen, zu sagen: Bitte lasst das sein. Aber Argumente und Vorschriften galten bei den Großeltern nicht. Sie hatten ja den Luxus, dass sie die Kinder wieder abgeben durften.

Je älter und größer die Kinder wurden, desto höher wuchsen auch die Ansprüche. Das Zusammenbauen von Möbeln fürs Kinderzimmer, Einkaufen, Planen, Streichen der Wände, bald darauf wieder Umräumen, Neues fürs Haus anschaffen. Und wieder neuer Stress, der sich aufbaute.

Der nächste Abschnitt im Leben: die Einschulung der Kinder mit großen Schultüten, neuen Rucksäcken, Federtaschen, Filzstiften. Wie süß die Kleinen vor dem Fotoapparat standen und übertrieben lächelten, stolz machten sie ihre eigenen Schritte in der Schule. Und die Übermutter Marta passte auf, dass sie jeden Tag ihre Hausaufgaben erledigten und jeden Tag lernten.

»Benehmt euch in der Schule. Passt auf, was die Lehrer sagen.«

»Ja, Mama, machen wir.«

»Lass sie doch auch Spaß haben.«

»Das können sie später immer noch. Und hör auf, mich als böse Mutter hinzustellen.«

»Tue ich doch gar nicht. Und passt ihr auf?«

»Ja, tuen wir.«

Ich glaubte den Kindern kein Wort. Kaum dass der

Lehrer nicht aufpasst, spielen die bestimmt wie die Verrückten, dachte ich mir.

Marta legte viel Wert auf ordentliches Benehmen. Nicht frech sein, aber auch nicht verkniffen sein. Freude an der Sache haben, auch wenn es mal schwierig wird. Den Kindern den Humor näherbringen. Und die Kinder natürlich bestärken, auch wenn sie mal etwas falsch gemacht haben. Immer wieder sagen:

»Ich liebe euch.«

Aber auch für uns:

»Ich liebe dich.«

»Ich liebe dich auch.«

Denn das taten wir, wir liebten uns, nicht nur mit Worten, auch im Bett. Wie absolute Beginner, wenn es eine Weile her gewesen war. Man wollte wieder den anderen Körper spüren. Denn wir waren auch füreinander da, um uns zu verwöhnen. Nach so vielen Jahren war die Beziehung immer noch etwas Wunderbares. Und ich wusste die ersten fünfzehn Jahre zu schätzen, auch wenn es mal wie auf der Achterbahn war, im achten Jahr und ganz schlimm auch im dreizehnten Jahr.

Marta war nun angehende Professorin, brachte den Kindern jeden Tag was Neues bei. Neugierde, das war mir wichtig, egal, wie alt sie waren, und dass sie bereit waren, immer etwas Neues zu lernen.

Später quälten wir uns durch die Pubertät der Kinder und hielten die stressigen Momente aus. Stärkten uns gegenseitig den Rücken und sprachen darüber, was wir tun wollten, wenn die Kinder aus der Reihe tanzten.

Die bittere Krise kam im dreißigsten Beziehungsjahr. Schon seit unserem siebzehnten Lebensjahr waren wir ein Paar und irgendwann spürten wir nicht mehr die Liebe, die wir am Anfang verspürt hatten. Unsere Kinder hatten ihr Abitur in der Tasche, ihr Studium begonnen und kurz nacheinander starben Martas und meine Eltern, Thomas, Barbara, Amanda und Rodolfo.

Wir mussten einen doppelten Verlust bewältigen, den Tod unserer Eltern und die Abnabelung unserer Kinder. Jeder Verlust war ein Schlag in die Magengrube, wir trauerten jeweils auf unsre Weise, und dann kamen Zweifel an unsrer Liebe auf. Wir beide vermissten die Beachtung, das Begehren und das Gefühl, verliebt zu sein. Ich suchte das Vergnügen mit einer Jüngeren, Marta mit einem Verehrer.

Wir wussten von unseren Verfehlungen, hatten aber nicht die Kraft, eine Konfrontation einzugehen, also schwiegen wir. Gönnten dem anderen seine Sünden. Am Ende überstanden wir auch diese Krise, wie jede andere, wir kamen durch diese Zeit und erneuerten unsere Liebe. Unendlich lange Gespräche. Obwohl uns das in dem Moment selbst wie Zeitverschwendung vorkam, war es für unsere Beziehung besonders wichtig.

Es war eigentlich einfach, wir hätten uns nur sagen müssen, dass wir uns liebten. In den Gesten und in unserer Mimik zeigen müssen, dass wir uns schätzten, nicht den Respekt voreinander verloren hatten und immer noch aneinander festhielten. Zuneigung in Form von Streicheleinheiten, Liebkosungen, einfach ein Kuss, aber eine Zeit lang waren nur Wörter über unsre Lippen gekommen.

Und irgendwann kam einfach Ruhe auf, friedliche Ruhe. Zwischen Marta und mir fing es wieder an zu knistern. Ich traf mich nicht mehr mit der jüngeren Frau, ihr junger Körper, ihre festen Schenkel waren mir egal, bei ihr spürte ich keine Geborgenheit und hatte keine Perspektive für ein gemeinsames Leben. Während es mir leichtfiel, mich von ihr zu trennen, brach für sie die Welt zusammen:

»Warum willst du mich verlassen? Ich liebe dich, so wie du bist.«

»Es tut mir leid, ich wollte nicht, dass du dich in mich verliebst.«

»Jetzt soll auf einmal alles vorbei sein? Einfach so?«

»Es ist schwer zu erklären.«

»Ist es nicht. Du bist einfach ein Schwein.«

»Ich kann deine Wut auf mich verstehen. Aber ich habe dir nie mehr versprochen.«

»Das sagt sich so leicht.«

»Es fällt mir nicht leicht, es ist aber die Wahrheit.«

»Ich liebe dich.«

»Es tut mir leid, aber ich liebe dich nicht.«

»Verschwinde und komme nie wieder. Raus!«

Und das war er, der letzte Moment mit einer anderen Frau, und ich kehrte zu meiner heißen Spanierin zurück.

Marta hatte von einem auf den anderen Tag nur noch Augen für mich und suchte wieder die Nähe zu mir. Ihren Liebhaber traf sie nicht mehr, ich konnte es irgendwie spüren, wir waren wieder ein Team.

Hätte ich in meiner Ehe als junge Frau Matthias mit einer anderen erwischt, ich glaube, ich hätte ihn auf offener Straße erschossen. Aber meine Einstellung hat sich mit den Jahren verändert. Ich habe so viel von Monogamie gehalten, aber als ich Richard traf, warf ich alles über den Haufen. Meine ganzen Grundsätze, meine Vorsätze – nur Matthias – waren auf einmal fort. Nur noch Richard war mir wichtig, nicht mehr mein Ehemann. Seit meiner Jugend hatte es nur ihn gegeben, wir haben zusammen studiert, unseren Masterabschluss erreicht, dann sogar noch als harten Brocken unsere Doktortitel. Bei der Vorstellung, keine Kinder kriegen zu können, bekam ich Panik. Und somit mauerten wir uns gleich ins nächste Gefängnis ein.

Die Kinder sind aus dem Haus, im Alter von sechsundvierzig Jahren dachte ich, dass ich was verpasse. Ich hatte nie einem anderen Mann eine Chance gegeben. Es war nie mein Ziel gewesen, in den Beziehungsmarkt einzusteigen und zu verkünden: Hier bin ich, ich bin willig! Es waren meine Verzweiflung nach dem Tod meiner Eltern und die schreckliche Bürde, allein damit klarzukommen. Was, wenn ich es jetzt betrachte, schwachsinnig ist.

Jederzeit war und ist Matthias für mich da. Und meine Kinder sind es auch. Auch mein geliebter Ehemann musste Schreckliches durchleben, als seine Eltern starben. Während ich mich ihm gegenüber verschloss, schottete auch er sich von mir ab. Ich trieb ihn in die Arme einer anderen Frau und er mich in die Arme eines anderen Mannes.

Doch wir haben wieder zueinander gefunden. Bei einem Ausflug in die Berge im Aargau in der Schweiz hat es wieder geknistert, eigentlich erst ganz harmlos. In Wanderstiefeln sind wir zwei Stunden nach oben gewandert, auf den Rigi, es war schrecklich anstrengend, wir haben eine Rast eingelegt.

Während der Pause bemerkte ich, dass Matthias einen Hammerständer in der Hose hatte. Und ich bekam eine hemmungslose Lust auf ihn. Wir fühlten uns unbeobachtet und ich zog Matthias, meinen Ehemann, in die Büsche. Dieses Kribbeln, ein wunderschönes Gefühl, etwas Verbotenes in der freien Natur zu tun.

Wir brauchten nicht viel, um uns zu verstehen, ohne Worte, die Gesten der Freundlichkeit, ein Lächeln, ein Bitte hier, ein Danke dort. Mal Händchen halten beim Spaziergang, ein Kuss, leichte Zärtlichkeiten, sie waren wieder wie früher. Eventuell eine erneute Reise nach Venedig?

»Weißt du noch?«

»Ja, ich kann mich an vieles erinnern.«

»Unsere erste gemeinsame Reise, und das nach Venedig.«

»Die Boote, der kühle Wind, die Tauben auf dem Markusplatz. Das gute Essen, das Olivenöl.«

»Das Eis, die heiße Schokolade, die gemeinsame Zeit und Entdeckungen mitten in Venedig.«

»Es war wunderschön.«

Wie tauschten Erinnerungen aus, unsre Horizonte näherten sich einander wieder an, wir kamen in unserer Beziehung weiter und fanden zueinander. Das Wort »Liebe« kam uns nun wieder einfacher über die Lippen.

Meine kleine Schwester Sara war nun seit zehn Jahren mit Sascha, meinem ehemaligen Klassenkameraden zusammen, ausgerechnet der mit dem Riesendödel, haha! Und sie haben zwei Mädchen. Sara hat der Verlust unserer Eltern schwer getroffen, konnte es kaum aushalten, aber Sascha hat ihr geholfen und sich um den Haushalt und die Mädchen gekümmert. Und wenn man beide sieht, merkt man, dass es Liebe ist. Erst in der schwierigen Zeit merkt unsereiner, was wahre Liebe ist.

Die letzten Jahre mit Marta waren voller schöner Erlebnisse. Unsre Enkelkinder bescherten uns schöne Zeiten, wir gingen ins Theater, in Opern. Näherten uns in Gesprächen immer wieder an, verbrachten mehr Zeit mit Freunden.

»Matthias, ich habe mir was überlegt, ich dachte, wir können wieder tanzen gehen?«

»Wirklich? Also, ich weiß nur, dass wir uns früher auf die Füße getreten sind.«

»Ja, aber es hat auch Spaß gemacht und es war gut für unseren Kopf.«

»Es ist ja schon eine Ewigkeit her, wir können bestimmt nichts mehr.«

»Das macht nichts, wir können uns doch einfach ’ner lockeren Runde anschließen.«

»Na, dann können wir uns ja eine Tanzschule suchen.«

»Das habe ich schon erledigt.«

»Hatte ich mir schon beinahe gedacht, mein Süßen.«

»Ich konnte nicht lange warten, hab uns schon angemeldet.«

»Typisch. Einfach so, na, immerhin machen wir was gemeinsam.«

Eine Woche später standen wir mit dreizehn anderen Paaren in einem riesigen Raum, alles quasi Anfänger, die ihre letzten Stunden in der Jugend gehabt hatten. Die Tanzlehrerin wies uns an, mit dem Grundschritt im Merengue anzufangen. Immer die Hüften bewegen! Und eins, zwei, Schritt, und eins, zwei, Schritt. Dann ging sie zum Discofox über.

»Eins, zwei, Schritt, tapp.«

Die Herren mit links, die Damen mit rechts. Obwohl ich mich total ungelenk fühlte, war der Spaß mit Marta unbezahlbar. Wir schwangen das Tanzbein, im schnellen Tempo von Merengue, über Rumba und zum Cha-Cha-Cha. Dann landeten wir beim Jive. Zum Glück konnten wir beim Walzer noch den Grundschritt und die Drehung. Und als ich Marta nicht so führen konnte, wie ich wollte, meinte die Tanzlehrerin zu Marta: »Sie führen!«

»Also, meine Damen, Sie folgen freiwillig und gut Ihrem Tanzpartner.«

Marta lächelte mich an, mit Nebenkommentar:

»Pff, freiwillig. Ich will ja was vom Tanzen haben.«

Manche Frauen umhüllte ein schweres Parfum, die Gerüche verteilten sich im Raum, und da dachte ich mir: Weniger ist mehr. Ein altes Hobby zum Leben erweckt, ich entdeckte wieder Freude daran. Nach wenigen Wochen erzielten wir gute Fortschritte und nicht nur Grundschritte mit lang, lang, kurz, kurz, lang, sondern wir glitten in die Wickelfiguren, den Fünfer oder konnten eine Drehung integrieren.

Neben dem Tanzen fanden wir ein neues Lebensziel: gemeinsam Verreisen und viele Länder sehen. Afrika, Asien, Australien, Amerika, Europa. Wann immer wir konnten, entschieden wir uns für ein neues Ziel, die vielen Städte, Museen, das viele Zusammensein. Nicht nur im Ausland, auch im Inland gab es Orte, die uns verzauberten. Wie wenig Zeit man hat, merkt man erst, wenn es zu spät ist. Ich wünschte, es wäre nicht so geschehen, aber es lag nicht in meiner Macht, etwas zu ändern.

Vor fast drei Jahren starb Marta. Es brauchte meine Tochter Claudia, um mich ins Leben zurückzubringen, mit ihrer leidenschaftlichen Rede und den deutlichen Worten. Nun bin ich schon mal draußen. Die Sonne scheint und zum Glück habe ich Zeit, an der Universität sind Semesterferien, erst spät habe ich mich als Mathematikprofessor angemeldet. Auch wenn es mich manchmal sehr nervt, dass bestimmte Sachen an der Universität nicht so funktionieren, wie ich es will, möchte ich diesen Beruf nicht mehr wechseln. Aber gerade ist die Phase der Erholung angenehm. Auch wenn es recht warm ist und ich bis zum Reisebüro ins Schwitzen komme, glaube ich, dass es eine gute Entscheidung ist, eine Reise anzutreten. Das Reisebüro ist angenehm klimatisiert, eine Frau spricht mich an:

»Hallo, herzlich willkommen, mein Name ist William. Was kann ich für Sie tun?«

»Ich möchte eine Reise buchen.«

»Haben Sie sich schon einen Zeitrahmen ausgesucht?«

»Ja, ich habe gerade frei und möchte, glaube ich, recht kurzfristig verreisen.«

»Okay, schön! Und wissen Sie schon, wohin es gehen soll?«

»Ja, ich möchte mehrere Orte besuchen. Erst mal nach San Francisco und von da aus mit dem Mietwagen weiter nach Los Angeles. Und dann werde ich mal sehen, was es dort noch so gibt.«

»Sehr gerne. Schauen wir uns mal die Optionen an. Wann genau wollen Sie Ihre Reise antreten?«

»Nächste Woche.«

»Schön. Möchten Sie vielleicht etwas zu trinken?«

»Ja, gerne einen Kaffee.«

Und ich warte, während Frau William an ihrem Computer arbeitet, und trinke meinen heißen Kaffee.

»Also, wir können nächste Woche Dienstag oder Mittwoch, da gibt es noch Plätze für Economy.«

»Ach, wissen Sie, och, warum nicht, ich möchte Business fliegen.«

»Gerne, ich stelle das um auf Business, da haben wir mehr Optionen.«

Sie findet gleich für Dienstag einen Flug, ich bin überrascht, mein Körper kribbelt vor Aufregung. Ich weiß, dass es nicht gerade günstig ist.

»Und Ihr Rückflug soll wann erfolgen?«

»Vier bis fünf Wochen später.«

Sie prüft die Optionen und findet ebenfalls in der Businessclass einen guten Flug.

»Also, ich fasse die Daten der Reise zusammen: Sie fliegen am Dienstag von Hamburg nach Frankfurt und von dort direkt nach San Francisco.«

»Ja.«

»Dann können Sie Ihren Mietwagen abholen und fahren entlang der Westküste Richtung Süden. Und dann machen Sie kleinere Stopps und fahren bis nach Palm Springs. Und dann haben Sie noch eine Fahrt nach Las Vegas und fliegen von dort direkt nach Frankfurt. Und von dort zurück nach Hamburg.«

»Sehr schön. Ich möchte kurz alles durchlesen.«

»Sehr gerne. Ich lasse Sie das prüfen. Möchten Sie noch etwas trinken?«

»Nein, danke.«

Ich muss lächeln, merke, dass meine Wangen glühen. Ich habe auf einmal wieder Lust, etwas zu unternehmen, spüre wieder Lebensfreude. Habe genug gelitten, möchte jetzt nach meinem neuen Glück suchen. So wie bei der Oper damals mit dem Liebestrank, soll ich wieder glücklich sein. Das Stück bleibt mir ewig in Erinnerung, es ist ein Andenken an meine Mutter, wie sie mich wieder aufbaute, mir meine Lebensfreude zurückbrachte.

Marta starb unerwartet und viel zu früh, es passierte an einem wunderschönen sonnigen, warmen Tag, keine Wolke am Himmel zu sehen, sie fühlte sich ein wenig unwohl und schlief auf dem Sofa ein. Wir waren kurz vorher mit dem Auto einkaufen gewesen und hatten noch Zutaten zum Backen geholt. Unsere Enkelkinder sollten etwas Selbstgemachtes bekommen. Ich war kurz im Arbeitszimmer und sah mir gerade am Computer ein paar Prüfungen von der Universität durch. Unser Sohn Hugo wollte am frühen Nachmittag mit unseren Enkelkindern vorbeikommen und sie bei uns absetzen, damit er und seine Frau etwas Zeit für sich hätten. Es klingelte, ich ging vom Arbeitszimmer zur Haustür. Kaum hatte ich die Tür geöffnet, begrüßten die Kleinen mich auch schon.

»Hallo Ooopaaa, hallo Ooopaaa!«

»Na, ihr Kleinen.«

»Wo ist Oma?«

»Oma ist im Wohnzimmer.«

Und da rannten sie auch schon los. Diese kleinen Verräter, dachte ich mir, ich bin natürlich nur Opa, aber Oma ist wichtiger. Beide schrien in hohen Tönen: »Omaaa! Oooma!«

Sie liefen zu Marta ins Wohnzimmer, zum Sofa. Aber meine Liebste reagierte nicht wie üblich auf die süßen Engel. Schnell kam in mir ein Verdacht auf:

»Marta, Marta!«

Ich bemerkte, dass etwas nicht stimmte. Mein Herz zog sich zusammen, aber meine Stimme war klar, im Befehlston:

»Hugo, schnell, den Notruf, Ambulanz.«

»Ich rufe sofort an.«

»Nimm die Kinder mit.«

Und hier bemerkte ich, wie idiotisch das war, dass ich meinem Sohn sagte, er solle den Notarzt anrufen. Während die Kleinen neben der bewusstlosen Oma standen.

»Was ist mit Oma?«

»Hugo, bring die Kinder ins Zimmer. Ich rufe an.«

Nach dem Anruf ging ich ins Wohnzimmer, meine Tränen liefen ununterbrochen, machte mir nicht die Mühe, sie wegzuwischen.

Ich kniete mich auf den Teppich, neben das teure Designersofa, das wir neu bezogen hatten, mit einem schönen roten Stoff mit grauem Blumenmuster, und ich streichelte den Kopf meiner Frau.

»Marta, mein Süßen, ich liebe dich. Danke für alles.«

Aber sie reagierte nicht, ich spürte keine Wärme, keine Regung. Kein Atmen, kein Nichts. Meine Stimme zitterte, versagte:

»Ich habe den Notarzt gerufen, bitte halte durch, mein Schatz.«

Über den Tod ist man machtlos und über das Leben freut man sich viel zu selten. Es war zu spät, ich war zu spät. Der Notarzt bemerkte einen ganz schwachen Puls, wir fuhren noch zum Krankenhaus, noch herrschte große Ungewissheit, Hugo und ich in der Notaufnahme, Claudia kam mit Kristin gerade dazu, als der Arzt erschien. Er rief meinen Namen und ich blickte ihm in die Augen. Ich erkannte an seinem Blick, was er zu sagen hatte, und ertrug es schwer, in seinen Worten die Gewissheit zu hören.

»Es tut mir leid, Ihnen mitteilen zu müssen …«

Doch der Rest ist umhüllt in grauem Schleier. Ein Stich ins Herz, der mich fast sterben ließ, ich stand da, machtlos, Tränen liefen über meine Wangen, tropften auf den Krankenhausboden. Die Freude des Lebens verließ mich, kalt und einsam stand ich da und hoffte, dass mich der Tod schnell ereilte. Für meinen Zustand existierte keine Heilung, der Schmerz war zu groß. Die Lebenden brauchen Mut, denn der Verlust haut und schlägt einem ins Gesicht, bis es blutet.

Was sollte ich machen?

Wo war der Todesengel, wenn man ihn brauchte?

Meine Lungen brannten, ich hatte schon eine Ewigkeit nicht geatmet, hielt die Luft an, so lange es ging. Ich wollte nicht atmen, wollte nicht leben. Mir wurde schwarz vor Augen. Die Realität verschwamm, Claudia zog mich mit einem festen Griff am Oberarm zurück. Ich holte Luft und schrie ihren Namen, in der Notaufnahme, rief nach meinem Leben, nach meiner Luft zum Atmen, nach meinem Engel:

»MAAARTA!«

Claudia, standhaft mit all ihrer Kraft, ich, am Ende und schwach, verloren auf dieser Welt, die Liebe meines Lebens, meine Frau, war von mir gegangen. Getragen von den starken Schultern meiner Tochter, sie brachte mich, einen leblosen Haufen Müll, nach Hause. Mein Körper war durchsiebt mit langen, spitzen Messern, voller Erinnerungen, die in mir steckten, aber sich nicht bewegten. Claudia mischte Baldriantropfen in meinen Tee, überreichte mir diesen, wir waren stumm. Wir brauchten keine Worte, wir trauerten beide. Hugo stieß später zu uns, wir drei saßen im Wohnzimmer, wir brauchten keine Sprache, alles, was wir sagen wollten, wussten wir bereits.

Die nächsten Tage waren übel. Sobald ein Hauch von Erinnerung durchkam, unser erstes Treffen im Eiscafé oder unser gemeinsames Frühstück mit Dulce de Membrillos, sobald eine bestimmte Melodie im Radio gespielt wurde, hatte ich Marta vor Augen. Und die Messer, die in mir steckten, drehten sich, der Schmerz kam langsam, dafür heftig. Mein Leben bestand aus der Summe aller Erinnerungen an Marta. Noch ein paar Tage zuvor hatte ich meinen Mann gestanden, noch kraftvoll im Bett mit Marta gefickt, nun war mir die Lust, mich selbst zu erleichtern, vergangen. Mein aufrechter Gang verkam zu einem schlurfenden Fußschritt. Hielt den Blick gesenkt, um nicht all die Dinge zu sehen, die mich an Marta erinnerten. Stützte mich ab und lehnte meinen Kopf an die Wand, wenn mir allzu deutlich wurde, dass sie tot war.

Claudia reagierte abgeklärt, erledigte alle Formalitäten, ich unterschrieb, wenn nötig, aber meine Tochter arrangierte alles. Besprechungen, Formulare, Trauerkarten, Zeitungsannoncen, Info an die Arbeitgeber, Verwandte, Freunde. Sie wie eine Maschine, ich wie ein Klotz, ich war gelähmt. Hatte eine unfassbare Wut auf die Welt, auf Marta, ja, ich hasste mich dafür und ungerechter Weise hasste ich sogar Claudia für ihr energisches Vorgehen.

Erst als alles erledigt war, alles vorbei, von vorne bis hinten, jede noch so kleine Formalität, als die Beerdigung mit allen Besuchern vorbei war, da erst bröckelte die Fassade, Claudia zerbrach, schrie, weinte, warf sich auf den Boden. Ihre ganze Energie war aufgebraucht und nun durchdrang der Kummer ihren Körper. Ich war hilflos, es war schrecklich, mit anzusehen, konnte meiner eigenen Tochter nicht beistehen, welch schwache Kreatur ich auf einmal im Alter bin.

Gott sei Dank gab es Kristin, die Freundin, mehr noch die Lebenspartnerin, hat sich Zeit genommen und Claudia liebevoll aufgebaut. Ein Akt der Liebe, ein Mensch, der kochte, putzte, Claudia ins Bett brachte, sie zudeckte, sie umarmte, wann immer es nötig war. Claudia schimpfte, war unzufrieden und theatralisch bei jeder noch so einfachen Konfrontation. Aber Kristin, ein kraftvoller Mensch, der sich nicht unterkriegen ließ, war für sie da.

Während die Lebensgeister meiner Tochter zurückkehrten, war ich auch nach mehreren Monaten lethargisch. Ich hörte, wie die Mitmenschen tuschelten, jetzt solle langsam die Normalität einkehren, das muss ja mal wieder werden. Nimm es nicht so schwer, lach mal wieder. Und das Schlimmste als letzter harter Hieb mit dem Schwert: »Such dir eine neue Frau.« Als wäre meine Frau nur ein Spielzeug gewesen, ein neues Spiel würde mir drüber hinweghelfen.

Den Obduktionsbericht konnte ich mir erst sehr viel später durchlesen, der Umschlag lag bleischwer vor mir.

Lange versteckt in der Vitrine, die Marta so geliebt und gehegt hatte. Und wehe, wenn ich das liebgewonnene Stück mal falsch angefasst hatte, dann bekam ich Ärger von meiner geliebten Frau. Ich trank einen Schluck Korn und öffnete den Umschlag. Der Bericht war sachlich geschrieben, mit allen möglichen klinischen Fachbegriffen, sehr kühl, distanziert, als wäre das kurz vorher noch Lebendige nur ein Stück Fleisch gewesen. Beschrieben wie ein Stuhl oder ein Tisch oder ein Stein. Meine geliebte Frau war an einem Herzinfarkt verstorben, wir hatten es bloß nicht als solchen wahrgenommen. Man fragt ja nicht gleich bei Unwohlsein:

»Hast du einen Herzinfarkt?«

Und wenn jemand sich kurz hinlegt, friedlich einschläft auf dem Sofa, ahnt man nichts Böses.

Das Aufstehen am Morgen, der Alltag zu Hause fiel mir schwer, als Witwer weiß man nicht, warum noch aufstehen, man vermisst seine bessere Hälfte. Still ist es im ganzen Haus, kein Ton, kein Atmen, die alltäglichen Rituale sind weg.

Wenn meine Frau sich im Badezimmer das Wasser ins Gesicht gespritzt hat, das Müsli in der Küche gegessen hat, Teewasser im Wasserkocher fünfzehn Minuten abkühlen lassen hat, um Matcha-Tee zu trinken. Keine Geräusche vom Geschirr, vom Löffel in der Tasse, von der Schüssel, die Marta auf die Küchenplatte gestellt hatte, von der Milch, die sie aus dem Kühlschrank genommen und ins Müsli gegossen hatte. Plötzlich erfasst einen die Einsamkeit des Seins.

Erst wenn es schon vorbei ist, würde man sich über die alltäglichen Dinge freuen, auch über die, die einen sonst enorm geärgert hatten. Die Traurigkeit ließ mich verstummen, ich wartete auf die Geräusche meiner besseren Hälfte, wartete darauf, dass sie die Stille störten.

Ich hatte sie zum Glück noch einmal lieben gelernt.

Der Streit mit Claudia tat zwar weh, aber danach sprang ich immerhin über meinen Schatten. Ich bewundere ihre Stärke, dass sie sich von einer langjährigen Beziehung gelöst, sich von ihrem Mann getrennt, die Kinder mitgenommen hat. Allen sachlich erklärt hat, dass sie Frauen liebt und das mit Jochen ein Fehler von ihrer Seite aus war. Aber der Ex-Mann immer ein Teil von ihr bleiben werde.

Sie hat sich bei Jochen für die Lüge entschuldigt, bei ihren Kindern, bei seinen Eltern und bei uns. Sie hat erklärt, dass sie ihren Weg finden und gehen muss. Der Gesellschaft selbstbewusst entgegentreten und die Liebe des Lebens finden will. Und die fand sie: Kristin, eine starke, kluge Frau aus Boston. Nun bilden sie auch schon seit einer Ewigkeit eine unerschütterliche Einheit. Sie stellen sich offensiv allen, sind immer füreinander da.

Ich habe das Ticket für die Route San Francisco, Palm Springs, Las Vegas und zurück nach Hamburg in der Tasche, Claudia, Kristin und die Kinder bringen mich zum Hamburger Flughafen, sie begleiten mich bis zum Sicherheitscheck. Wir drücken uns.

»Danke, Papa, dass du noch mal etwas wagst.«

Ich bin stolz auf meine Tochter.

»Nein, der Dank gilt dir für den ordentlichen Tritt in den Hintern, war schon richtig. Danke dir.«

Durch das Gate, steige ins Flugzeug, gönne mir zum Lebensabend die Businessclass, der pure Luxus. Man gönnt sich später mehr als in der Jugend, ich könnte nicht mehr zelten oder in einer Herberge oder in einem Hostel schlafen. In der Businessclass verzeiht man auch die lange Flugzeit, man kann sich gemütlich hinlegen und dem Jetlag davonschlafen.

In San Francisco warte ich dann Stunden, bis ich an der Gepäckausgabe meine beiden Koffer mitnehmen kann, ein Systemfehler verzögert die Gepäckrückgabe. Der Fluch der modernen Technik. Mit dem Mietwagen ab ins Hotel und ab ins Bett, ich kann nicht mehr wie früher einfach gleich was unternehmen, vor dem Fernseher schlafe ich ein.

Ein uraltes Rezept

*»Sei nicht so schüchtern,
komm, Matthias«*

Das Twenty-Four-Seven-Hotel liegt in der Nähe von Fisherman's Wharf und bietet ein typisch amerikanisches Frühstück, das für mich doch gewöhnungsbedürftig ist

Drei riesengroße Pancakes, belegt mit Früchten, dazu Ahornsirup und Sahnemilchcreme. Für mich ist der Kaffee in den USA ja so 'ne Sache, der ist nicht richtig stark, aber auch nicht richtig schwach. Schmeckt eher nach Wasser mit Kaffee als Kaffee mit Wasser. Ich schaue von meinem Sitzplatz in der Restaurantecke aus dem Fenster, es wird ein schöner sonniger Tag, keine Wolken stehen am Himmel. Lege Trinkgeld auf den Tisch und stehe auf.

Mein erster Tag in San Francisco, ich bin zwar allein, aber ich fühle mich nicht einsam. Lasse mir den Wagen bringen, gebe dem Fahrer Trinkgeld, meine erste Tour mit dem Auto führt mich direkt zum Friedhof, eine kurze Fahrt. Ich besuche nach all den Jahren wieder das Grab von Mark und seiner Familie, auch wenn nur ein Hauch einzelner Erinnerungen an meinen damaligen besten Freund geblieben sind.

Aber sobald ich Grace Jones im Radio höre, denke ich, Mark hätte es gemocht. Die Gärtner sind mit der Grabpflege beschäftigt oder mähen die Rasenflächen, ich rieche den würzigen Duft des frisch geschnittenen Grases. Ich war nie sehr gläubig, habe nicht wirklich gebetet. Nun stehe ich andächtig an Marks Grab, bin ergriffen, ich denke an Florenz, ich denke daran, wie er meine Hand nahm, mich ansah und sagte:

»I was looking for you, my dear.«

Wir standen vor der Kathedrale in Florenz, es war so aufregend, wir waren noch so jung. Jetzt ist das ein vergangener Moment in meinem Leben, nicht mehr, nicht weniger. In der nächsten Minute denke ich daran, wie er doch tatsächlich ein ganzes Glas Quittengelee verbraucht hat, um seine scheußlichen Peanutbutterballs zu backen.

Ich finde dieses Gebäck immer noch scheußlich und damals war ich so schockiert über die Frevelei, das gute Gelee dafür zu verbrauchen. Aber jetzt würde ich ihn mit Quittengelee überschütten. Leider konnte Mark sein Leben nie richtig genießen, mit den Höhen und Tiefen, die einen normalerweise im Leben erwischen. Erfahrungen, die einem besonders wichtig sind, bleiben wohl für immer erhalten, wir erinnern uns gerne zurück. An den ersten Kuss mit Zunge, an das intensive Erlebnis, das einen berührt, aufweckt, sich ins Gehirn einbrennt. Mark war der erste Mensch, mit dem ich einen Zungenkuss austauschte. Zwar war ich damals peinlich berührt gewesen, aber die Zärtlichkeiten mit Mark werde ich nie vergessen, sie sind immer vorhanden, werden immer ein Teil von mir sein. Und das heftige Petting, wir bereuten nichts, wir liebten es, uns aufzugeilen. Und dann seine Worte:

»Du liebst mich.«

Und ich war wütend auf ihn:

»Nein, ich hasse dich.«

Ach, wie Teenager halt sind, man wird schnell wütend, heute würde ich ihm auch das nicht übelnehmen. Der Abschied von einem geliebten Menschen ist schwer zu ertragen, meine Wut auf Marks Tod wandelte sich irgendwann in pure Verzweiflung. Ich hatte nicht gedacht, dass mich die gleiche Wut, die gleiche Verzweiflung auch bei Martas Tod so lähmen würden. Genauso dumm wie als Jugendlicher reagierte ich auf den Tod meiner geliebten Frau. Tränen tropfen von meinen Wangen, Erinnerungen an Marta kommen hoch. Wie wir zusammengefunden, wie wir uns geliebt haben, wie wir unser Leben geteilt, uns Beistand gegeben haben.

Ich bin innerlich erschöpft, am Weg steht eine Bank, auf die ich mich setze. Von hier aus habe ich eine schöne Aussicht auf die Gräber, unter dem Kastanienbaum genieße ich den Schatten, die Abkühlung von der heißen Sonne. Die Hektik der Jugend ist der Gelassenheit des Alters gewichen, früher wäre ich weggerannt, heute verweile ich an Marks Grab. Ich schließe die Augen, vernehme das Summen der fernen Rasenmäher, das Zwitschern der Vögel und die leisen Gespräche der hier und da auftauchenden Friedhofsbesucher. Hätte ich nicht irgendwann Durst bekommen, wäre ich länger geblieben. Ich komme dich wieder besuchen, Mark, bis bald! Ein Gefühl der Leere breitet sich in mir aus, aber ich fühle mich lebendig genug, um mit dem Auto zurück zum Hotel zu fahren.

Es ist Jahre her, dass Marta und ich nach Kalifornien gereist sind, wir waren eingeladen, die Familie van Horn zu besuchen. Für mich eine große emotionale Reise, ich hatte die Familie nur von Bildern, vom Telefon und von unseren Briefen gekannt. Uns verband die Bindung zu ihrem Sohn Mark, schön war die Unterstützung von Marta, die auch herzlich von der Familie begrüßt wurde.

Die beiden Zwillinge waren drei Jahre alt, ein Mädchen und ein Junge. Marks Mutter war damals überraschend noch einmal schwanger geworden und hatte ihre beiden Kinder bekommen. Marta und ich waren so ungefähr neunzehn oder zwanzig Jahre alt. Nach dem Abschied von den van Horns hatten wir genug Zeit für weitere Touren in diesem riesigen Staat Kalifornien.

San Francisco hat seinen Touristen trotz der Umweltprobleme mit dem großen Wassermangel viel zu bieten. Fisherman's Wharf am Meer, Chinatown, Golden Gate Bridge, die Grace Cathedral, den farbenfrohen Stadtteil Castro – das moderne Schwulenviertel.

Touristen in geballter Masse, viele verschiedene Nationalitäten, die sich auf den Straßen tummeln, so viele Menschen, und einer davon, inmitten der vielen, bin ich. Ja, ich, der durch die Stadt schlendert, sich umschaut, die Wolkenkratzer bestaunt, sich durchfuttert und seine Kreise zieht.

Wie sich das alles gewandelt hat in San Francisco, fühle mich fremd und gleichzeitig angezogen von der modernen Struktur, anders als das, was ich in Erinnerung behalten hatte. Ich erlebe jetzt meine eigene Tour, mit meinen eigenen Gedanken, habe Zeit, bis mein Urlaub vorbei ist. Ich habe heute auch nicht das Gefühl, etwas in meinem Leben zu verpassen, in meinem Alter, ich muss auch nicht alles mitmachen oder sehen. Mein Sehvermögen ist sowieso leicht eingeschränkt, ich trage Brille oder Kontaktlinsen, immer Pflicht zum Tragen, meine Schritte sind langsamer als die der gehetzten Arbeiter und Arbeiterinnen in San Francisco. Ich beobachte die Mutlosen, die Obdachlosen und die Arbeitslosen in dieser großen Stadt. Aber ich bin ein Besucher, ein Fremder, also ein Tourist, und kann an der Situation wenig ändern.

Als Senior genießt man gewisse Vorzüge, manche Eintrittspreise sind niedriger, Fahrkarten kosten weniger. Einiges von früher gibt es nicht mehr, wurde abgerissen und durch ein neues extravagantes Gebäude oder eine Attraktion ersetzt. Und einiges ist einfach nicht wegzukriegen, existiert noch nach Jahrzehnten.

Ich habe Zeit zum Nachdenken, manchmal ist sie mir zu viel, das Tückische sind die Erinnerungen an die Vergangenheit und das Gefühl, man hätte noch so viel Zeit. Aber in Wirklichkeit schreit einem der Moment ins Gesicht: Hallo Matthias, wach auf! Das hier erlebst du nur einmal – ein einziges Mal! Selbst wenn du noch mal wiederkommst, wird es anders, ganz anders sein.

Mit Mark war ich nur einmal in Florenz gewesen und das war etwas Besonderes. Meine Ehefrau und ich hatten Florenz ganz anders wahrgenommen, Marta war genervt von den vielen Straßenverkäufern und ich hatte keine Lust zum Langeanstehen fürs Museum oder für die Kathedrale. Und da ich Florenz schon einmal gesehen hatte, war das Gefühl mit ihr ganz anders. Mit Mark hatte ich alles kribbelnd, mit viel Gefühl und einem Hauch von Liebe erlebt. Aber das war beim ersten Mal, vorbei beim zweiten Mal. Mit Marta war ich viermal in Venedig, jedes Mal neue Erlebnisse, neue Erinnerungen, neue Themen, mal mit und mal ohne viel Wasser in den Lagunen.

Wie viel Glück man hatte, wird einem erst sehr viel später bewusst, denn im Leben kommt das Sterben als Allerletztes. Und nun, drei Jahre nachdem die Liebe meines Lebens gestorben ist, ergreife ich im Alter von neunundfünfzig Jahren noch einmal die Chance zum Leben. Meine Tochter Claudia hat mich angestoßen und angestupst und ich bin endlich wieder aufgewacht.

Der zweite Tag vergeht wie im Flug, durch den Jetlag bin ich zu müde und will nicht viel unternehmen. Ich gehe nur ins Natural World Museum und spaziere durch die Stadt. Abends tun mir die Beine etwas weh, ich lege mich vor den Fernseher und schlafe ein.

Mein dritter Tag in San Francisco. Ich fühle mich sehr gut, in Chinatown sind sehr viele Chinesen, man denkt quasi, man wäre nicht in den USA, sondern in Asien unterwegs. Neben den vielen klassischen echten chinesischen Restaurants sind die Souvenirläden mit asiatischer Kunst oder mit pseudoasiatischer Kunst vertreten. Eine Wonne, wenn man auf Nippes steht, aber ich mache mir nichts daraus, ich benötige nicht noch mehr Staubfänger in meinem Heim. Marta hätte es geliebt und sich irgendeine Kleinigkeit gekauft, sich diese Chance nicht entgehen lassen. Sie liebte Porzellanfiguren, Tiere oder abstrakte Sachen. Ich hingegen dachte nur: Oh, noch ein Schrott.

Und war immer recht schnell davon genervt. Heute liebe ich die Figuren, die zu Hause stehen, sie erinnern mich an Marta. Wie sie mit dem Staubwedel drüberfuhr, die Figuren von ihrem Platz nahm, mit dem Putzlappen wischte und die Figuren dann fein säuberlich wieder auf ihren angestammten Platz stellte. Ich gebe mir zwar weniger Mühe mit dem Saubermachen, schätze aber jede Figur, die zu Hause anzufinden ist. Melancholisch stehe ich dann davor und versuche mich zu erinnern, woher der kleine, bunte Clown stammt, woher der blaugraue Elefant oder woher das rosafarbene Was-auch-immer-das-sein-soll? Und auch wenn das klingen mag, als wäre ich psychisch krank, aber ich rede mit Marta, sage so banale Dinge wie:

»Schau, Marta, ich habe aufgeräumt. Siehst du, wie schön ich alles an seinen Platz gebracht habe?«

Vielleicht um mich zu beruhigen, den Seelenfrieden herzustellen, rede ich mit den Toten und wünsche mir, alles noch einmal zu erleben. Die schrulligen Angewohnheiten seiner verstorbenen Angehörigen mag man später am liebsten, früher haben sie einen auf die Palme gebracht, später vermisst man sie. Jetzt kann ich darüber schmunzeln, dass Marta mir schnulzige Sachen gesagt hat und ich die Augen verdreht habe. Heute würde ich ihr aufmerksam zuhören, jede Sekunde andächtig mitgehen. Es ist albern, ich weiß das, denn wenn der Moment wirklich da wäre, würde man genauso handeln und denken: Lass mich bloß in Ruhe mit deinen Figuren!

In Chinatown nutze ich die Zeit, um mit meiner Digitalkamera schöne Fotos zu schießen und den anderen dabei zuzusehen, wie sie hektisch hin und her rennen. Der intensive Geruch von gebratenem Essen, Räucherstäbchen, Kerzenduft zieht durch die Straßen von Chinatown. Kontakt zu den Einheimischen baue ich nicht auf, kenne ja niemanden, aber bald vermisse ich eine Begleitung. Fühle mich einsam, meine Gedanken kreisen um Marta: Was könnte ich ihr erzählen? Was könnte ich ihr zeigen? Die Melancholie erdrückt mich fast, man denkt kurz, was wäre wenn. Gehe lieber zurück ins Hotel, um morgen frisch in den Süden zu starten. Hier habe ich genug gesehen.

Am vierten Tag checke ich aus und fahre mit dem Mietwagen noch einmal zum Friedhof. Auch wenn es nur kurz dauert, bin ich ergriffen:

»Hey, alter Freund, ich vermisse dich und wünsche, du würdest hier sein. Ich wäre dir auch nicht böse, wenn du mich ärgern würdest. Ach, das waren schöne Zeiten, nicht wahr?«

Ich atme noch einmal tief durch.

»Ich fahre in den Süden und weiß nicht, ob ich noch mal nach San Francisco komme. Aber ich denke oft an dich. Ich verabschiede mich und hoffe, wo immer du auch sein magst, dass du auf mich aufpasst und bei mir bist. Obwohl ich jetzt ein grauer, alter Mann bin. Also, Mark, ich sage dir Lebwohl, und wenn du die Möglichkeit hast, wäre es lieb, wenn du auch auf meine Frau aufpassen könntest, grüß mir meine Marta.«

Während der Fahrt auf der US-101 nach Monterrey erfasst mich ein Gefühl der Freiheit. Viel Sonne – kein Regen. Das Reisebüro hat mir das Aquarium empfohlen, vom Hotel habe man eine gute Aussicht auf das Wasser vom Nordpazifik, wo Robben und Delfine schwimmen. Ich lasse es langsam angehen und bin nach fünfeinhalb Stunden bei meinem Hotel, ein riesengroßer Komplex, völlig überdimensioniert für die noch nicht einmal 30 000 Einwohner. John Steinbeck beschreibt in »Die Straße der Ölsardinen«, im Englischen »Cannery Row«, die Gegend, in der viele Ölsardinen verarbeitet worden sind.

Das Monterey Bay Aquarium ist recht lustig, aber nicht spannend, mit Marta zusammen hätte ich mich über diese Bauart amüsiert. Unterhaltsam, aber nicht wirklich interessant. Das war das Schöne, wenn wir uns über Kunst und Kultur austauschen konnten. Es ist ganz nett, mal sehe ich ein paar Quallen, Seepferdchen und Fische. Ich suche ständig Schatten, es ist mir zu heiß. Im Aquarium wird das Wasser verschwendet, als gäbe es kein Morgen, aber in meinem Badezimmer hängt ein Schild mit: Bitte nicht länger als maximal zehn Minuten duschen. Natürlich, wegen der Umwelt und so.

Die nächste Station, Santa Barbara, hat einen schönen lang gezogenen Strand mit weißem Sand und Steinwegen.

Schon auf der Hotelanlage fliegen die süßen bunten Kolibris herum, für meine Augen etwas Wunderbares und Faszinierendes. Ich habe gelesen, dass sie die einzigen Vögel sind, die rückwärts und auf der Stelle fliegen können. Ihr Herz schlägt circa sechshundertmal in der Minute. Bei einem Elefanten schlägt das Herz in der Ruhephase nur dreißigmal in der Minute.

Während ich am nächsten Tag wieder das sogenannte Pancake Breakfast zu mir nehme, sehe ich den Joggern hinterher. Die machen mir ein schlechtes Gewissen, während ich mich vollstopfe, wie gemein. Der Tag ist stinklangweilig, ja, historische Bauten existieren, aber weil ich niemanden dabeihabe, alleine reise, wird es doch anstrengend, kann mich nicht dauerhaft selbst unterhalten. Nehme mir vor, am nächsten Tag gleich weiterzufahren. Als Junge hatte ich auch das Problem. Wenn nichts los war, langweilte ich mich einfach nur. Als Kind ist einem Ruhe gewissermaßen scheißegal, als Erwachsener hat man die Vorstellung, dass Ruhe ideal für den Lebensabend ist. Aber diese ewige Ruhe hält man auch nicht lange aus. Zu viel Ruhe, ohne Ziel, ohne Betätigung ist verschwendete Lebenszeit.

Manche Menschen haben Angst vor großherzigen Mitmenschen. Mit einem großen Herzen kommen Leidenschaft, Träume und Hoffnungen. Aber die Welt zerstört schnell deine Passion, deine Hoffnungen und deine Träume. Irgendwann hörst du damit auf, zu achten, zu suchen, zu fühlen, und bist nur noch ein Mensch unter vielen. Was wir dann brauchen, ist jemand, der uns mal richtig in den Arsch tritt.

Bin mal wieder froh darüber, dass meine Tochter mich dazu gebracht hat, was zu unternehmen. Allein ihr zuliebe werde ich nicht aufgeben. Auch wenn ich mich gerade langweile, ist es ein wichtiger Prozess. Ich habe Zeit, um zu erforschen, was ich möchte, um nachzudenken, um Neugierde zu entwickeln. Aber trotzdem freue ich mich darauf, morgen wieder abzufahren.

Eine knapp siebenstündige Fahrt auf der Interstate 10 in die Wüstengegend von Kalifornien, anscheinend ist in Palm Springs ein immerwährender Sommer, so wie es auf den Kanaren den immerwährenden Frühling gibt, einfach Wüste und viel Sonne. Die Stadt hat einen gewissen Charme, vom zentral gelegenen Hotel gehe ich auf der von Palmen gesäumten Hauptstraße entlang. In kleinen Häusern mit bunten, verwaschenen Fassaden befinden sich Restaurants, Cafés und Shops. Die Stadt bietet viel Ruhe, die Leute wirken im Gegensatz zu San Francisco entspannt, weniger hektisch. Hier könnte es mir doch ganz gut gefallen, vielleicht kommt irgendwann Langeweile auf, aber jetzt kann ich einfach durch die Straßen ziehen. Ich habe Durst, gehe in das erstbeste Café, bestelle an der Theke einen Iced Mocha Latte, mir springt der Riesenmuffin, doppelt so groß wie meine Faust, ins Auge.

Setze mich an einen Tisch in der Ecke und denke mir mit Blick auf das Gebäck: Oha, das geht ja als Frühstück und Mittagessen durch. Kaum dass ich Platz genommen habe, füllt sich das Café mit neuen Kunden, ich habe wohl genau den richtigen Moment abgepasst. Ich zerteile gerade mit den Fingern meinen Monsterblaubeermuffin, als ich eine Männerstimme vernehme. Ich schaue auf, ein Mann fragt, ob der Platz neben mir noch frei sei, ich sage nur: »Ja, bitte sehr.«

Das Gebäck ist noch süßer, als ich erwartet habe, aber trotzdem ziemlich lecker. Während der Fremde und ich so sitzen, schaut er mich ab und zu an und ich lächle ihm aus Freundlichkeit zu. Meistens dauert es nur einen Augenblick, bis man merkt, ob einem ein Fremder sympathisch oder total unsympathisch ist. Irgendwie hat der Mensch einen Sinn dafür, wenn ihm jemand angenehm ist. Der Fremde gefällt mir jedenfalls.

Er fragt: »Sind Sie von hier?«

»Oh nein, ich bin erst heute angekommen.«

»Woher kommen Sie?«

»Eigentlich aus Hamburg, Deutschland, aber ich bin gerade von San Francisco über Monterey und Santa Barbara nach Palm Springs gefahren.«

»Oh schön, Deutschland«, spricht er sehr hart aus. »Schon mal hier gewesen? Also kennen Sie die Gegend?«

»Ich bin das erste Mal in Palm Springs. Das Reisebüro hat es mir empfohlen. Und selbst? Woher kommen Sie und was machen Sie hier?«

»Ich wohne in Palm Springs und bin ursprünglich aus Vancouver, Kanada.«

»Oh, wie schön.«

»Wie lange bleiben Sie hier?«

»Ich habe hier in Palm Springs zwei Wochen gebucht.«

»Allein?«

»Ja, ich bin alleine unterwegs. Und was macht man hier so?«

»Hauptsächlich in der Hitze die Sonne genießen. Ich bin Christopher.«

»Freut mich, ich bin Matthias.«

»Freut mich, dich kennenzulernen.«

»Ich mich auch. Äh, ich meine, ich dich auch.«

Gleich mit Vornamen vorgestellt, in Deutschland würden wir uns noch zwei Monate siezen.

Hier und da gibt es mal ein Lachen, ich merke, die Chemie stimmt wunderbar. Er spricht, fragt und beantwortet meine Fragen. Lenkt mich von der Einsamkeit ab. Christopher wirkt jünger als ich, hat braunes, ein wenig grau meliertes Haar, grüne Augen, angenehme Erscheinung.

»Hast du vielleicht Zeit, am Abend etwas zu unternehmen?«

»Ja, ich habe Zeit. An was hast du gedacht?«

»Wir können eine Show besuchen.«

Eine gute Idee, Möglichkeit zum Zeitvertreib, und ich muss den Abend nicht alleine verbringen.

»Gerne, wann findet es statt?«

»Die Show fängt um 22 Uhr an, daher können wir uns um 21:50 Uhr vor diesem Café treffen. Es ist gleich um die Ecke.«

»22 Uhr ist ein wenig spät, oder etwa nicht?«

»Nein, ist noch recht früh für uns hier in Palm Springs.«

»Gut, ich werde kommen.«

»Ich muss jetzt gleich los, aber ich freue mich, dich später zu sehen.«

»Ja, gerne. Also, ciao, Christopher.«

»Bye, Matthias.«

Ich schlendere noch durch die kleine Wüstenstadt und gehe später ins Hotel, lege mich hin, am späten Nachmittag, um vorzuschlafen, aber ich krieg kein Auge zu.

Kurz vor 22 Uhr stelle ich mich vors Café, zuverlässig sind Amerikaner nicht immer, falls ich versetzt werde, ist es zum Glück nicht weit zum Hotel. Kurze Zeit später erscheint Christopher mit offenem Hemd und kurzer Hose. Als er mich in langer Hose sieht, bricht er in Gelächter aus, sein abfälliger Kommentar:

»Du brauchst unbedingt Shorts, es ist zu heiß zwischen den Beinen. Komm mit.«

Also folge ich Christopher zu einem Shop in einer etwas sonderbaren Straße mit vielen Männern. Erst im Laden bemerke ich, er ist exklusiv für Männer, ein Laden für Homosexuelle. Von Army-Klamotten bis zu sexy Höschen für den Mann ist alles dabei, neben Dildos, Gummis und Gleitcreme.

»Sei nicht so schüchtern, komm, Matthias«, fordert Christopher mich auf.

Ich weiß nicht genau, was ich davon halten soll, aber ich wäge schnell ab: Entweder ich gehe zurück in mein Zimmer, um allein vor dem Fernseher zu hocken, oder ich kaufe mir in einem Shop für Schwule eine Hose und schaue mir mit einem Fremden eine Show an. Schnell nehme ich ein paar kurze Hosen von der Stange.

Christophers Kommentar, als ich aus der Kabine trete:

»Steht dir, behalt sie an und lass uns gehen.«

Gesagt, getan.

Ich folge Christopher zu einem Nachtclub gegenüber vom Shop. Ich bin verkrampft, aber ich lasse mich mitziehen. Meine Begleitung bestellt uns zwei Bier und wir warten, dass die Show anfängt. Fühle mich überhaupt nicht locker, bin gehemmt, weil ich so was noch nicht kenne, so viele Männer, zum Teil sehr provokant gekleidet. Treten ganz offen als schwul auf und schauen mir direkt in meine Augen. Christopher lacht, als er mich anschaut:

»Keine Angst, es ist wirklich sehr locker und die Show ist super. Hast du Geld dabei?«

»Ja, habe ich.«

Denke, das Geld wird eventuell für Tickets für die Show benötigt. Aber Christopher übergibt meine vierzig Dollar dem Barmann, der sie in Ein-Dollar-Noten tauscht. Christopher drückt sie mir in die Hand:

»Nach jeder Showeinlage gibt man Kleingeld, je nachdem, wie es dir gefällt. Ein Dollar oder fünf oder mehr.«

Nachdem ich das erste Bier runtergespült habe, werde ich etwas lockerer, ich gewöhne mich an die schrill aussehenden Männer. Einige geschminkt, einige haben einen Harness an, den Tragegurten zu urteilen wohl bis zu den Lenden. Meine Begleitung bleibt immer freundlich und offen, lächelt mir auch ermutigend zu.

Die Show fängt an und eine in Hellblau aufgetakelte Freiheitsstatue mit hochtoupierten Haaren stolziert auf die Bühne. Die Dragqueen säuselt etwas ins Mikrofon, das ich nur schlecht verstehe, dann beginnt die Musik, sie tanzt elegant und bewegt die Lippen zum Text. Trotz der Minibühne findet ein Spektakel statt, ein Feuerwerk an Farben, Kostümen und unglaublichen Spagateinlagen von einem, ich würde schätzen, einhundertfünfzig Kilo schweren Mann. Die Musik reicht von Balladen bis zu energiereichen Remix-Popsongs. Mindestens fünf Dragqueens stehen abwechselnd, selten gleichzeitig, auf der Bühne. Mir gefällt die Musik, die Dollars gebe ich gerne für die Show. Diese Darsteller werden wohl nie wirklich berühmt, aber sie performen mit so viel Leidenschaft, dass ich meine anfänglichen Bedenken schnell vergesse. Nach knapp drei Stunden ist es vorbei, wer noch bleiben möchte, kann das tun, aber ich bin müde. Christopher bringt mich zurück zum Café, damit ich leichter zum Hotel finde.

Er lächelt mich an.

»Hat es dir gefallen, Matthias?«

»Ja, es war ungewöhnlich, zum Teil richtig verrückt. Aber ja, es war schön.«

»Wenn du magst, können wir mit der Palm Springs Arial Tramway auf den San Jacinto Peak fahren. Die Aussicht ist atemberaubend.«

»Ja, das klingt interessant.«

»Also, ich habe morgen frei, am Dienstag muss ich wieder arbeiten. Wäre dir mittags recht?«

»Ja, so ein oder zwei Uhr?«

»Zwei Uhr klingt gut, wir können uns wieder hier treffen. Also, bis morgen und habe einen schönen Abend.«

»Danke, Christopher, wünsche dir auch einen schönen Abend.«

Bin froh über den kleinen Kulturschock. Es war besser, als ich erwartet hatte, meine Befürchtung, in einem Schwulenclub würde es heftig zugehen, war unbegründet.

Das Treffen am nächsten Tag. Von Christopher nur:

»Nimm unbedingt eine Jacke mit.«

»Es sind 45 Grad.«

»Da oben kann es schnell kalt werden.«

»Bist du dir sicher?«

»Ich bin mir absolut sicher, ich habe mir dort eine üble Erkältung geholt, als ich nur mit T-Shirt und Shorts gegangen bin.«

»Soll ich auch eine lange Hose mitnehmen? Dabei habe ich mir die kurze Hose gerade erst gekauft.«

»Nein, eine lange Hose musst du nicht mitnehmen, aber eine Jacke, keine Widerrede, es ist verdammt kalt da oben.«

Christopher ist mit dem Auto da. Vom Hotel aus fahren wir knapp zwanzig Minuten bis zu den Gondeln, die von einem Schweizer Hersteller erbaut worden sind.

»Während der Fahrt drehen sich die Gondeln und wir werden bei gutem Wetter eine wunderschöne Aussicht haben. Es wird dir gefallen, Matthias.«

»Okay, ich lasse mich überraschen.«

Wir holen uns die Tickets, warten kurz in der Schlange und fahren anschließend in einem gemächlichen Tempo hoch. Eine wunderschöne Aussicht auf die felsigen Berghänge, die tiefen Schluchten, auf die schimmernde Wüste, die Stadt, wir haben eine super Sichtweite.

Als wir oben aus der Gondel steigen, komme ich mir vor wie ein Idiot, es ist saukalt, und ich wollte noch die Jacke im Hotelzimmer lassen.

»Danke, dass du auf die Jacke bestanden hast. Es ist richtig kalt hier oben.«

»Sage ich doch. Du hättest dir deine Nüsse abgefroren.«

Ähm, ich bin ein wenig irritiert wegen seiner Direktheit, wir sind ja keine fünfzehn mehr.

Eine steinige, hügelige Angelegenheit mit mehreren Aussichtspunkten, die wir auf einem Rundweg erkunden.

»Was machst du in Deutschland?«

»Ich bin Mathematikprofessor an der Hamburger Universität. Und was arbeitest du?«

»Ich bin Softwareingenieur und programmiere im Embedded-Software-Bereich.«

»Was bedeutet Embedded Software?«

»Das ist alles, wo ein Bildschirm ohne Tastatur auskommt. Also, Daten rein und Daten raus. Und dann verarbeitet das die Eingabemuster vom Benutzer. Ist für einen Laien etwas schwer zu verstehen.«

»Okay, ich muss ja auch nicht alles verstehen.«

Ich atme tief ein, hier oben gefällt es mir sehr.

»Es ist schön hier.«

»Ja.«

»Bist du häufig hier.«

»Na ja, ab und zu. Einmal im Jahr.«

Die Landschaft ist fantastisch, man kann an jedem Aussichtspunkt enorm weit gucken und schöne Fotos mit der Kamera schießen.

»Hast du Hunger, Christopher?«

»Ja, langsam bin ich hungrig.«

Wir gehen zurück, setzen uns in ein kleines, aber feines Restaurant mit schöner Aussicht. Weil es im Angebot ist, bestelle ich mir ein Glas Rotwein, ein Steak mit Pommes und Coleslaw, Christopher bestellt sich das Gleiche. Ich freue mich, dass Christopher mir den San Jacinto Peak zeigt und wir Zeit zusammen verbringen. Während wir noch plaudern, wird ein gemischter Salat serviert, der sehr lecker schmeckt. Der Wein wird gebracht, kurze Zeit später kommen auch die Hauptspeisen auf den Tisch. Ah, herrlich, ein richtig feines Steak, und Christopher scheint es auch zu schmecken.

»Christopher, ich möchte dir nicht zu nahe treten. Aber ich habe mal eine ernste Frage.«

»Ja, frag ruhig.«

»Bist du schwul?«

»Ja, ich bin schwul.«

»Stehst du auf mich?«

»Uff. Sagen wir, ich finde dich sympathisch, Matthias, aber mehr weiß ich noch nicht. Ich möchte dich erst mal kennenlernen. Und ich sehe, du trägst einen Ring am Finger.«

»Ja, ich trage den Ring wegen meiner Frau.«

»Wo ist sie? Wenn ich fragen darf.«

»Marta, meine Frau, ist vor drei Jahren verstorben.«

»Oh, das tut mir leid, mein Beileid.«

»Danke. Hast du einen Freund, Christopher? Oder bist du immer Single?«

»Oh Gott nein, ich bin kein ewiger Single. Ich hatte eine wilde Phase hinter mir, dann traf ich meinen Traummann Klayne. Mein Mann ist vor vier Jahren von mir gegangen.«

»Mein herzliches Beileid.«

»Danke.«

»Aber ich muss dir was sagen, ich bin nicht schwul.«

»Das stört mich nicht, mir macht es auch Spaß, einfach so Zeit mit dir zu verbringen, Matthias.«

»Ich wollte dir keine falschen Hoffnungen machen.«

»Keine Sorge, das hast du auch nicht.«

Und jetzt wird er mir erst richtig sympathisch, ein anständiger Mensch, einer, der mein Herz berührt, der genau wie ich seine Zeit einfach schön gestalten möchte. Nach dem Essen fahren wir mit der Gondel runter und fahren zurück in die Innenstadt, falls man das in Palm Springs Innenstadt nennen kann.

In den darauffolgenden Tagen verbringe ich viel Zeit mit Christopher. Es ist locker und sehr angenehm zwischen uns, er übertritt nie irgendeine Grenze oder macht es für mich schwierig. Vertrauen baut sich langsam auf, im Alter ist man noch vorsichtiger. Als junger Mensch lässt man sich schneller auf Sachen ein, im Alter wahrt man eine gewisse Distanz und Skepsis. Handelt zaghafter, vorsichtiger, weil man den Fremden nicht einschätzen kann, Zeit braucht für das Kennenlernen. Auch als ich der Einladung in sein Haus folge, fühle ich mich fremd und unsicher, aber Tag für Tag lege ich meine Befangenheit ein bisschen mehr ab.

Christopher und ich sind ungefähr gleich groß, er hat einige Beziehungen hinter sich, in seiner Jugendzeit mit Frauen, aber nur weil seine Familie katholischen Glaubens ist. Später konnte er die Scharade nicht länger durchhalten und trennte sich von seiner damaligen Freundin. Nahm all seinen Mut zusammen und erzählte seiner Familie davon. Sein Vater warf ihn daraufhin raus. Seine Mutter und seine Geschwister hielten zu ihm. Aber er durfte nicht mehr zu Hause vorbeischauen. Nach seinem Studium hatte er einige Liaisons mit Männern, dann traf er in einem Schwulenclub die Liebe seines Lebens. Klayne war für ihn etwas Besonderes, auf Anhieb fand er einen Bezug zu ihm. Sein Lebenspartner verstarb an Hodenkrebs. Er war seine große Liebe gewesen und Christopher ist noch nicht bereit, sich wieder zu öffnen.

Wir sitzen auf der Terrasse seines Hauses, typisch schlichte Bauweise für Palm Springs, durch die Sonne ist die gelbe Fassade ausgeblichen, wir trinken reichlich Wein. Ein Wahrheitsserum, das zweite Glas löst die Zunge. Man verhaspelt sich, ist ehrlicher, spricht offen über seine Gedanken und Wünsche. Zusammen mit dem Alkohol flößen wir uns Mut ein. Christopher ist mittlerweile recht gesprächig, er sagt zu mir:

»Ich erwarte nichts von dir, Matt, möchte nur ein wenig Zeit mit dir verbringen, nur etwas Zeit mit dir.«

Ich finde es sehr schön, dass er so offen ist, es ausspricht, ich kann damit leben, es stört mich nicht.

In den letzten Tagen haben wir uns so oft es ging getroffen, zusammen gegessen, getrunken und gelacht. Er und ich, wie Seelenverwandte in Palm Springs, wie damals Mark und ich in Norderstedt. Noch einmal diese Verbundenheit zu spüren, hatte ich nicht erwartet, nicht in meinem Alter, hatte nicht damit gerechnet, dass ich jemanden wie Christopher treffe, ein super Typ. Ausgerechnet wieder zu einem Mann eine tiefere Verbundenheit spüre, Vertrauen aufbaue und mit ihm so viel und so ausgelassen lachen kann.

Es ist richtig heiß, obwohl die Sonne schon lange untergegangen ist. In weniger als zwei Tagen fliege ich zurück. Christopher und ich haben nur Latschen und Shorts an. Wir haben es uns auf zwei Sonnenliegen bequem gemacht.

»Noch ein Glas Wein?«

Es wäre mein viertes Glas. Oder so.

»Ja, gern.«

»Okay, ich bin gleich wieder da.«

Er kommt mit zwei Gläsern aus seiner offenen Küche mit hellblauen Schränken zurück, setzt sich an den Rand meiner Liege.

»Prost.«

»Prost.«

Wir stoßen an, ich nehme zwei kleine Schlucke. Ich lehne mich zurück, Christopher dreht sich zu mir um.

»Bevor du gehst, möchte ich gerne etwas machen.«

Ich rechne schon mit dem Schlimmsten.

»Okay. Was denn?«

»Du darfst dich kurz nicht bewegen.«

Oh, oh, er wird doch nicht?

»Okay.«

Misstrauisch warte ich ab. Christopher legt sich neben mich, schmiegt sich eng an mich, legt seinen warmen Arm auf meine Brust und seinen Kopf an meine rechte Schulter.

»Kleinen Moment. So. Mehr wünsche ich mir nicht.«

»Okay, Christopher. Das ist okay.«

Ich überprüfe. Ist mir das zu viel Nähe? Stört es mich? In diesem Augenblick merke ich, dass mir enger Körperkontakt schon lange gefehlt hat, eine Umarmung, ein Kuss, auch Sex. Und kaum habe ich den Gedanken, beult sich meine Shorts. Ich denke mir, jetzt wird Christopher das bemerken und die Gelegenheit beim Schopfe packen, aber nichts passiert. Das Einzige, das sich bewegt, ist mein pulsierender Schwanz in meinen Shorts. Ich bin wieder wie ein Jugendlicher, der nur Geilheit sieht, der mit Mark ein geiles Erlebnis hat. Aber im nächsten Augenblick überkommt mich Melancholie, eine unglaublich tiefe Trauer erfasst mich. Marta, meine geliebte Frau, all meine

Erinnerungen an sie. Und jetzt liege ich hier, mit Christopher, einem schwulen Mann, der wohl die ganze Zeit hofft. Und ich kann ihm nicht mehr bieten, als mit ihm Zeit zu verbringen. Tränen laufen aus meinen Augenwinkeln. Ich denke an meine schöne Ehe mit Marta, wie wütend ich oft auf sie gewesen war. Meine Tränen laufen immer heftiger, mein Atem wird schwerer und schwerer. Und gleichzeitig bin ich geil, möchte etwas erleben, weil ich denke, ich habe es nötig. Ich vernehme ein paar Geräusche von Christopher, ein schweres Atmen, und ich glaub, mein Schwein pfeift, der wird doch nicht? Ein zweites Geräusch, jetzt lauter, ich fasse es nicht, er schnarcht. Er liegt auf meiner Brust und schnarcht, während ich todtraurig weine. Ich muss lachen. Diese Ironie, ich glaube es nicht, Christopher hat alle Chancen und verschläft die Möglichkeit, mich zu verführen. Ich schätze ihn als Freund mehr denn je, mich stört seine Nähe überhaupt nicht.

Ich schlafe kurz darauf selbst ein. Mitten in der Nacht öffne ich die Augen, Christopher schläft auf seiner Liege, er hat mir eine Decke auf den Körper gelegt. Ich gehe leise auf die Toilette und lege mich wieder zurück, blicke in den wolkenlosen Himmel, übersät mit Millionen von Sternen, die mich mit ihrem Funkeln grüßen.

Meine letzten Stunden in Palm Springs. Ich bin froh, dass ich nicht nach Las Vegas gefahren bin und meinen Flug umgebucht habe. Christopher bringt mich zum Flughafen und ich bin ihm dafür sehr dankbar. Ich checke schnell mit den Koffern ein und dann stehen wir wie zwei Statuen, nähern uns einander nicht. Ich bin gehemmt, er anscheinend auch. Soll ich ihn richtig umarmen? Oder soll ich mich zurückhalten? Ach Mensch, wie verunsichert ich bin, und dabei bin ich schon bald sechzig Jahre alt. Alter schützt wohl wirklich nicht vor Dummheit. Ob Christopher von mir ein Signal zum Abschied erwartet? Was soll ich bloß tun? Oh, ist das schwierig. Ich werde wütend auf mich, Christopher hat was Besseres verdient als einen dummen Handschlag. Was hast du zu verlieren? Warum machst du es dir selbst so schwer? MATTHIAS, verdammte Scheiße noch mal! Nun spring über deinen Schatten!

»Ach, zur Hölle damit.«

Ich schnappe mir mit dem linken Arm Christophers Körper, mit der rechten Hand umfasse ich seinen Kopf und gebe ihm den Kuss, den er sich wünscht. Und was das für ein Kuss ist! Christopher zittert, sogar in mir kribbelt es und ich sehe Sterne vor meinen Augenlidern, kriege Gänsehaut, alles erinnert mich an den Kuss mit Marta am Kiwittsmoor in Hamburg. Der zweite elektrisierende Kuss, den ich erleben darf. Und das mit einem Mann, Christopher drückt seinen Leib gegen mich, in meinem Kopf leuchten die Signallampen auf. Ich weiß nicht, wie mir geschieht. Wird der Kuss nie enden? Wie auch? Ich will es ja auch. Ich atme nicht, ich bin nur mit meinem Kopf, meinem Körper und meiner Zunge beschäftigt. So ein verfluchter Jammer, denke ich mir, warum habe ich das nicht schon früher gemacht? Ich bin außer Atem, muss mich lösen, will es aber nicht. Aber auch Christopher ist erschöpft. Als ich ihn endlich loslasse und er mich, hole ich tief Luft, er auch.

»Oooh, ich krieg keine Luft.«

»WAAAHNSINN!«, ertönt es aus ihm.

»Nicht schlecht für einen Mann.«

»Das musst du gerade sagen, ich habe Gänsehaut bekommen und mein Körper bebt. Ich bin total fertig.«

»Ich werde wiederkommen. Ich möchte diesen Kuss wiederholen.«

Er zittert am ganzen Körper, ist nun ganz ergriffen, wischt eine Träne weg und antwortet mir:

»Das wäre schön.«

Fragen über Fragen. Meine ich es ernst? Oder habe ich es ihm nur gesagt, um ihm ein gutes Gefühl zu geben? Um selbst kein schlechtes Gewissen zu bekommen, es zu unterdrücken. Ich konnte ihm in der Zeit in Palm Springs nicht mehr geben, aber jetzt öffnen sich ihm meine Gefühle. Ich habe ihn mehr als gern, vielleicht sogar lieb. Ich erinnere mich an Mark und unsere tiefe Freundschaft, die Anfänge unserer Beziehung. Kann ich so was mit neunundfünfzig Jahren überhaupt noch? Noch mal einen Mann als Partner haben? Während des ewiglangen Flugs nach Hamburg bin ich unruhig, habe zu viel Zeit zum Evaluieren: Warum bin ich so aufgeregt? Warum vermisse ich Christopher jetzt schon? Wir sind gerade mal seit ein paar Stunden voneinander getrennt. Was ist das für ein Gefühl? Ein Flug über den Atlantik fühlt sich noch länger an, wenn man zu viel zum Nachdenken hat.

Wahnsinn, der Kuss mit Matthias hat mich umgehauen. Er hat mich gepackt, mir die Zunge tief in den Mund gesteckt und mir die Luft abgeschnürt. Ich spürte nur noch ein Vibrieren, meine Gefühlswelt war von null auf hundert auf Liebe eingestellt. Es hat nicht mal zwei Wochen gebraucht und nun bin ich total verknallt in diesen Matthias. Ich bin wie ein Teenager auf Wolke sieben. Und was macht er? Fliegt einfach weg. Ich war total sprachlos, werde ihn total vermissen. Und vielleicht sehe ich ihn nie wieder. Habe ich ihn vielleicht erdrückt mit meinem Wesen? Ich kann es gut zuordnen, der Kuss sollte nur eine freundliche Geste sein, aber dieses Gefühl, das der Kuss in mir ausgelöst hat, wird lange in meinem Herzen bleiben. Ich hoffe, dass Matthias sich noch einmal meldet. Bald ist er wieder in seiner Heimat und vergisst mich vielleicht. Ich muss damit fertigwerden und gleichzeitig meine Einsamkeit bewältigen. Kurzschlussreaktionen sind unglaublich gemein und gleichzeitig unglaublich schön. Und nun?

Es gibt keinen Zweifel mehr, mich hat eine Art von Liebe erwischt. Was soll ich davon halten? Bin verwirrt. Ich muss mich wohl trauen, diesem Gefühl nachzugehen. Zu Hause bin ich wie ausgewechselt, rufe erst mal meine Kinder an.

Hugo geht ans Telefon.

»Und wie geht es der Familie und dir?«

»Ja, uns und mir geht es gut.«

»Und meinen Enkelkindern?«

»Ja, die sind quicklebendig und treiben Schabernack. Aber wie geht es dir? Wie war es in Amerika?«

»Mir geht es super, seit Langem mal wieder. Ich hatte viel Spaß in Kalifornien. Und habe einiges zu sehen bekommen.«

»Das klingt ja richtig positiv. Und was hast du jetzt vor?«

»Erst einmal werde ich mich ausruhen, ich bin müde von der langen Reise. Ich melde mich später bei euch.«

»Dann nochmals herzlich willkommen zurück. Und melde dich, sobald du wieder fit bist.«

»Ja, mache ich. Also tschüss!«

»Tschüss!«

Weil ich Claudia nicht erreiche, lege ich mich hin. Versuche es später, telefoniere mit ihr:

»Du bist jederzeit willkommen in unserem Haus. Die Enkelkinder vermissen ihren Opa schon.«

»Danke, ich werde euch bald besuchen. Ich habe zwar kurz geschlafen, bin aber immer noch etwas müde.«

»Klar, du hattest ja auch einen langen Flug, und der Jetlag.«

Bei meiner Tochter, ihrer Partnerin und meinen Enkelkindern in Berlin verbringe ich eine schöne Zeit. Claudia bemerkt ganz nebenbei:

»Mensch, Papa, du grinst ja übers ganze Gesicht. Wenn ich es nicht besser wüsste, würde ich sagen, du bist verliebt.«

Ich nehme die Gelegenheit wahr, um mit ihr zu reden:

»Du weißt, ich habe Marta geliebt. Darum fällt es mir schwer, es auszusprechen.«

Claudia kommt mir zuvor:

»Nein, du bist wirklich verliebt?! Erzähl, ich bin überhaupt nicht neugierig. Wer ist sie?«

Ich glaube, ich habe starke Gefühle für Christopher. Ich kann es nicht erklären, ich fühle mich nicht als schwul, stand nie besonders auf Männer. Aber dieser eine Kuss hat es entschieden.

»Ähm … das ist gar nicht so einfach.«

»Nur keine Scheu, ich möchte, dass du glücklich bist.«

Ich drücke mich noch immer um die Antwort, Claudia wird ungeduldig.

»Sooo, schieß los, du machst es ja richtig spannend.«

Ich fürchte mich und weiß nicht, wie meine Tochter reagieren wird. Sie schaut mich eindringlich an.

»Also gut, ich sag es dir.«

»Schön.«

»Er heißt Christopher.«

Claudias Augen weiten sich, ihr Mund steht offen. Dann klopft sie sich auf die Schenkel.

»Was?! Du hast einen Typen? Christopher? WOW, genial!

Aber dass ausgerechnet du dich jetzt öffnest.«

»Also, wir sind noch kein Paar.«

»Sondern?«

»Na ja, wir haben uns in Palm Springs kennengelernt, spontan in einem Café, und sind danach zwei Wochen lang herumgetourt.«

»Klingt doch schön?«

»Na ja, wir hatten nichts miteinander. Da war nur dieser eine Kuss.«

»Ein Kuss? Uh, wie romantisch! Uuund?«

»Weißt du, diese besonderen Küsse gibt es nur sehr selten. Ich hatte einen mit deiner Mutter und …«

»Und den zweiten mit Christopher?«

»Ja, elektrisierend, wortwörtlich atemberaubend, Gänsehaut. Mich hat es total umgehauen.«

»Erzähl!«

»Es war der letzte Moment mit ihm, am Flughafen. Ich dachte mir, Christopher hat mich die ganzen zwei Wochen begleitet und mir so viel Schönes gezeigt. Und jetzt soll ich mich wirklich mit einem Handschlag von ihm verabschieden?«

»Und dann?«

»Na ja, dann hab ich ihn gepackt und ihm meine Lippen aufgezwungen.«

Claudia lacht laut auf, hält sich die Hand vor den Mund.

»Oh, das hätte ich zu gerne gesehen! Mein Vater packt einen Typen und drückt ihm die Zunge rein. Einfach nur genial!«

»Ich habe Lippen gesagt.«

»Ach komm, mir machst du nichts vor. Es war mit Zunge.«

Sie streckt mir die Zunge raus, ich merke, dass meine Wangen rot werden.

Das erinnert mich an Mark. Wie ich mich am Flughafen von ihm verabschiedet habe, er hat mich gefragt:

Hasst du mich noch?

Ich hatte keine andere Chance und habe mich vor meiner Familie entblößt, ich habe laut gesagt, dass ich Mark liebe. Nach Martas Tod öffnet sich für mich nun ein drittes Mal ein Fenster für die Liebe. Ich habe Christopher nicht nur gern, sondern richtig, richtig lieb. Ich sollte mich bei ihm melden, rufe ihn am besten in den nächsten Tagen an.

Bin so erfreut, ihn zu sehen, über das sogenannte Videotelefonat, dank Internet, ein Wunder der Technik. Im September habe ich wieder ein wenig Urlaub, bis dahin muss ich meine Studierenden auf Trab bringen, aber das ist für mich gerade nur eine Überbrückung. Ich hoffe auf DEN Tag, der immer näherkommt. Fliege dann so schnell wie möglich von Hamburg nach Palm Springs, sofort zu Christopher.

Der Flug vergeht zu langsam, meine Hände sind feucht, bei der Ankunft bin ich aufgeregt, er steht lässig da, mit offenem Oberhemd und kurzer Hose, lacht sich eins.

»Du und deine langen Hosen.«

Ich habe extra kein Hotel gebucht, es wird bestimmt ungewohnt, bei einem Mann zu übernachten, aber wir kriegen das hin. Wir begrüßen uns wie zwei Freunde, eine herzliche Umarmung, küssen uns vorsichtig auf die Wangen. Werde ich mir später mehr zutrauen? Er ist mit dem Auto da, auf der Fahrt unterhalten wir uns über meinen Flug, darüber, was wir in den nächsten Tagen machen wollen. Sein Haus ist geräumig, ich habe ein Gästezimmer. Er fragt nicht, ob ich das Bett mit ihm teile. Er überlässt mir meinen Freiraum, ich soll erst mal ankommen, mich ausruhen vom Jetlag.

»Wenn du etwas brauchst, Matthias, gib mir Bescheid.«

Ich schlafe unendlich lange, bin total fertig. Wache erst am nächsten Morgen auf.

»Guten Morgen, Christopher.«

»Hey, guten Morgen, Matt.«

Er macht Omelette, brät ein paar Scheiben Speck. Dazu Müsli, Milch, Orangensaft, Toast. Luxus, wir essen unser Frühstück, führen lustige Gespräche, entspannt, ohne Hast, haben alle Zeit, die wir benötigen. Das Wetter ist angenehm warm, es macht Freude, das Schmuddelwetter in Hamburg gegen die Sonne auszutauschen. Wir räumen den Tisch ab, Christopher hat einige Trips geplant, kommt mir nie näher als nötig, hält einen gewissen Abstand.

An einem Abend stehen wir auf der Terrasse, haben einen schönen Ausblick. Er kommt näher, ich nehme ihn einfach in die Arme.

»Komm her, Christopher.«

Er lächelt. »Ja, gern.«

Immer bemüht, dass es mir gut geht, es ist rührend, ihn so zu sehen. Sein Verhalten ist immer tadellos, immer zuvorkommend, er fordert nie, erwartet nichts. So geduldig. Er scheint die Umarmung zu genießen und umarmt mich zurück. Gibt mir Zeit, die Nähe zu kontrollieren. Solange es mir gut geht, scheint es ihm auch gut zu gehen. Erregt bin ich schon, aber habe total Schiss. Ich bin ja eigentlich ein blutiger Anfänger, hatte schon so lange keinen Sex mehr.

Unsre Gespräche werden immer tiefgehender, er erzählt mir von seinem Leben, ich von meinem. Von den Schicksalsschlägen, den lustigen Momenten, wir umschiffen das Thema Gefühle und Liebe. Viele Gedanken, die direkt oder indirekt mit Christopher zu tun haben, kommen auf. Will er mich? Will er nur Sex? Was möchte ich?

Will ich Sex mit ihm? Alles ist so unklar. Was kommt nun? Das wiederum entscheidet, was als Übernächstes folgt. Ich habe Erfahrung mit mir als Mann, aber was ist, wenn ich bei Christopher eine totale Niete im Bett bin? Und nun liegt er neben mir, keine Ahnung, wie das laufen soll. Haha, ein neunundfünfzigjähriger Anfänger, der Schiss vor Sex hat. Das ändert sich hoffentlich heute.

Vor dem Zubettgehen putze ich mir die Zähne, nehme meinen Mut zusammen und gehe schnurstracks in sein Schlafzimmer. Ich überrumple Christopher, er hat sich gerade ausgezogen, steht komplett nackt im Raum. Unsere Blicke treffen sich, ich lächle ihn an, er lächelt zurück, ich ziehe mich komplett aus. Lege mich in sein Bett. Er legt sich neben mich, ein nackter Mann. Ich wünsche ihm eine gute Nacht, gebe ihm einen Kuss auf den Mund. Jetzt haben wir alles voneinander gesehen, ein wenig Bauch, unsere Arme, Beine, Liebesstäbe, so wie damals unter der Dusche mit Mark, ich habe mich meinem Mann gestellt. Christopher und ich liegen nebeneinander wie ein Liebespaar. Er fasst mich nicht an, ich fasse ihn nicht an. Ehe ich es merke, bin ich schon eingeschlafen. Muss einmal mitten in der Nacht hoch, aber ansonsten kann ich friedlich schlafen.

Am frühen Morgen spüre ich Christopher neben mir, er liegt mit dem Rücken zu mir, ist über Nacht nähergekommen. Ich fühle mich sehr gut neben ihm. Christopher dreht sich um, spüre seine Morgenlatte an meinem Bein.

»Guten Morgen.«

»Oh, guten Morgen. Sorry.«

Er wird rot, rückt etwas weg, ich fange an zu lachen.

»Nein, nein, ist schon okay. Kannst näherkommen.«

Er lächelt zurück. Obwohl wir noch sehr unschuldig

miteinander umgehen, merken wir uns beiden unser Wollen an.

Wann es wirklich passiert, ist doch eigentlich egal, wir werden den richtigen Moment finden, wie ich mit Marta. Es ist, was es ist.

Liebe ändert alles. Die persönlichen Ansichten, das Leben, die Ziele. Das innere Selbst wird innerhalb kürzester Zeit verändert. Ohne mich zu sehr zu assimilieren, gebe ich sogar Dinge auf und ändere mich ein wenig, um einen weiteren Moment mit der Liebe zu verbringen. Und ich, ein alter Sack, habe doch noch einmal diese Liebe gefunden.

Christopher und ich sind seit mehreren Jahren ein Paar, ich bin schnell umgezogen und lebe nun in Palm Springs. Zwar haben wir noch immer unterschiedliche Ansichten, aber seine und meine Welt nähern sich einander an. Er hat mich offener gemacht und ich bin bereit, meine, wie sagt man, konservativen Ansichten zu durchbrechen. Sex ist eine feine Sache, es ist sehr schön, aber versuch mal, eine Banane in den Hals zu stecken und keinen Würgereiz zu bekommen. Meine Anerkennung für Menschen, die das ohne Probleme hinkriegen, ich habe schon allein Mühe mit dem Überwinden. Auch habe ich immer noch meine Probleme mit der Art, wie Christophers Freunde über Sex reden, so vulgär. Aber er sagt mir, dass da mehr Luft als Wahrheit drinstecke. Seine Freunde, die so offenherzig von ihren Bettgeschichten erzählen, sie ausschmücken, wünschen sich die vielleicht so, sind aber auch meistens nicht bereit, es so weit zu treiben.

Nur selten übertritt man beim Sex seine Grenzen und öffnet sich. Die haben zwar ein loses Mundwerk, aber wenn es hart auf hart kommt, sind sie die eigentlichen Grillhühnchen, die nichts anstellen. Aber wenn sie sich in den Schritt greifen und lachend sagen: »Lass uns einen Vierer treiben«, ist es mehr als ich verkrafte. Christopher unterstützt mich, bittet aber auch drum, dass ich zumindest nicht gleich durchdrehe oder mit den Augen rolle. Ich müsse ja nicht darauf eingehen, wenn ich nicht mag. Das ist eine Eigenschaft, die ich an ihm schätze. Dass er mich machen lässt, wie ich will. Und ich ihn, so wie er will. Er versteht, dass ich mit der schrägen Art der ganz Heftigen Mühe habe und die meine Nerven ganz schön strapazieren können. Aber er erklärt mir auch:

»Wir müssen sie alle akzeptieren, denn sie waren es, die auf der Christopher Street in Greenwich Village gegen die Polizisten für die Freiheit gekämpft haben. Und die Transvestiten und solche, die anders waren.«

Ich habe Appetit und Lust auf ein wenig Nostalgie:

»Hey Christopher, komm, lass uns ein uraltes Rezept ausprobieren.«

»Ein uraltes Rezept?«

Wir sind in der blauen Küche.

»Es schmeckt vorzüglich, ist superlecker.«

»Na da bin ich ja gespannt. Was kochen wir denn?«

Ich zeige auf die Quitten und nehme ein Messer in die Hand.

»Also, als Erstes müssen wir die Quitten kleinschneiden und in den Wassertopf geben.«

»Okay, so eine Art Marmelade?«

»Nein, Gelee.«

Wir schneiden die Früchte klein, lächeln uns immer wieder an.

»Wir müssen uns nicht beeilen. Soll ich das Radio anmachen?«

»Oh ja.«

Während Christopher weiterschneidet, mache ich das Radio an. Sanfte Töne erfüllen die Küche.

»Oh, es läuft Grace Jones.«

»Ihr Libertango.«

»Wie? Libertango?«

»Ja, ‚I've seen that face before'. Ein schönes Lied.«

Ich genieße das Lied, die Zeit, das Kochen. Wir geben alles in den Topf und im Radio werden die nächsten Songs gespielt. Wir erhitzen die Früchte, ich zeige Christopher, wie man den Saft aus den Fruchtstücken presst. Die Küche duftet intensiv nach Quitten, den rötlichen klaren Saft gieße ich in einen zweiten Topf mit Zucker und Gelierzucker. Christopher schaut interessiert zu.

»Hm … mal gucken, ob das gut wird.«

»Das ist ein altes Rezept von meiner Mutter. Das klappt immer.«

»Ich bin gespannt.«

Als die Masse im Topf fester wird, zeige ich auf den Inhalt.

»Schau, das ist leckeres Quittengelee, noch ganz warm. Hier ein Löffel zum Probieren. Aber Vorsicht, heiß.«

Ich reiche Christopher einen Esslöffel voll, er kostet ganz vorsichtig.

»Oh lecker! Das ist richtig super!«

»Ja, finde ich auch.«

Während ich ihm in die Augen schaue, fallen mir meine Eltern ein, wie wir am Frühstückstisch das erste Glas Quittengelee des Jahres öffnen. Mark, wie er an unserem wunderbaren Quittenbaum steht und die Blüten hinter ihm strahlen. Marta mit ihren dunklen Locken und unserem leckeren Queso Dulce de Membrillo.

Mit einem Lächeln fällt mir ein, was ich Christopher schon immer sagen wollte:

»Du liebst mich, nicht wahr?«

Christopher lacht herzhaft, küsst mich auf den Mund und ich höre die schönsten Worte:

»Nein, Matthias, ich hasse dich.«

Panta rhei – alles fließt.

DANK

Vielen Dank an das ganze Team.
Vielen Dank an alle Menschen die mich berührt haben,
die mir neue Wege, neue Ideen gegeben haben.
Auch in den dunkelsten Momenten des Lebens
gibt es irgendwo Hoffnung.

Leserbriefe können an folgende E-Mail Adresse
versendet werden: sixthkyu@gmail.com

PLAYLIST

Charlotte Gainsbourg – Deadly Valentine
Crystal Castles – Suffocation (HEALTH Remix)
IAMX – Your Joy is My Low
Imogen Heap – The Listening Chair
Kelis – 4th of July und Accapella
Leila K – Open Sesame
Lil Nas X – Void
Madonna – Amazing
Röyskopp – Oblique Thrills (Lost Tapes)
Troye Sivan – Rager Teenager!
Nouvelle Vague – In A Manner of Speaking
Elton John, Dua Lipa – Cold Heart (Pnau Remix)
S'Express – Theme from S'Express
Grime ft. Janelle Monae – Venus Fly
Kylie Minogue and Years & Years – A Second to Midnight
Edwyn Collins – A Girl Like You
Iggy Azalea – Bounce und Mo Bounce
Britney Spears und Madonna – Breathe On Me (Erotic Breath Mix)

Gökhan Göksen, geboren 1978 in Hamburg,
arbeitet seit 20 Jahren als Export-Sachbearbeiter
in Deutschland und in der Schweiz.
Er tanzt, malt Bilder, fotografiert.
Quittenbäume ist sein erster Roman.
Er lebt in Zürich, Schweiz.